KB152378

교실의 철학자들

임명실 지음

\- 보건의료 특성화고의 행복한 성장 이야기

교실의 철학자들

한그루

차례

10   시작하며

하나, 행복한 아이들

20   예진이라는 햇살
26   다시 꿈을 품은 아이
44   직원 할인이 되었습니다!
54   교실의 철학자들
64   깻잎 머리 소녀, 역전의 명수가 되다
78   실습실의 주인공들
88   노란 병아리, 병원을 접수하다
96   어느 날 천사를 만났다
104   스물한 살, 진이
112   기적을 만든 53명의 아이들
126   최고의 선물

둘, 행복한 교실

136   나의 첫 번째 제자는 욕쟁이

150   거짓말은 하지 말자!

164   샘, 사랑합니다!

180   저만의 빛깔로 살고 싶어요

190   나의 숙제는 현재 진행 중

206   사랑받는 느낌, 이런 거죠?

224   made in jungmun

240   엄마의 눈물을 보았습니다.

250   2년간의 갈등, 이제 끝내 보자!

셋, 행복한 교사들

262   우리 학교 최고의 독설가

270   교사의 또 다른 이름, 사랑 나누미

278   도움이 필요한 사람, 누구?

283   너의 꿈을 항상 응원할게!

290   여러분, 우리 책을 펴볼까요?

301   최고의 생각쟁이 선생님

311   누구든지 환영합니다!

320   가장 재수 없는 날의 행복

330   다시 마음을 가다듬고서…

346   마치며

행복한 아이들
행복한 교실
행복한 교사들

행복한 우리를 위해

시
작
하
며

시작하며

교직에 들어선 지 20년이 되어 가던 해, 나는 어느 초등학교에서 보건교사로 근무하고 있었다. 아주 작은 상처 하나라도 나의 손길로 치료받고, "괜찮을 거야."라는 나의 한마디에 걱정을 내려놓는 순수한 아이들과의 시간은 즐겁고 행복했다.

아이들을 대신하여 걱정 인형이 되어주고, 아이들이 조잘대는 말에 고개를 크게 끄덕이며 들어주는 나에게 '가장 인기 많은 교사'라는 타이틀과 함께 '천사 같은 보건샘'이라는 별명이 따라왔다.

그리고 무엇이든지 꿈꿀 수 있는 아이들이 주는 긍정적인 에너지가 좋았던 나는 보건교사로서의 정년을 꿈꾸었다.

하지만 "좋은 일이 있으면 나쁜 일도 있다."라는 옛 어른들의 말처럼 어느 날 나에게도 그런 순간이 다가왔다.

체육 수업 중, 어지럽다며 보건실을 찾아온 3학년 남자아이, 항상 말이 없고 조용했던 아이는 핏기 하나 없는 창백한 얼굴로 보건실 문을 열었고 "선생님……"이라고 작은 소리로 나를 부르더니 맥없이 쓰러졌다.

아이의 입술에서는 청색증이 보였고, 가녀린 손목에서는 맥박조차 잘 잡히지 않았다. 아이는 금방이라도 눈을 감을 기세였다.

119를 부른 후 응급처치를 하며 수없이 기도했다. '제발 이 아이를 살려주세요. 이 아이를 살려주시면 남은 인생 아이들을 위해 살아가겠습니다.'라고. 나의 기도가 하늘에 닿기를 얼마나 고대했던지…….

그런데 병원으로 이송된 아이는 응급실에 도착한 순간 멀쩡해져 버렸고, 내가 본 위급했던 순간은 모두 거짓말처럼 사라져 버렸다. 그 아이는 이런저런 검사를 받았지만 아무런 진단도 받질 못했다.

급하게 응급실에 도착한 아이 어머니의 시선은 매우 차가웠고, 나를 사소한 일에도 119까지 부르며 응급실을 찾은 '오버쟁이' 보건교사로 쳐다보고 있었다.

어머니께 조금 더 큰 병원에서 진단을 받아보라고 권유했지만, 의사가 괜찮다고 했다며 나의 의견은 무시되었고, 아이를 데리고 집으로 돌아가는 어머니는 그 흔한 "수고하셨습니다!"라는 말조차 없었다.

2주 후, 그 아이는 똑같은 증상으로 급식실에서 쓰러졌다. 금방이라도 숨이 꺼질 듯이……. 병원으로 후송된 아이는 이번에도 진단명이 나오지 않았다.

혹시 정신적인 요인 때문에 발생하는 증상일 수도 있으니 아이의 어머니에게 소아정신과에서 전문가의 상담을 받아보면 좋겠다는 권유를 드렸다. 어머니는 자신의 자녀를 정신질환자로 보는 것이냐며 크게 화를 내셨고, 더 이상의 타협점을 찾을 수 없었다.

똑같은 일이 여러 번 반복되면서 나는 조금씩 지쳐갔고, '행여 나의 능력 부족으로 내 눈앞에서 아이의 삶이 끊기면 어떻게 하지?'라는 아이에 대한 걱정과 염려가 쌓여만 갔다. 그리고 이어진 불안감은 나의 깊은 잠을 가져가 버렸다.

어느 날, 작은 케이크 하나를 손에 들고 보건실에 들어선 아이의 어머니는 걱정 가득한 눈으로 죄송하다는 말을 전해왔다. 주말 동안 집에서 아이의 응급 상황을 직접 경험한 어머니는 내가 품고 있었던 걱정과 염려를 이해하신 듯했다.

적극적인 어머니의 도움으로 아이는 병원 진료와 함께 상담 치료를 받기 시작했다. 안정적인 학교생활을 하는 아이를 보며 나는 불안감을 떨쳐냈다고 생각했다.

하지만 위급했던 상황을 수차례 겪었기에 아이들의 작은 사고에도 식은땀과 함께 심계항진이 발생하는 증상을 겪으며 더는 위험한 상황에 처한 아이들에게 집중하지 못하는 나 자신을 보게 되었다. 그래서 나는 정년을 포기하고 학교를 떠나려고 마음먹었다.

학교라는 공간에서 모든 아이들의 안전을 책임지고 그들을 무사히 보호하는 역할을 할 수 없었기에 흔들리는 자신감은 빨리 학교라는 공간에서 벗어나 그 어떤 책임도 감당하지 않으려는 비겁한 겁쟁이로 나를 몰아갔다. 학교 울타리 밖 세상을 향해 조금이라도 빨리 떠나야겠다는 생각만이 나를 온통 감싸고 있었다.

우연히 공문을 보던 중 특성화고등학교 보건간호과에서 학생들을 가르쳐 줄 교사를 뽑는 교과 전환 시험이 있다는 것을 알게 되었고, 나는 주저하지 않고 그 시험에 응시했다.

20년 전, 임신 8개월의 몸으로 임용고시에 응시하며 합격하기를 간절히 기도했던 그날의 기억들이 되살아났고 그때의 간절함은 새로운 길을 향해 떠나고 싶다는 희망으로 바뀌었다.

그렇게 나는 새로운 길을 찾아 나섰다. 20년 동안 몸담았던 그리고 나의 열정을 다 바쳤던 보건실을 버리고 한 번도 걸어보지 않았던 낯선 길을 향해 아무런 준비도 없이 그리고 겁도 없이 출발했다.

시작은 서툴렀고 엉망이었다. 안개가 짙게 낀 험난한 산속을 걷는 것 같았다. 한 고개를 넘고 두 고개를 넘으며 나의 무능함을 의심해보기도 했다.

예고 없이 수시로 터지는 숱한 문제들 속에는 왜 그리도 각양각색의 아이들이 숨어 있는지, 왜 그리도 다른 생각을 품고 있는 아이들이 많은지, 왜 그리도 상처를 숨긴 채 그림자처럼 살아가는 아이들이 넘쳐나는지…….

내가 있던 세상과 너무 다른 세상에서 이런저런 아이들을 만나야 했고, 새로운 세상에서 나는 아이들의 속내를 쉽게 파악하지 못하는 어리석은 교사로 서 있었다.

그렇게 숱한 이해 충돌로 가슴앓이를 하며 보냈던 8년이라는 긴 시간의 경험 속에서 하나둘씩 채워진 소중한 지혜들은 조금씩 나를 성숙하게 만들어 주었다.

나와 마주한 사건과 사고 속에서 나는 교육적으로 대처할 수 있는 지혜를 쌓으며 상황이 아닌 사람을 먼저 보고 아이들을 이해하려고 노력하는 마음을 가진 교사가 될 수 있었다.

지금은 따뜻한 차 한잔과 함께 혼자 생각을 정리할 수 있는 여유도 생겼고, 신규 교사에게 담임교사로서 나만의 노하우를 알려주겠다며 웃으며 농담을 하기도 한다.

때로는 다양한 학생 문제로 해결 방법을 물어오는 후배 교사들에게 나의 경험을 풀어놓으며 "힘이 들겠지만 포기하지 말고 끝까지 가보자."라는 용기의 말도 전할 수 있게 되었다.

하지만 나는 기억한다.

8년 전의 나 또한 어설프고 어설픈 나이만 많은 신규 교사였다는 것을.

문득, 나 자신에게 물어본다.

"명실샘, 당신은 어떤 교사인가요?"

쉽게 대답할 수는 없지만, 그 질문을 스스로 떠올릴 때마다 적어도 나는 '행복한 교사'이고 싶다는 생각을 하게 된다. 아이들과 함께하는 시간이 즐겁고, 아이들에게 존경을 받는, 그리고 웃으며 매일매일을 함께 보낼 수 있는 동료 교사들이 있는 행복한 교사…….

8년 전, 내가 있던 학교와는 전혀 다른 세상인 듯한 이 학교에서 처음 만난 아이들은 나에게 많은 자극과 충격을 주었다. 그 아이들과 얽히고설킨 실타래를 풀며 나는 정말 행복한 교사가 되어야겠다는 결심을 할 수 있었다.

행복한 교사가 되어 행복한 아이들을 키워보겠다는 꿈을 나에게 품게 해준 아이들, 이제 그 아이들의 이야기를 조심스럽게 꺼내 본다.

아무런 준비 없이 들어선 길
서툴고
어설퍼서
고개를 숙였다

한 아이
두 아이
세 아이를 만나며
나는 교사가 되었다
그리고
선생이 되었다

아이들이 불러주는 이름
명실샘
그 이름이 좋아
오늘도 간다

내 삶의 푸르름을 만나러 간다

하나,

행복한
아이들

어린 시절, '빨강머리 앤'을 부러워했던 적이 있었다. 고아였고, 가진 거라고는 풍부한 상상력과 현란한 말솜씨가 전부인 '빨강머리 앤'을 낡은 책 속에서 발견하고는 나와는 정반대인 그 아이를 닮고 싶다는 생각을 해보았다.

'앤 셜리'라는 아이의 긍정적인 생각이 너무 좋아서, 그 아이가 꿈꾸는 세상이 너무 좋아서, 아주 작은 것 하나에도 감사해하고 행복해하는 그 아이가 너무 좋아서 나 또한 그 아이처럼 행복해지려고 꿈을 꾸었던 것 같다. 적어도 그 시절에 나는 순수했고, 꿈 많은 아이였던 '앤'을 보며 행복했었던 것 같다.

내가 물들어 있는, 혹은 내가 스며들고 있는 학교에서 나는 또 다른 '행복한 앤 셜리'를 발견하고는 흐뭇해하곤 한다. 그들이 학교 곳곳에 뿌려주는 행복의 씨앗을 바라보며 내 입가에 그려지는 미소는 커지곤 한다.

행복한 아이들, 늘 우리 곁에서 감동이라는 바람결을 일으키고 있다.

예진이라는
햇살

학교 담장을 슬며시 넘어오는 노란 유채꽃 향기에 온 학교가 취한 5월의 어느 날, 나는 무척이나 고된 하루를 마주하고 있었다.

잦은 지각과 결석으로 등교하지 않은 채 전화도 받지 않는 선화와의 반복되는 감정싸움으로 내 가슴속 마음이라는 뜰에는 아물지 않을 것 같은 상처들이 쌓여가고 있었다.

그리고 선화가 학교에 오기 싫어하는 이유 모두를 담임의 책임인 양 몰아대는 학부모의 날카로운 비난의 말들로 나의 마음은 학교를 그만두고 떠나고 싶다는 생각으로 물들고 있었다.

수업 시작종이 울리고 모든 학생이 교실로 들어간 5교시, 굳은 하늘이 내 마음을 아는지 한 방울, 두 방울, 세 방울, 톡 톡 톡 가는 비를 내려주고 있었다.

잠시 학교 건물을 벗어나 내 마음의 눈물처럼 내리는 비 사이에 서서 나만의 시간을 갖고 싶다는 생각으로 우산을 펴려는데 어디선가 "선생님, 도와주세요!"라는 다급한 목소리가 들려왔다. 그리고 내 시야에 들어온 두 명의 여학생, 한 아이는 현관 입구에 쓰러져 있었고, 또 한 명의 여학생은 친구가 매우 위급하다는 듯 그리고 도움이 필요하다는 듯 울먹이며 나를 쳐다보고 있었다.

"무슨 일이니?"

쓰러진 아이의 상태를 살피며 물어보았다.

"저도 모르겠어요. 어지럽다고 말하더니 갑자기 쓰러지면서 몸을 떨기 시작했어요."

쓰러진 아이의 입에서는 하얀색 거품이 흘러나와 있었고, 팔다리가 경직된 채 심하게 몸을 떨고 있었다.

어릴 적, 뇌전증을 앓던 이웃집 오빠를 자주 봐왔던 나는 쓰러진 아이가 뇌전증 발작을 하고 있다고 판단하게 되었다.

"빨리 가서 보건 선생님 모시고 올래?"

잔뜩 긴장된 나의 말에 그 아이는 빠르게 보건실로 뛰어갔고, 오래지 않아 보건 선생님이 오셨다. 선생님은 바닥에 누운 채 몸을 계속 흔들며 경련을 하는 아이의 상태를 살펴보시며 말씀하셨다.

"연주예요. 이런 일이 자주 있어요. 걱정하지 않아도 될 것 같아요. 경련은 금방 끝날 거니까. 그때까지만 안전하게 잘 지켜주면 돼요."

괜찮을 거라는 보건 선생님의 말씀에 안심이 되었는지 울먹이던 그 아이는 울음을 멈추고 갑자기 자신의 교복 재킷을 벗었다. 그리고 벗은 교복 재킷을 바닥에 누워있는 친구의 치마 위로 덮어 주었다.

"선생님, 제 친구가 실수한 것 같아요."

쓰러진 아이의 치마 밑으로 물 같은 것이 흘러나와 있었다. 경련을 하면서 자신도 모르게 소변이 나와버린 듯했다. 친구가 깨어난 후 수치스러워할까 봐 그 아이는 걱정이 되었던 것이었다. 자신의 교복 재킷에 친구의 소변이 묻을 수 있는 상황인데도 그 아이는 친구가 먼저였다.

한참이나 몸을 떨던 아이는 경련을 멈춘 후 잠시 심호흡을 하더니 눈을 뜨고서 우리를 바라봤다.

"괜찮니? 보건실로 걸어갈 수 있겠어?"

보건 선생님의 물음에 쓰러졌던 아이는 고개를 끄덕거렸고, 보건 선생님의 부축을 받으며 보건실로 천천히 걸어갔다.

아이가 쓰러졌던 자리에는 노란 물이 흥건했고, 어디선가 막대 걸레를 찾아서 들고 온 그 아이는 행여 누가 볼까 봐 열심히 그 자리를 닦아대기 시작했다.

노란 물이 모두 사라질 때까지 닦고서는 행여 남아 있는 한 톨의 물도 남김없이 모두 닦을 기세로 주변을 살폈다. 마치 친구의 흔적을 남기지 않겠다는 듯이.

"이름이 뭐니?"

조심스럽게 그 아이에게 이름을 물었다.

"1학년 김예진입니다. 아까는 정말 놀랐는데 도와주셔서 정말 감사합니다."

다른 세상에서 온 아이처럼 조용하게 마무리하고 돌아서는 그 아이는 속삭이듯 대답했다.

예진이의 낮은 목소리에 마음이 진정된 것인지, 잔잔한 바람처럼 행동하는 예진이의 행동 하나하나에 놀란 것인지 난 칭찬 한마디 하지 못하고 예진이의 뒷모습을 멀뚱히 바라보았다.

멀어져 가는 예진이의 모습 뒤에 작은 바람이 일었고, 반짝이는 작은 햇살들이 예진이의 뒤를 따라가고 있었다.

예진이가 주고 간 여운을 느끼며 현관 밖으로 나서려는데 오랫동안 답답했던 나의 가슴이, 시렸던 나의 마음이 나도 모르는 사이에 온기를 되찾고 있었다.

흐렸던 하늘도 다시 힘을 내려는지 푸르게 맑아졌고 내가 되찾은 온기에 따뜻한 바람을 보내주고 있었다.

발길을 돌려 교무실로 돌아가며 '다시 또 시작해보자!'라는 마음으로 핸드폰을 켜고 선화에게 문자를 띄웠다.

"선화야, 마음이 많이 아프지? 속상한 마음이 정리되면 언제든지 학교로 돌아와 줘. 기다리고 있을게. 사랑해!"

예진이라는 이름을 가진 그 아이, 햇살처럼 맑은 그 아이가 내게로 왔다. 그리고 내게 말하는 듯했다.

"날개를 펴고 힘차게 다시 시작하세요. 선생님의 날개 위로 사랑이 가득한 바람결을 보냅니다."라고.

누군가에게
감동을 준다는 것

한 번도 해보지
못한 어려운 일

그런 어려운 일을
열일곱 살 예진이가
해냈다

이 나이 되도록
누군가에게 한 번도 주지 못했던
진한 감동을
예진이는 나에게
전해왔다

예진이라는
그 아이
햇살처럼 따뜻한 마음을 가진
아름다운 아이를
어느 봄날 우연히 만났다

유채꽃 향기에 취한 채

다시 꿈을 품은
아이

매해 입학식 날에는 1학년 신입생들에 대한 호기심이 차오른다.

'어떤 아이들이 우리 학교에 입학할까?'라는 궁금함은 때로는 나를 설레게 한다. 설렘은 '정말 좋은 아이들이 왔으면 좋겠다.' 또는 '이번 신입생들은 교사를 잘 따라주는 착한 아이들이라면 좋겠다.'라는 기대감으로 이어지곤 한다.

자로 재듯 측량할 수는 없지만 좋은 아이, 착한 아이라는 막연한 단어들이 머릿속을 맴돌며 신입생들이 들어오는 교문으로 시선이 가는 건 아마도 언젠가는 내가 맡을 수도 있는 아이들이기 때문일 것이다.

어느 해 입학식에서도 나는 설렘과 기대감으로 1학년 신입생들을 마주했다. 3월 초, 조금은 추운 날씨에 두꺼운 외투로 몸을 감싼 신입생들은 유독 긴장한 모습이었다.

낯선 학교라는 공간에서의 어색함과 더불어 낯선 선생님들, 그리고 날 선 선배들의 시선을 느끼며 위축된 듯 체육관에 모여 있는 신입생들은 아직도 중학생 티를 벗어나지 못한 모습이어서 마냥 어리게만 느껴졌다.

"다음은 신입생 선서가 있겠습니다."

스피커에서 흘러나오는 교무부장의 목소리에 입학식이 진행되고 있었던 체육관 안, 모든 선생님과 학생들의 시선이 강단으로 쏠렸다.

강단 위로 씩씩하게 걸어가고 있는 한 아이, 입학생 대표로 입학선서를 하기 위해 걸어가는 아이의 모습은 유독 당당해 보였다. 마치 '걱정하지 마, 내가 잘 해낼게.'라는 듯 아이는 거침없이 강당 위로 올라가 입학선서를 낭독하였다.

"선서!"

아이의 한마디에 체육관 안에 있었던 모든 사람은 아이의 뒷모습에 집중하게 되었다.

크면서도 묵직한 남자아이의 목소리에 체육관을 가득 채웠던 뿌연 먼지 또한 사라지는 듯했고, 먼지에 가려 미세하게 어수선했던 입학식 분위기는 선서 낭독이 진행되면서 깔끔하게 정리되는 듯했다.

오랜만에 들을 수 있었던 한 아이의 크고 명쾌한 목소리는 아이들과 함께 생활하면서 조금씩 쌓여만 갔던 나의 가슴속 묵은 체증을 사라지게 해주었다. 정말 오랜만에 느끼는 시원함이었다.

"누구예요?"

"올해 입학생 중 수석 입학을 한 학생이에요. 이훈이라는 아인데 정말 야무지네요."

학적을 맡아 입학 업무 처리를 했던 선생님께서 미소가 가득한 얼굴로 대답해 주셨다.

그렇게 훈이를 처음 보았다. 좀처럼 보기 힘들었던 당찬 아이를 보며 '과연 어떻게 성장할까?'라는 부푼 희망을 품어 보았다.

2년 후 3학년 1반 담임을 맡고 내 반 아이들의 이름을 확인하던 중 나는 이훈이라는 이름을 보게 되었다. 훈이의 당당했던 뒷모습을 기억하고 있었던 나는 반가움에 미소를 지었다.

개학 첫날, 담임 소개를 위해 교실로 들어가 아이들을 살펴보던 중 나는 삐딱하게 의자에 앉은 채 나와 눈을 마주치지 않고 있는 훈이를 발견했다. 눈부시게 밝았던 아이의 눈빛은 짜증으로 가득 찼고, 고단해 보였다. 날카로운 가시를 보는 듯했다.

"부장님, 훈이가 2학기 말이 되면서 조금씩 날카로워졌어요. 집에 무슨 일이 있는 것 같은데 통 말을 하지 않았어요."

걱정스러운 마음에 2학년 때 훈이의 담임교사에게 전화를 걸었더니 되돌아온 답은 아무런 도움이 되지 못했다.

무슨 일이 있는지 알아보려 훈이와 상담을 시작했다. 입을 꼭 다문 아이는 말이 없었다. '멋진 남자 간호사'가 되기 위해 간호학과에 진학하고 싶다던 아이는 자신에 대해 그 어떤 얘기도 하지 않으려 했다.

그리고 날이 갈수록 교과 선생님들로부터 수업엔 참여하지 않고 잠만 자는 훈이의 행동에 대한 날 선 비판의 말들이 들려왔다. 마음의 문을 꽁꽁 닫은 아이는 그 누구의 말에도 흔들림이 없었다.

"훈아, 샘은 2년 전에 한 아이를 만났어. 그 아이는 정말 씩씩했고 당당했어. 그 무엇도 두려워하지 않았어. 그때 샘은 생각했단다. 이 아이는 정말 멋지게 성장할 수 있겠구나! 그 아이가 누군지 아니? 바로 너야. 이훈!"

"……."

고개를 숙인 채 입을 열지 않고 있는 훈이에게 다시 말을 건넸다.

"샘이 너에게 도움이 될지는 모르겠어. 그런데 최선을 다해서 노력해볼게. 그러니 무슨 일이 있는지 말해 줄 수 없겠니?"

"……"

나의 오랜 설득에도 훈이의 닫힌 입은 끝내 열리지 않았다.

그렇게 며칠이 지난 어느 늦은 밤, 훈이에게서 전화가 왔다.

"샘, 너무 힘들어요……"

어렵게 시작된 훈이의 고백은 흐느낌과 함께 오랜 시간 이어졌다. 나 또한 훈이의 이야기를 들으며 울지 않을 수 없었다.

부모님의 이혼, 뒤이은 엄마의 뇌종양 진단, 긴 투병 생활로 인한 엄마의 실직, 경제적 어려움, 친척들과 이웃들의 무관심 등 이런저런 여러 가지 상황으로 훈이는 생계형 아르바이트를 하며 실질적으로 집안의 살림을 도맡아 하고 있었다.

간호학과 진학은 꿈도 꿀 수 없는 상황이 되었고, 당장 오늘을 버티기 위해 방과 후와 주말에 늦은 밤까지 아르바이트하며 돈을 벌어야만 했다. 열여덟 살 남자아이가 떠맡기에는 너무도 가혹한 일이었다.

그런데 이렇게 힘들어하는 훈이에게 또 다른 커다란 어려움이 더해졌다. 고등학교 1학년인 여동생이 갑상선암 진단을 받은 것이었다.

왜 이렇게 가혹한 일이 자신에게 반복되어 일어나는지, 훈이는 미래는커녕 그 어떤 것도 꿈꿀 수 없는 현실 앞에서 절망감을 느끼고 있었다. 그리고 진심으로 자신에게 손을 내밀어 주는 어른이 없는 세상을 향해서도 소리 없는 아우성을 치고 있었다.

다음 날 학교에서 본 훈이의 두 눈은 부어 있었다. 혼자 울며 긴 밤을 지새운 훈이를 생각해 보니 마음 한쪽이 너무 무거웠다.

상담실에서 훈이의 두 손을 붙잡고 함께 이 어려운 상황을 헤쳐 나가 보자고 다독였다. 하지만 나 또한 어떻게 도움을 줘야 할지, 어디서부터 시작해야 할지 막막하기만 했다.

행정실로, 그리고 위센터로 찾아가 도움을 줄 수 있는 방법을 찾아보았지만, 학교에서 줄 수 있는 도움은 소액의 장학금이 고작이었다.

도움을 받을 수 있는 마땅한 곳을 찾지 못한 나는 힘들어하는 훈이에게 도와주겠다고 큰소리쳤던 장면들을 머릿속에서 되풀이하며 고뇌의 시간에 빠졌다.

그러던 중 몇 해 전에 갑작스러운 아빠의 교통사고와 실직으로 학업을 포기하겠다던 연희를 도와주었던 외부기관 장학금이 기억났다.

학업을 포기하려고 했던 연희도 그 도움으로 졸업을 하고 무사히 간호학과에 진학할 수 있었다. 연희는 벌써 대학 2학년이 되었고, 나는 연희의 장학금 멘토를 했었기에 '어쩌면 이번에도 그런 행운이 오지 않을까?'라는 기대감으로 전자문서에 접수된 공문서들을 뒤지기 시작했다.

"맞아, 이 장학금이라면 우리 훈이를 도와줄 수 있을 거야!"

공문함에서 찾은 장학금 지원 공문을 읽고 또 읽으며 낭떠러지 끝에서 전혀 예상하지 못한 신세계를 만난 듯 기쁨의 미소를 지을 수 있었다. 그리고 사이트에 들어가 장학 내용을 살펴보며 마음속에 번지는 뭉게구름을 느낄 수 있었다.

급한 마음에 훈이를 불렀다. 장학금에 대한 나의 설명을 들은 훈이도 한껏 들뜬 얼굴로 신청하고 싶다고 했다. 사실, 학생들이 접할 수 있는 장학금 중에서 가장 큰 도움이 되는 금액이기에 조금은 놀란 표정을 짓기도 했다.

"선생님, 저 훈이 엄마입니다. 우리 훈이에게 신경을 많이 써 주셔서 정말 감사합니다."

장학금 신청이 끝나고 며칠 후, 훈이 어머니께서 전화를 주셨다. 전화기 너머로 들려오는 낮은 목소리에서 나는 진심을 느낄 수 있었고, 훈이 어머니의 감사 인사는 나를 불안하게 했다. '혹시 떨어지면 어떻게 하지? 훈이와 훈이 엄마에게 괜한 희망만 주었다가 또 다른 절망을 주는 것이 된다면 어떻게 하지?'라는 불안감이 장학생 선정 발표일까지 지속되었다.

"악!!!!!!!!!!!!! 됐어요. 샘들, 우리 훈이 됐어요."

훈이가 장학생으로 선정되었다는 문자를 받고 나는 3학년 교무실에 천둥 번개가 치는 듯이 소리를 질렀다. 나의 불안감과 훈이의 절실함을 알고 있던 선생님들은 진심 어린 축하의 말들로 답해 주었고, 나는 두 눈에 눈물을 글썽이며 교실로 가서 훈이를 조용하게 불러냈다.

"훈아, 됐어! 장학금 받을 수 있대!"

'정말로 받을 수 있을까?'라는 의문을 가지고 있었던 훈이 또한 믿기지 않는다는 듯 "정말요? 정말이에요?"를 반복하다 장학생으로 선정되었다는 문자를 보고는 오랜만에 활짝 웃었다.

"샘이, 너와 끝까지 함께할게. 우리 잘해 보자. 파이팅!"

나의 파이팅 소리에 훈이가 크게 소리쳤다.

"샘, 저 열심히 할게요. 파이팅!"

다시 날개를 활짝 편 훈이의 어깨를 다독거리며 '이제부터 다시 훈이의 꿈을 키워보자!'라는 다짐과 '훈이의 밝고 건강한 모습을 되찾아 주기 위해 최선을 다하는 멘토가 되어보자!'라는 굳은 결심을 하였다.

1년 동안 장학금을 받으며 생활하게 된 훈이는 조금씩 예전의 모습을 찾기 시작했다. 잦았던 지각이 없어지고 수업에 적극적으로 참여하면서, 방황했던 훈이가 드디어 학교로 되돌아온 것 같다는 선생님들의 칭찬이 이어지기 시작했다.

그 무엇보다도 달라진 것은 모든 것을 포기했던 훈이가 자신의 진로에 대해 다시 생각을 시작했다는 것이었다.

"샘, 하고 싶은 게 너무 많아요."

"가장 먼저 하고 싶은 일은 뭐니?"

"샘, 간호조무사 국가고시에 응시하려고요."

"늦은 밤까지 아르바이트하면서 할 수 있겠니?"

"힘들겠지만 도전해 보려고요. 간호조무사 시험에 응시하려면 병원에 실습도 나가야 하는데, 실습 때문에 아르바이트 시간도 많이 줄여야 해서 걱정을 많이 하고 있었어요. 장학금이 있어서 이제는 안심이 돼요. 그리고 간호조무사 자격증을 취득한후에 병원에 취업할 것인지, 간호학과에 진학할 것이지 결정하려고 해요."

"샘은 무조건 찬성이야. 합격할 때까지 샘이 정말 최선을 다해서 도와줄게. 그동안 뒤처졌던 성적을 다시 올리려면 열심히 노력해야 할 거야. 포기하지 말고 우리 함께 열심히 해보자!"

참 기특한 녀석이었다. 너무 힘들게 아르바이트를 하는 모습에 국가고시 준비를 하자는 말도 공부를 다시 시작하자는 말도 꺼내지 못했는데, 어떻게 담임의 마음을 알았는지 도전해 보겠다는 말을 먼저 해주었다.

작은 도움이 주어지자 훈이는 빠르게 변화했다.

자신이 지금 가장 먼저 하고 싶었던 간호조무사 국가고시에 응시하겠다는 의지를 보여주었고, 포기했던 간호학과 진학까지 다시 생각해보는 마음의 변화를 보여주었다.

이렇게 잘할 수 있었던 아이인데, 그동안 혼자서 속앓이를 하며 살았을 아이를 생각하니 많은 생각이 스치곤 했다.

"샘, 제가 그동안 가장 힘들었던 게 뭔지 아세요?"

어느 날, 훈이가 가슴속 깊이 묻어두었던 생각을 꺼냈다.

"……"

"엄마가 아프신 것도, 동생이 아픈 것도 저는 다 괜찮았어요. 제가 가장 힘들었던 것은 사람이었어요. 주변 사람들이 저에게 불쌍하다며 동정의 눈길을 보내며 뒤에서 수군대는 소리가 너무 싫었어요."

"……"

"정작 도움이 필요할 때는 외면하고 모르는 척하면서……"

난 그날 한 명의 어른으로서 그 어떤 대답도 할 수 없었다. 어른이면서 어른의 역할을 하지 못하는 사람들 때문에 많은 상처를 받았던 훈이, 그 상처 때문에 모든 것을 포기하고 허물어지려고 했던 훈이의 모습을 되돌아보며 나는 한 명의 교사로서,

그리고 한 명의 어른으로서 부끄러움을 느꼈다.

훈이는 간호조무사 국가고시를 보기 위해서 학기 중과 여름 방학 중에 병원 실습을 해야 했다. 그러던 어느 날, 훈이가 실습을 하고 있던 병원에서 전화가 왔다. 훈이가 팔에 화상을 입고 병원 실습을 나왔다는 것이었다.

훈이는 전날 아르바이트를 하는 식당에서 뜨거운 물에 화상을 입었는데, 치료를 받지 않아 팔에 통증을 느끼면서도 실습을 하고 있었다. 너무 안타까운 마음에 훈이가 실습하고 있는 병원으로 달려갔다.

"샘, 뭐하러 오셨어요. 원장님이 치료를 해주셨어요. 그리고 다 나을 때까지 무료로 치료해주신대요."

"정말 괜찮겠니? 실습 포기해도 돼."

"아니에요. 샘, 저 정말 자격증 취득할 거예요. 그래야 제가 진짜 어른이 될 수 있을 것 같아요."

해맑게 웃으며 말하는 훈이, 진짜 어른이 되고 싶다는 훈이에게 2년 전, 입학식에서 당당하게 선서를 하는 모습을 보고서 전해지 못했던 "너 참 장하구나!"라는 말을 진심을 담아 전했다.

"꿈을 다시 품은 우리 훈이, 너 참 장하다!"

훈이의 담임이 되어 우린 하루에 한 번씩 꼭 서로의 안부를 물으며 끝없이 대화를 이어갔다. 그리고 일주일에 한 번 이상 서로 얼굴을 맞대고 상담을 하며 훈이의 친구가 되어주기도 하고, 훈이의 이야기를 들어주는 어른이 되어주기도 했다.

때로는 훈이와 암으로 투병 중인 여동생의 마음을 풍성하게 만들어 줄 책을 검색하여 권해주기도 하고, 엄마가 아픈 후 한 번도 영화를 본 적이 없다는 훈이에게 그저 평범한 고등학생처럼 팝콘을 가슴에 품고 감동적인 영화 한 편을 볼 수 있는 호사를 누려보라는 여유도 권해 보았다.

"샘, 정말 아무런 잡생각 없이 두 시간을 보냈던 것 같아요. 엄마와 동생 걱정으로 항상 머리가 복잡했었는데, 영화를 보는 내내 아무런 걱정 없이 저만의 시간을 보낼 수 있었던 것 같아요. 오랜만에 제 머릿속에 거미줄처럼 엉켜 있었던 걱정의 실타래를 걷어낸 것처럼 시원하네요. 영화 보라고 권해주신 거, 정말 감사합니다!"

오랜만에 영화관을 찾았던 훈이는 영화를 보고 난 후에 이렇게 문자를 보내왔다. 자신만의 시간을 가졌다니, 참 다행이었다.

공부에 손을 놓았던 훈이가 국가고시에 합격하려면, 그리고 간호학과에 진학하기 위해서는 성적 향상도 필수이기에 매주 수요일에는 아르바이트를 쉬고 방과 후에 남아 함께 공부하는 시간을 갖기로 했다.

내준 숙제를 꼬박꼬박 해오고, 백지 노트에 복습한 것을 들고 와서는 열심히 공부한 자신을 자랑하는 훈이의 모습을 보고 참 흐뭇하게 웃을 수 있었다.

어느 토요일에는 누군가에게 도움을 주는 일이 얼마나 행복하고 뜻깊은 일인지를 알 수 있도록 학교 옆에 있는 요양원을 찾아 치매 어르신들과 함께하는 시간을 보내며 나눔이라는 것, 함께 살아간다는 것에 대해 생각해보는 시간을 갖게도 했다.

마치 손자처럼 다정하게 치매 어르신들의 점심 식사를 도와주는 훈이의 모습을 보며 '간호사가 되어 병원에 근무해도 참 잘할 수 있겠구나!'라는 생각을 하게 되었다.

이런 모든 일을 함께하며 나는 생각해보았다. '나는 좋은 담임인가? 지금 나는 담임의 역할을 잘하고 있는가?'라는. 정답은 알 수 없었지만 나 자신에게 약속을 해보았다. '그저 최선을 다해보자!'라고.

"샘, 한 가지 부탁이 있는데요……"

어느 날 훈이가 조심히 물어왔다.

"엄마에게 친구가 없어요. 그래서 혼자 집에 있으며 투병 생활을 하고 있는데 너무 외로워 보이세요. 혹시 샘이 시간이 되신다면 엄마와 전화 상담을 해주실 수 있을까요? 힘내시라는 말씀도 해주시고요."

"그럼! 샘이 가장 잘할 수 있는 일이야. 샘은 사람들과 이야기하는 것을 정말 좋아하는데, 훈이 엄마와 전화로 이런저런 수다를 떨어볼게. 그리고 엄마가 힘낼 수 있도록 최선을 다해 볼게."

나는 훈이뿐만 아니라 훈이네 가족 모두를 위한 담임이 되었다. 훈이 엄마와 통화하고 이런저런 이야기를 주고받으며, 때로는 절대 포기하지 말라는 말도 전하고, 힘을 내어 꼭 이겨내라는 말도 전했다.

그리고 때로는 아프다는 훈이의 여동생과도 상담하며 진학, 진로에 대한 얘기를 나누었다. 나는 한 가정의 담임 역할을 하며 교사라는 역할을 되돌아보는, 그리고 어른이라는 역할을 되돌아보는 좋은 시간을 보낼 수 있었다.

내가 근무하고 있는 학교는 보건계열 특성화고등학교다. 자신의 진로를 찾지 못해 그 어떤 꿈도 꾸지 못한 채 고등학교 시절을 살아가는 아이들을 자주 만나게 된다.

무기력하게 숨만 쉬며 시간만 채우기 위해 등교하는 아이들을 보며 많은 교사는 답답함을 느끼곤 한다. 그래서 많은 선생님은 노력하고 있다. 그리고 기도한다. 자신이 맡은 아이들이 작은 꿈이라도 키울 수 있도록……. 작은 희망이라도 품을 수 있도록…….

"선생님, 훈이가 어떻게 저렇게 변할 수 있었나요?"

훈이의 긍정적인 학교생활 변화와 다시 꿈을 찾은 모습은 선생님들에게 희망을 불어넣어 주었다. 방황하는 누군가가 어쩌면 훈이처럼 다시 제자리를 찾고 바람직한 모습으로 성장할 수 있다는 기대를 품게 했다.

우린 훈이를 통해 또 다른 꿈을 꾸고 있다. 훈이 같은 아이가 새록새록 솟아나 주기를……. 훈이라는 아이는 우리 교사들에게 꿈과 희망을 주었다.

"선생님, 너무 감사드립니다. 우리 훈이가 다시 씩씩해졌어요. 다시 꿈을 꿀 수 있어서 너무 좋아하고 다시 열심히 생활하고 있어요. 저 또한 병원에 갔더니 많이 좋아졌다고, 치료만 잘받으면 걱정하지 않아도 된다고 하네요. 저도 빨리 나아서 훈이랑 훈이 동생 잘 키우도록 하겠습니다."

훈이 어머님의 전화를 받고 '한 아이를 도와준 것이 아니라 한 가정을 도와주었구나!'라는 것을 깨닫게 되었다. 그리고 나의 관심과 노력이 투병 중인 훈이 어머니에게도 꿈과 희망을 주고 있었다.

어머님의 전화를 받고 나는 결심했다. 이 대단한 아이를 잊지 말자고, 그리고 어려운 아이들을 만나면 훈이의 이야기를 해주며 다시 날개를 펼 수 있도록 도와주겠다고.

"저는 3학년이 되어 다시 꿈을 되찾은 이훈입니다. 지난 2년 동안 저는 그 누구보다 많이 방황했고, 꿈이 없는 시간을 보냈습니다. 3학년이 되어 누군가의 도움으로 저는 다시 새롭게 시작해보자는 결심을 하였습니다. 여러분들도 꿈을 잃고 방황했던 저의 이야기처럼 꿈을 다시 찾고 그 꿈을 향해서 함께 달려갔으면 좋겠습니다. 꿈은 꾸려는 자들의 것이라고 누군가 말했습니다. 그래서 우린 꿈을 꾸고 꿈을 향해 달려나갈 수 있습니다. 우리 모두 꿈을 향해 달려 나갑시다. 그리고 멋진 사람이 되어봅시다!"

어느 진로 캠프 시간에 훈이는 이 글을 작성하고 친구들 앞에서 큰 소리로 발표했다. 아직 하고 싶은 것이 없어 고민이 많고 꿈을 찾지 못해 힘든 친구들도 다시 힘을 내어 새롭게 시작하는 계기가 되었으면 좋겠다는 이야기도 덧붙였다. 자신들에게는 할 수 있는 것이 많고, 노력하면 가질 수 있는 게 많다는 것을 친구들에게 전했다.

훈이의 긍정적으로 변화된 모범적인 행동들과 응원 메시지는 아무런 꿈도 품지 않은 채 방황하던 학급 친구들에게도 커다란 영향을 미쳤다. 끊임없이 누군가에게 꿈을 주고 꿈을 전해주었다. 우리 반 꿈 전도사가 되어 앞서 나아갔다.

나는 이런 멋진 훈이의 담임교사라서 정말 좋았다. 그리고 또 누군가가 훈이처럼 잃었던 꿈을 찾고 다시 품기를 빌어본다.

꿈을 잃고 방황하는 아이들에게 많은 꿈을 주었던 훈, 그 아이는 햇살이 닿지 않는 짙은 그늘 속에서도 당당하게 자신의 빛깔을 내려는 작은 새싹 같은 아이였다.

참 멋진 아이였다.

어느 아이가
말했다
꿈이 없다고

세상이 미운 아이는
꿈이 없다며
자신을 속였다

나는 안다
누구보다도 큰 꿈을
품고 있었다는 것을

서로의 앞에 세워진
커다란 벽 하나를 부수고
서로의 앞에 그려진
길고 긴 선 하나를 지우며

그 아이는
다시 꿈을 키우기
시작했다

잊고 있었던 꿈을
다시 품은 그 아이는
꿈 전도사가 되었다

나의 꿈이 되었다

직원 할인이
되었습니다!

나를 스쳐간 아이들을 기억할 때면 착한 아이, 똑똑한 아이, 말 잘하는 아이, 다정한 아이, 싸움 잘하는 아이, 말썽만 부렸던 아이, 까칠한 아이, 그리고……. 다양한 단어들이 그 아이들을 표현하곤 한다.

그 아이 중에서 가장 무뚝뚝했던 아이, 학교를 떠나는 날까지도 '무뚝뚝이'였던 아이의 이야기는 나를 살며시 웃게 만들곤 한다.

어느 해, 나는 1학년 담임을 맡고 있었다. 그해에 입학한 아이들은 유독 살가웠고, 다정한 아이들이 많았다.

나를 만날 때마다 "나의 사랑 맹실샘!"이라고 다정한 멘트를 날려주는 서현이, 늘 "제가 할게요!"라며 앞장서 주었던 진현이, "야, 샘이 말씀하시고 있잖아. 모두 집중하자!"라며 긍정적인 교실 분위기를 만들어 주었던 윤정이, 그리고 휠체어를 타고 등교하는 친구를 항상 옆에서 도와주었던 인성이…….

유독 한 아이, 나와 눈을 마주치지 않고, 내가 묻는 말에 '예', '아니오'라고 단답형 답을 하며 자신의 속내를 보여주지 않았던 아이, 그 어떤 도움을 청하거나 묻지 않았던 아이, 있는 듯 없는 듯 그림자처럼 늘 조용했던 아이, 그 아이의 이름은 김민경이었다.

어느 늦은 오후, 컴퓨터 관련 자격증을 취득하기 위해 방과후 수업을 마친 아이들 몇몇이 교실에서 귀가하려고 책가방을 정리하고 있었다. 저녁이 가까워지고 있는 시간이라 배가 고팠던 아이들이 나를 보더니 맛있는 것을 달라며 졸라댔다.

교무실에서 컵라면을 먹고 가라는 내 말에 아이들의 얼굴은 환해졌고, 아이들은 내 뒤를 졸졸 따라 교무실로 들어왔다. 마치 어미 오리 뒤를 갓 태어난 새끼 오리들이 졸졸 따라다니는 것처럼.

그런데 교실에서 보였던 민경이가 보이지 않았다. '집이 멀어서 가다 보면 배가 고플 텐데?'라는 생각으로 전화를 걸었다.

"민경아, 라면 먹고 가. 배고프지 않니?"

"전 괜찮아요."

"그래도……."

찰카닥, 전화를 끊었다. 내 말이 끝나기도 전에 전화를 끊어 버린 민경이가 조금은 괘씸했다. 그리고 '내가 무슨 실수라도 했나?'라는 생각이 들어 다음 날에는 민경이와 이야기를 해야 겠다고 다짐했다.

"민경아, 어제는 왜 그렇게 급하게 갔어? 라면 먹고 갔으면 좋았을 텐데."

"버스 시간이 5분밖에 남아 있지 않아서요."

"그랬구나. 샘은 좀 걱정했어. 혹시 민경이가 샘에게 섭섭하 다고 느끼는 게 있나 싶어서."

"없는데요."

민경이의 대답은 건조함, 그 자체였다. 어떤 감정도 보이지 않았다.

어느 날, 영어 선생님께서 전화를 주셨다.

"샘, 샘 반에 민경이는 어떤 아이예요?"

"왜요? 우리 민경이가 실수라도 했나요?"

"아뇨. 영어실 정리를 도와줘서 고맙다고 과자를 몇 개 줬는 데, 괜찮다면서 그냥 두고 갔어요."

"……."

"그리고 화가 났는지 얼굴이 뿌루퉁해져서는 인사도 안 하고 가더라고요."

"샘, 우리 민경이가 조금 무뚝뚝하답니다. 걱정하지 않으셔도 돼요."

나는 그날 영어 선생님과 통화를 하며 민경이를 무뚝뚝한 아이라고 단정 지었다. 무뚝뚝한 민경이라는 나의 표현이 바람을 타고 이리저리로 날아갔다. 그래서 우리 반 수업을 담당하는 선생님들은 모두가 민경이를 무뚝뚝한 아이로 알게 되었다.

무심하게 뱉어버린 나의 말에 민경이는 '무뚝뚝이'가 되어버렸고, 어학 사전에 서술된 대로 태도가 부드럽지 못하고 살가운 맛이 없는 무뚝뚝한 사람이 되어버렸다.

민경이와 나는 1년이라는 시간을 담임과 제자로 지냈다. 아니다. 정확히는 담임인 듯 아닌 듯, 제자인 듯 아닌 듯, 아주 애매한 관계로 보냈다. 함께했다는 말은 어울리지 않았다.

3학년이 되어 나는 또 민경이의 담임이 되었다. 여전히 민경이는 말이 없고 살가운 구석이 없는 아이였지만 큰 문제를 일으키지 않았던 아이라 그리 신경이 쓰이지 않았다.

어느 날 밤, 옆 반 현아샘이 무척이나 떨리는 목소리로 전화를 걸어 왔다.

"부장님, 우리 반 현수가 이상해요. 인스타에 이상한 글을 올렸어요."

현수의 인스타에서 보이는 글들은 죽음과 관련된 내용이었고, 읽는 동안 나의 등에서는 식은땀이 흐르고 있었다. 금방이라도 현수가 잘못된 길을 가게 될까 봐 내 마음은 쪼그라들고 있었고, 현수를 안전하게 보호해야 한다는 급한 마음은 두려움으로 변해 뇌 회전을 정지시키고 있었다.

"어떻게 알게 되었어요?"

"민경이가요, 민경이가 알려줬어요."

그 무뚝뚝한 민경이? 민경이는 어떻게 알게 되었을까?

"현아샘, 일단은 현수 어머님께 전화를 걸어서 현수 위치부터 파악해보죠. 부모님과 함께 있다면 일단은 안심할 수 있으니까요."

그 밤을 무사히 보낸 우리는 다음 날 민경이와 이야기를 나누었다.

위 센터에는 나와 현아샘, 상담샘, 그리고 민경이가 탁자에 둘러앉아 있었다. 우리의 시선을 고스란히 받고 있던 민경이, 우리는 민경이의 입이 열리기만을 기다렸다.

민경이와 현수는 초등학교 친구였다. 민경이는 초등학교 때부터 너무 이상한 그림을 그리는 현수를 보며 걱정이 되었다고 했다.

도화지를 가득 채운 까만색 그림 사이로 간간이 보이는 눈물 자국, 그리고 높은 벼랑 위에 서 있는 자그마한 아이, 옥상 위에 혼자 앉아 아래를 내려보고 있는 아이를 그린 현수의 그림은 민경이를 불안하게 만들었다고 했다.

현수의 우울한 그림은 민경이의 시선을 사로잡았고, 그때부터 민경이는 현수의 친구가 되어주었다고 했다.

SNS를 팔로우해서 현수가 올린 글을 읽으며 감정 상태를 알아보고, 때로는 현수 엄마에게 알려줘서 상담을 받거나 치료를 받게도 해주었다고 했다. 지금도 현수는 주기적으로 병원을 찾아 상담 치료를 받고 있는데 처방된 약을 제대로 먹지 않고 있어 걱정이라고도 했다.

그리고 하루도 빠짐없이 현수에게 긍정적인 말을 전했다는 민경이, 민경이가 보여준 지난날의 기록들이 핸드폰에 가득 차 있었다. 어쩌면 현수를 세상이라는 울타리에서 벗어나지 못하도록 꽁꽁 붙들고 있었던 것은 내가 늘 무뚝뚝하다고 표현했던 민경이였다.

"현수는 선생님들의 도움이 필요해요. 가능하면 좋은 말을 많이 해주시고요, 그리고 상담도 많이 해주세요."

역시나 건조하게 자신의 의사를 전하는 민경이, 할 말을 다하고 위 센터를 나가는 민경이의 뒷모습을 보며 현아샘이 말했다.

"부장님, 우리가 민경이를 너무 잘못 본 것 같아요. 저렇게 보석 같은 아이가 우리 곁에 있었네요."

현아샘이 말한 보석 같은 아이를 나는 무뚝뚝한 아이로 생각하고 대했다. 심지어 무뚝뚝한 아이라며 소문도 냈었다. 속이 꽉 찬 어른 같은 보석을, 그리고 말없이 자신의 길을 묵묵히 걸어가는 아이를…….

현수의 일이 있고 나서 우린 민경이에게 더는 무뚝뚝하다는 말을 하지 않았다.

"보석 같은 민경아, 뭐해?"

민경이가 어이없다는 듯 쳐다봤다. 새롭게 알게 된 민경이라는 아이, 말해주고 싶었다. 민경이는 정말 보석 같은 아이라는 것을. 그래서 나는 민경이를 만날 때마다 "보석 같은 민경아!"라는 말을 끊임없이 해댔다.

"샘, 이젠, 그만 좀……?"

귀찮다는 듯 민경이가 대답했다.

우린 이렇게 티격태격하며 3학년을 함께했고, 민경이는 마지막 날까지도 "감사합니다!"라는 말을 무미건조하게 전하고는 학교를 떠났다.

몇 년 전, '메니에르'라는 이상한 병을 진단받은 나는 스트레스가 쌓이거나 업무량이 많을 때면 이명과 함께 시작된 어지러움으로 꼼짝 못 하는 증상을 겪곤 했다.

그날도 눈부심과 함께 어지러움이 시작되었고, 나는 급히 이비인후과 병원을 찾았다. 접수하고 대기 의자에 앉아서 내 차례를 기다리고 있던 순간, 민경이가 웃으며 다가왔다.

"샘, 많이 아프세요? 이렇게 아프시면 안 되는데, 어떡해요?"

졸업과 함께 병원에 취업한 민경이는 그새 어른이 된 듯 이제껏 들어보지 못했던 다정한 말로 나를 위로하고 있었다. 내 팔짱을 끼고 직접 원장님께 데리고 가서는 담임 선생님이었다는 소개도 해주었다.

이런저런 검사를 받고 처방전을 받으러 접수대로 갔다. 접수대에서 수납을 담당하고 있던 선생님이 웃으며 말했다.

"김민경 선생님 지인이라서 직원 할인이 되었습니다."

말씀해 주신 진료 비용은 내가 생각했던 금액보다 훨씬 작았다.

고맙다는 말을 전하고 병원을 나오려는데 민경이가 따라 나왔다. 내 등을 쓰다듬어주며 "샘, 아프지 마세요!"라는 말을 전해 주었다.

눈물이 핑 돌았다.

따스한 제자의 손길에 위로를 받고 집으로 돌아오는 길 위에서 나는 피식피식 터져 나오는 웃음을 참을 수 없었다.

그날은 친절을 받은 환자에 앞서 선생이어서 참으로 행복한 날이었다.

가만히 보고 있으면
모든 아이는 예쁘다

나에게
웃음을 주고
의미를 준다

조금 더 아이들을 찬찬히
들여다볼 수 있는
마음의 여유가 생긴다면
참
좋겠다

오래 볼수록 예쁜
우리 아이들

오래 볼수록 정이 가는
우리 아이들

오래오래 보고 싶다

두고두고 보고 싶다

교실의
철학자들

코로나19 감염병이 발생하고 우리의 일상이 바뀌었다. 대책 없이 쳐들어온 감염병은 학교란 공간을 그냥 스쳐 지나치지 않았다. 각기 다른 삶과 감정을 가진 사람들이 모였다가 헤어지기를 반복하는 학교의 일상 또한 크게 바뀌었다.

우리는 마스크로 얼굴을 가린 채 표정을 감추기 시작했다. 그래서 서로의 감정을 읽을 수 없었고 그로 인해 많은 오해가 생겼다. 그 오해들은 서로의 감정을 긁으며 싸움의 씨앗이 되기도 했고, 때로는 무관심이라는 어두운 터널로 들어서게도 했다.

서로의 거리 2미터, 그 거리는 서로의 온기를 느끼지 못한 채 혼자만의 섬에 자신을 가두게 했고, '나 홀로 섬'이라는 독특한 단어가 유행하였다. 그리고 학교에는 소통하지 않는 수백 개의 '나 홀로 섬'이 여기저기로 흩어진 채 파도를 만들고 바람을 일으키고 있었다. 교사라는 '등대'를 바라보며.

하지만 '나 홀로 섬'에서 살고 있는 아이 중 몇몇은 또래 아이에 비해 생각이 많아졌고, 깊어졌다. 이 칙칙한 세상에서 빛을 만들어내고 주변 사람들에게 온기를 전하며 무심한 듯 아이들의 변화를 유도했다.

나는 그런 아이들을 교실의 철학자라고 불렀다.

"샘, 눈이 참 예쁘시네요."

종현이가 나를 보며 말했다. 마스크로 꽁꽁 가려진 얼굴에서 유일하게 보이는 내 눈, 예쁘다는 말을 이제껏 들어보지 못했던 나는 당황스러웠다. 그래서 거울 앞에 서서 내 눈을 바라봤다. 여전히 예쁜지 모르겠다. 하지만 눈꼬리가 올라가는 걸 보니 종현이의 말이 그리 나쁘지 않은가 보다.

여자친구와 사귄 지 90일이 되던 날, 종현이는 교무실 앞 복도에서 생일 축하 이벤트를 하겠다며 꽃과 케이크를 사 들고 왔다. 여자친구 앞에서 작은 목소리로 생일 축하 노래를 불러주는 종현이를 보며, '나는 왜 열아홉 살에 저렇게 살지 못했을까?'

라는 후회가 밀려왔다. 그 아이들의 청춘이 예쁘기만 했다.

축구를 좋아하는 종현이, 한 성격 하는 기가 센 아이들을 모아 놓고 축구팀을 구성했다. 점심시간마다 푸르른 운동장을 뛰어다니며 아이들의 쌓인 스트레스를 풀게 해주었다.

5교시 종이 울리고 땀으로 범벅된 아이들이 현관 안으로 들어설 때면 아이들의 땀 냄새보다 웃음소리가 먼저 들어오곤 했다. 학교 안으로 웃음이 들어오는 마법을 부린 아이다.

종현이는 일 년 내내 다양한 축구 경기에 참가하기 위해 열심히 연습하는 모습을 보여주었다. 선수들의 장점을 고려해서 알맞은 포지션을 결정하고, 팀 코치로 기현 샘을 초빙하여 이런저런 조언을 듣는 종현이를 보며 늘 개구쟁이 같았던 모습을 잊곤 했다.

어느 경기에서 우승하고서는 자신보다는 친구들 칭찬에 열을 올렸던 아이, 다음 경기를 위해 또다시 힘을 내보자며 긍정적인 에너지를 내뿜었던 아이, 그리고 마지막 경기에서 패배의 쓴맛을 보았지만 괜찮다며 자신보다 우리를 먼저 위로해 주었던 아이였다.

종현이는 학교란 공간 안에서 '나 홀로 섬'들이 함께 살아갈 수 있도록 자신을 낮추고, 소통을 선택했다. 그리고 타인을 먼저 생각했다.

우리 모두에게 '함께라서 행복한 세상'을 보여주었다.

"샘, 샘은 ESFJ형이에요."

성격 유형 검사에 관심이 많은 수경이가 말했다.

"샘은 타인에게 관심이 많고 친절하며 동정심이 많고 배려심이 넘치세요."

"내가?"

"넵. 그런데 우리 반에 샘이랑 성격이 비슷한 애가 있어요."

"누군데?"

"래경이요. 유래경!"

웃는 모습이 예쁜 래경이는 가장 먼저 등교해서 커튼을 걷어 내며 어두운 교실을 밝힌다. 그리고 교실 구석 어디에도 먼지 한 점이 없도록 닦아낸다. 칠판에 낙서 된 많은 글 또한 래경이에 의해 모두 사라지곤 한다.

"샘, 칠판 닦이 바꿔야 해요. 너무 헐었어요."

"샘, 고무장갑이랑 수세미 주세요. 쓰레기통 너무 더러워서 씻어야겠어요."

학급 살림을 도맡아 하는 래경이, 어디서든지 열심히 행동하는 래경이의 뒷모습에는 성실함이 묻어 있다. 그 성실함이 만들어 준 깨끗한 교실에서는 아이들의 마음 또한 깨끗해진다. 그래서 다툼이 없다. 험담도 사라진다.

동영상으로 배웠다며 래경이는 어느 날부터 컵케익을 만들어 가져왔다. 래경이가 만든 작은 컵케익의 달콤함은 지친 내 마음을 즐겁게 해주었다.

친구들의 생일날마다, 그리고 특별한 날을 친구들과 함께하기 위해 만들어 온 컵케익, 래경이의 컵케익이 있어서 웃음을 잃은 아이들은 웃게 되었다. 웃음을 만드는 케익이었다.

대학을 가고 싶다는 친구를 위해 래경이는 멘토를 자처했다. 그리고는 자신의 학교생활을 친구에게 올인하는 모습을 보여주었다. 친구를 위해 요약본을 준비해주고, 중요한 내용을 정리한 자신의 노트를 공유하고, 방과 후에 남아 같이 공부하며 든든한 멘토의 역할을 해주었다.

가끔은 귀찮기도 하고 성적이 오르지 않는 친구를 포기할 만도 한데, 래경이의 끈기와 오기는 끝없이 지속되었다. 힘든 상황에서도 항상 웃음을 잃지 않는 래경이, 그래서 래경이는 긍정왕이었다.

사람들의 장점을 잘 파악하여 꼭 칭찬해 주는 래경이, 래경이의 진심이 담긴 편지는, 그리고 사랑의 말이 담긴 래경이의 쪽지는 꼬이고 꼬인 우리의 마음을 슬슬 풀어주곤 했다. 책상 서랍 안에 하나둘 쌓인 래경이의 마음, 힘이 들 때면 꺼내어 읽고 다시 넣기를 반복했다.

그런 래경이가 내 곁에서 빛나고 있었다.

우리의 가슴속에 웃음이라는 씨앗을 심어 놓으며…….

아이들은 늘 나를 '샘'이라고 부른다. 특히 '맹실샘'이라고 부르며 친근하게 다가온다.

아이들이 불러주는 '맹실샘'이라는 말이 좋아서 내가 읽는 책, 그리고 내가 쓰는 물건에 '맹실샘꺼!'라고 써놓았다. 그 표시를 보고 아이들은 장난처럼 자신들도 '맹실샘꺼!' 되고 싶다는 말을 하곤 했다.

나 또한 습관처럼 어린 선생님들을 부를 때면 '샘'이라고 부른다. 어느 날 시작된 '샘'이라는 단어, 우리들의 관계를 조금은 편안하게 만들어 주었고 가깝게 만들어 주었다고 나는 생각했다.

아마도 내가 '선생님'이라고 부르는 상대가 있다면 나보다 나이가 많거나 관리자들일 것이다. 그리고 어떤 이유에선지 불편한 관계를 유지하고 있다면 나는 그들을 선생님이라고 부르고 있을 것이다.

'선생님'과 '샘', 똑같은 의미를 담은 호칭을 내 마음대로 구분 짓고 있었다. 어려운 대상을 부를 때는 선생님으로, 편안한 대상을 부를 때는 '샘'이라는 단어로 구분하고 있었기 때문이다.

그래서 그 아이가 나를 꼬박꼬박 '선생님'이라고 부를 때마다 조금은 불편한 마음이 들었다.

선생님이라고 또박또박하게 나를 부르는 그 아이를 내 마음속 잣대로 측량하며 나를 불편하게 생각하고 있다고 의심하고 있었다.

항상 예의를 갖추고 태도를 바르게 하는 아이, 그 아이의 이름은 강설빈이었다.

"선생님, 의논 드릴 일이 있습니다."

간결하고 존칭으로 구성된 설빈이의 말투는 늘 나를 긴장하게 만들었고, 특히 이런저런 궁금한 내용을 가지고 와서 진지하게 묻는 설빈이로 인해 나는 늘 공부를 해야만 했다.

설빈이는 입학할 때부터 졸업할 때까지 1등을 놓치지 않았던 아이다. 대학 진학보다는 보건직 공무원을 희망하였고, 그해 10월은 보건직 공무원 1차 시험과 면접 준비로 바쁜 나날을 보내고 있었다.

나는 면접관 역할을 하며 설빈이의 면접 준비를 도와주었다. 3일째 계속되었던 면접 준비, 반복적인 질문으로 스트레스를 받을 만도 한데 설빈이는 늘 한결같은 자세로 임하였다. 바른 몸가짐, 그리고 바른 말투는 설빈이와 딱 어울리는 그 자체였다.

피곤함을 느낀 것은 오히려 나였다. 그래서 나는 잠시 쉬는 시간을 갖자고 했다.

"설빈아, 설빈이는 샘이 불편하니?"

따뜻한 차 한잔을 마시며 설빈이에게 물었다.

"아닙니다."

"그럼 왜 나를 샘이라고 부르지 않니?"

"……"

"다른 아이들은 모두 샘이라고 부르는데……"

"선생님이라는 말이 너무 좋습니다. 제가 존경하는 선생님을 샘이라고 부르고 싶지 않습니다."

얼굴을 살짝 붉히며 설빈이가 대답했다. 누군가에게 단 한 번도 애교를 부리거나 기분을 부추기는 말을 해보지 않았던 설빈이가 어색한 듯 고개를 숙이며 말했다.

나의 어설픈 의심이 나를 부끄럽게 만들었다.

열아홉 살, 나의 자랑스러운 제자는 옳다고 생각하는 자신의 결정을 실천하며 살아가고 있었다. 바른 생각과 실천하는 삶, 이제 막 사회인이 되려는 설빈이에게 딱 어울리는 말이었다.

"선생님, 감사합니다."

보건직 공무원에 합격한 설빈이에게 감사 전화를 받았다.

설빈이의 감사 인사는 특별하게 다가왔다. 진지한 성격을 알기에, 그리고 말을 아끼는 아이기에 감사하다는 이 말을 얼마나 어렵게 입 밖으로 꺼냈는지 나는 알기 때문이다.

말 한마디 한마디에 진심을 담는 설빈이, 그 또한 교실의 철학자였다.

누구에게나
자신만의 생각이 있다

누구에게나
자신만의 삶이 있다

존중하고 존중받아야 할
우리 아이들의 생각과 삶

나만의 잣대로
제멋대로 측량하고
단정 지었던 나의 실수가
한없이
부끄러워진다

나,
교사라고 말하기까지
많은 연습이 필요한 듯하다

깻잎 머리 소녀,
역전의 명수가 되다

신입생들을 모집하기 위해 모 여자 중학교를 찾았다. 우리 학교 홍보 내용을 들으러 30여 명이 모여들었다. 설명이 막 시작되는 차에 교실 앞문이 열리더니 슬리퍼를 질질 끌며 여자아이 한 명이 들어왔다.

교복도 제대로 입지 않은 채 진한 눈화장과 갈색으로 염색된 머리카락이 깻잎처럼 이마를 덮고 있었다. 딱 봐도 그 아이는 공부는 멀리하고 신나게 노는, 흔히 우리가 말하는 '깻잎 머리 소녀'로 보였다.

아이의 모습에서 느껴지는 것은 기가 세다는 것, 그리고 어쩌면 이 학교 '짱'일 수도 있겠다는 생각이 스쳤다.

그 아이를 힐긋힐긋 쳐다보는 아이들의 시선 속에서 나는, 앉아 있는 아이들이 불편해하고 있다는 것을 느낄 수 있었다.

'쟤가 여기는 왜 온 거야?', '설마, 쟤도 이 학교에 가려는 건가? 그건 정말 싫은데?'라는.

교실에 들어선 그 아이는 누구의 시선도 무시한 채 빈 자리를 찾아 앉았다. 귀찮다는 듯 털썩 앉더니 책상 위에 엎드렸다.

그 아이를 보며 생각했다.

'잠을 자려면 설명회에 오지 말지, 괜히 와서 분위기만 망치고 있네! 참 예의 없는 아이다.'

커다란 모니터에 올려진 학교 홍보 내용을 목이 터지게 설명했다. 카랑카랑한 내 목소리에 넋이 나간 듯 여학생들은 꼼짝않은 채 고개를 끄덕이며 설명을 들어 주었다.

설명회가 끝나고 질의응답 시간이 되었다. 몇몇 여학생들의 질문에 나는 성심을 다해 대답해 주었다.

"질문 더 있나요?"

"샘……"

고개를 숙인 채 자고 있었던 깻잎 머리 소녀가 손을 들었다. 그리고 느릿느릿한 목소리로 질문했다.

"제 성적이 95%인데요, 저 간호학과 갈 수 있어요?"

95%, 꼴찌에 가까운 성적, 대체 이 아이는 어떻게 중학교 생

활을 보낸 것일까? 거기에다 아이의 태도 또한 마음에 들지 않았다.

"힘들긴 하겠죠? 하지만 자신이 열심히만 한다면 갈 수 있지 않을까요? 시작도 안 해 봤는데 포기하면 안 되겠죠? 우리 학교에 오세요. 함께 노력해줄 선생님들이 아주 많답니다."

'오지 말았으면 좋겠다.'라는 내 마음과 달리 내 입은 그 아이에게 달콤한 말을 전해버렸다.

"이름이 뭐예요?"

"전유진요."

"기억하고 있을게요. 꼭 오세요. 그리고 우리 함께 열심히 해봐요!"

내가 던지는 말이 마음에 들었는지 유진이의 입가에 미소가 번졌다. 난 또 95% 아이에게 괜한 희망을 불어넣은 '오버쟁이' 교사가 되어버렸다.

그 달콤함에 취해 버린 여자아이가 우리 학교에 입학했다.

1학년, 내가 맡을 아이들의 이름을 보던 중 내 눈에 비친 전유진이라는 이름 석 자를 본 순간, '간호학과, 95%, 깻잎 머리, 기가 센, 어쩌면 짱'이라는 유진이와 관련된 단어들이 머릿속을 맴돌았다.

우리 함께 열심히 해보자는 말까지 했는데 나는 그 말을 책임질 수 있을까? 그 아이에게 던졌던 달콤한 말들을 취소하고 싶었다. 아니, 지워버리고 싶었다.

입학식이 열리는 체육관 안으로 아이들이 하나둘 들어오기 시작했다. 과연 그 불량스러웠던 유진이는 어떤 모습으로 오게 될지 기대되었다.

아이들의 이름을 호명하며 정해진 자리에 앉히고 있었는데, 유진이가 오지 않았다. 입학식이 다가오고 있는데, '첫날부터 지각인가? 95% 아이는 별수 없네!'라는 실망감이 몰려왔다.

"선생님!"

유진이었다. 숨을 몰아쉬며 유진이가 말했다.

"버스 정류장에서부터 뛰어서 왔어요. 늦어서 죄송해요."

"괜찮아. 아직 늦지 않았어. 제시간에 와줘서 고맙다."

실망스러웠던 마음을 숨긴 채 나는 여유 있는 미소를 지었다.

나를 기억하고 있는 유진이, 그런 유진이가 조금은 달라 보였다.

머리부터 발끝까지 유진이는 단정한 교복 차림이었고, 내가 기억하고 있던 진한 눈화장도 보이지 않았다. 그리고 진한 갈색으로 염색되었던 머리카락도 검은색이 되어 있었다. 이마를 덮고 있는 깻잎 머리는 여전했다.

３월 초, 아이들의 기 싸움이 시작되었다. 옆 반에서 들려오는 여자아이들의 싸움, SNS에 상대방을 비방했다는 이야기로 시작된 싸움은 급기야 욕설로 번졌고, 1학년 아이들이 지켜보는 가운데 서로의 머리채를 휘어잡는 정말 보기 싫은 싸움으로 치달았다.

또 다른 반에서 들려오는 감정싸움은 중학교 때부터 자신과 의견이 맞지 않아 자주 다투었던 친구가 같은 반에 있다며 자신은 그 아이가 보기 싫어서 학교를 그만두고 싶다는 아이에게서 시작되고 있었다. 서로의 중학교 생활을 흉보며 여론전을 펴고 있었다.

남자아이들의 기 싸움은 오래갈 기세였다. 중학교 때부터 싸움 잘하기로 소문이 난 아이 둘이 우리 학교에 입학했고, 그 아이 둘은 여러 명의 아이를 거느리고 다니면서 서로의 세력을 견제하고 있었다.

다른 반에선 이런저런 기 싸움이 벌어지고 있었는데, 유독 우리 반은 조용했다. 그 어떤 기 싸움도, 말싸움조차 일어나지 않았다.

칠판 양쪽 끝에 크게 적힌 '경청, 존중, 배려'는 우리 반의 약속이었고, 나는 내가 정한 약속 세 가지를 매일 아침 조회 시간마다 강조하고 있었다. 그래서 나는 우리 반이 평화 상태를 유지하고 있는 것은 내가 정한 약속의 효력이라는 어리석은 생각을 하며 미소 짓고 있었다. 참으로 미련한 생각이었다.

"샘, 정말 속상해요."

옆 반 정미가 눈물을 흘리며 교무실로 들어섰다.

"왜? 무슨 일인데?"

"샘네 반 지연이가 저에게 계속 째려본다고 꼽을 줘요."

"으응?"

"제가 찢어진 눈 때문에 째려본다는 오해를 많이 받았었거든요. 그래서 중학교 졸업하면서 쌍꺼풀 수술도 했어요. 그런데도 저에게 째려본다면서 기분 나쁘다고 해요."

"우리 반 지연이가?"

"네, 중학교 때부터 지연이는 늘 그런 식이었어요. 째려본다고 욕을 하거나, 자기 험담을 한다면서 괜한 트집을 잡고, 아이들과 함께 수군대고. 그래서 정말 힘들었는데, 고등학교에 와서도 계속해서 저를 힘들게 하네요."

지연이, 아주 작고 예쁜 아이다. 커다란 눈은 무서움을 많이 탈 것 같고, 내 앞에서는 부끄러운 듯 고개도 들지 못하는 아이였다.

"샘, 지연이가 우리 교실에 들어와서 자기와 친한 친구들과 이야기하면서 저를 흘깃거리며 쳐다보는데, 정말 미칠 것 같아요. 그리고 지연이는 내가 하지도 않은 일을 사실처럼 소문으로 만들어서 퍼트려요. 정말 싫어요."

당황스러웠다. 말 한마디 안 하고 교실에 앉아 있는 지연이, 정미의 말이 사실이라면 우리 반 안에서도 내가 모르고 있는 기싸움이 번지고 있을 게 뻔하다는 생각에 나는 정미에게 조심스럽게 물어봤다.

"정미야, 물어볼 게 있는데 솔직하게 대답해줘."

"……."

"지연이가 그렇게 험담을 많이 하는 아이라면, 우리 반 아이들에 대해서도 험담하고 있을 텐데, 혹시 내가 모르고 있는 일이 우리 반에서 일어나고 있니?"

"아니요."

"왜?"

"유진이가 있잖아요. 유진이는 중학교 때부터 유명했던 아이예요. 태권도 유단자라서 깡도 세고요, 모두 유진이를 어려워해요."

"……."

"유진이가 입학하고 나서 그랬대요. 자기는 공부만 할 거니까 건들지 말라고요. 그리고 시끄러운 거 싫다면서 1반의 평화를 원한다고 했대요. 그래서 1반 아이들은 누구도 안 건드려요."

"지연이도?"

"네. 지연이도 1반 아이들과는 잘 지내고 있어요. 다른 반 아이들 험담은 해도 1반 아이들 험담은 전혀 안 해요."

나는 그때서야 비로소 알게 되었다. '경청, 존중, 배려'라고 정한 나의 약속이 우리 반에 평화를 가져온 것이 아니라, 내가 '95%에 구제 불능 깻잎 머리 소녀'라고 생각했던 유진이의 한마디 때문이었다는 것을.

지연이와 수차례 상담을 실시했다. 그리고 정미와 더는 문제가 발생하지 않도록 주의를 줬다. "샘은 네가 너무 예쁘다. 계속 예쁜 말과 예쁜 행동을 보여줘. 기대한다."라는 나의 말에 눈치 빠른 지연이는 담임이 무엇을 말하고 있는지 깨닫고는 자신의 말과 행동을 조심히 하는 태도를 보여줬다.

나도 모르게 우리 반에 평화를 가져온 유진이, 상담하면서 왜 간호학과에 진학하고 싶은지 알게 되었다.

부모님의 이혼으로 할머니 손에서 자란 유진이, 나이가 들면서 할머니는 여기저기 아프다는 이야기를 자주 했고, 자신 때문에 고생한 할머니에게 도움을 줄 수 있는 착한 손녀가 되기 위해 간호학과에 진학하고 싶다고 했다.

"샘이 학교 홍보하려고 오셨을 때 말씀하셨잖아요. 함께해 줄 선생님들이 많다고, 그래서 용기 내서 이 학교에 왔어요."

나의 달콤한 말에 유진이는 희망을 품고 우리에게 온 것이었다.

중학교 때까지 공부를 포기했던 아이, 그리고 알파벳 b와 d를 헷갈리는 아이, 어디서부터 시작해야 할지 나는 갈피를 잡지 못했다.

다행히 우리 반에는 1등으로 입학한 민영이가 있었고, 열심히 공부하겠다는 혜수와 준호가 있었다.

나는 민영이에게 학급 내 스터디그룹을 만들어 보는 게 어떻겠냐고 제안했고, 민영이는 혜수, 준호, 성수, 효연이와 함께 유진이가 공부할 수 있도록 스터디그룹을 만들었다.

방과 후에 모두 함께 모여 그날 수업받은 내용을 복습하는 시간을 갖고, 각자 한 과목씩 맡아 수업 내용을 요약하여 공유했다. 가장 낮은 성적으로 입학한 유진이가 조금은 긴장하는 듯했으나 암기력이 좋은 유진이는 전문교과를 맡아 자신의 역할을 충실히 해냈다.

그렇게 아이들은 1차 정기고사를 치렀다. 여전히 민영이가 1등을 했다. 그 뒤로 혜수, 성수, 효연이가 상위권에 줄을 서고 있었다. 유진이는 25명 중 15등을 했다. 열심히 했는데 아직도 성적이 낮아서 실망하고 있을 것이라는 기대와 달리 유진이는 기뻐하고 있었다.

"샘, 제가 중학교 때는 거꾸로 2, 3등이었어요. 제 뒤로 열 명이나 있어요."

유진이는 기뻐하며 2차 정기고사에는 더 열심히 해보겠다는 의지를 불태웠다. 이해가 안 되는 것을 그냥 지나치지 않았던 유진이, 여러 선생님을 찾아가서 질문하고 설명을 듣고는 자신의 것으로 만들어 갔다.

"샘, 유진이 때문에 미치겠어요."

"왜?"

"카톡으로 너무 많이 물어봐요."

민영이가 보여주는 카톡방에는 유진이가 물어보는 질문으로 가득 차 있었고, 민영이는 늦은 밤까지 유진이에게 답을 해주며 스터디그룹의 리더 역할을 열심히 하고 있었다.

다시 2차 정기고사를 치른 유진이, 이번에는 7등으로 껑충 뛰어올랐다. 유진이는 그렇게 간호학과 진학이라는 목표를 향해 조금씩 전진하였고, 2학년이 되어서도 열심히 공부해야 한다는 나에게 감사하다는 인사를 전하며 1학년을 마쳤다.

그렇게 우린 잠시 헤어졌다. 나는 3학년 담임교사로, 유진이는 2학년 학생으로⋯⋯.

유진이와 마주칠 때마다 나는 열심히 하고 있는지 물었고, 유진이는 항상 '넵!'이라고 답했다.

3학년이 되어 유진이는 다시 내 반 아이가 되었다. 여전히 머리카락을 앞으로 내리고 다니는 깻잎 머리 소녀였다.

생활기록부에서 성적을 출력하고는 등급을 계산해 보았다. 3학년 때도 지금의 성적을 유지한다면 몇몇 전문대학교 간호학과에 충분히 합격할 수 있는 성적이었다.

"유진아, 성적 관리 너무 잘해 왔더라. 지금 이 성적을 유지한다면 충분히 간호학과에 진학할 수 있겠어."

"샘, 저 취업하려고요."

"왜? 너 간호학과 진학하고 싶다고 했잖니?"

"네. 그런데 할머니가 너무 편찮으셔서 일도 못 하고 계세요. 제가 돈을 벌면서 할머니를 도와드려야 할 것 같아요."

3년 전, 간호학과에 가고 싶어 우리 학교에 진학한 아이는 자신의 꿈을 잠시 접겠다고 했다.

"병원에 취업해서 3년 동안 열심히 돈을 모아 볼게요. 그리고 재직자 전형으로 간호학과를 가도 되지 않겠어요?"

유진이는 여기저기에서 많은 정보를 알아보고는 자신의 진로를 정한 상태였다.

가끔 나는 꿈을 꾼다. 로또 1등에 당첨이 되어 유진이 같은 아이를 도와주는 꿈을, 나의 꿈이 너무 무거워 하늘에 닿지 못하고 있는 듯하다.

유진이는 간호조무사 자격증을 취득하고 어느 종합병원에 취업했다.

노란색 실습복을 입고서 실습에 참여하는 후배들을 볼 때마다 "샘, 노란 병아리들이 실습을 왔네요!"라는 문자를 보내오곤 했다. 그리고 후배들을 만날 때면 열심히 하라는 말과 함께 맛있는 음료수를 꼭 사주는 인심 좋은 선배가 되어주었다.

어느 날 유진이가 학교로 찾아왔다. 수시 원서를 쓰기 위해 나를 찾아온 유진이는 많이 편해 보였다. 3년이라는 세월 속에서 유진이는 성숙해 보였고, 어른이 되어 있었다.

"샘, 이제 대학에 가려고요. 간호학과에 갈 수 있겠죠?"

"네 성적이면 충분히 갈 수 있어."

"샘, 재직자 전형으로 갈게요. 그래야 최저 등급 안 맞추고 간호학과에 입학할 수 있을 것 같아요."

유진이의 말처럼 유진이는 경쟁률이 치열한 간호학과를 재직자 전형으로 합격했다. 그리고 간호학과 2학년이 되어 간다.

중학교 때는 꿈도 꾸지 못했던 간호학과 입학을 유진이는 해냈다. 친구들보다 조금 늦었지만 늦은 만큼 유진이는 더 열심히 해내고 있다.

95%라는 딱지를 떼고, 그 옛날 깻잎 머리 소녀는 역전의 명수가 되었다.

나는 늘 아이들에게 말하곤 한다.

"너희 선배 중에는 중학교 성적 95%로 입학해서, 간호학과에 진학한 사람이 있어. 열심히 노력한 결과지. 그러니 너희들도 절대로 포기하지 말고 노력해주기를 바란다."

나의 말이 아이들의 가슴에 콕콕 박히기를, 그리고 인생 역전을 한 선배의 이야기가 우리 아이들을 올바른 길로 이끌어 주기를 바라본다.

우리 아이들은
그들만의 역사를 쓴다

새로운 공간
새로운 시간 속에서
그들이 써 내려가는 역사는

감동이 되고
희망이 된다

또 하나의
새로운 역사를 쓴
한 아이의
이름 뒤로

인간 승리라는
수식어를 덧붙여 본다

실습실의
주인공들

생김새만큼이나 모두 다른 성향의
아이들, 그 아이들은 교실에서, 운동장에서, 그리고 실습실에
서 각기 다른 모습을 보여주며 가끔은 교사들을 놀라게 할 때
가 있다.

교실에서 조용히 수업을 들으며 교사의 질문에 대답 한 번
하지 않았던 한 아이는 실습실에서 그 누구보다도 자신의 역할
을 잘 수행하여 주변 친구들의 눈을 집중시켰고, 또 어떤 아이
는 시끄럽고 난잡한 행동으로 학습 분위기를 저해하지만 실습
실에서는 그 누구보다도 젠틀맨으로 행동하며 학급 친구들의
박수를 받기도 했다.

보건간호과의 실무 능력을 배우는 실습실, 그곳에서 만난 아이들의 숨겨진 재능과 태도는 수없이 나를 놀라게 했고, 보석을 찾아내어 훌륭한 인재로 거듭날 수 있는 기회를 가질 수 있도록 나를 움직이게 했다.

실습실에서 만난 여러 보석들을 기억해본다.

찬희는 정말 말이 없고 조용한 아이였다. 기초간호 임상실무라는 수업을 듣는 내내 찬희의 목소리를 들은 적이 없을 정도로 찬희의 입은 항상 닫혀 있었다.

어느 날, 혈압을 측정하는 과정을 교육하며 학생들에게 고혈압의 위험성을 알려주었다. 현재 많은 성인이 고혈압이라는 만성 질환에 걸려 삶의 질이 떨어지고 있으니 고혈압을 예방하는 것이 매우 중요하다는 내용을 함께 전했다. 그리고 가족 중에 고혈압 환자가 있다면 배운 내용을 바탕으로 가족 대상 교육을 실시한 후 느낀 점을 서술하고 발표하는 과제를 제시하였다.

두 눈을 동그랗게 뜨고서 수업을 들었던 찬희가 수업이 끝나자 나에게로 왔다. 평생 열리지 않을 것 같았던 찬희의 입이 열리고 질문이 시작되었다.

"샘, 저희 아빠가 고혈압으로 진단받으셨어요. 약은 평생 먹어야 하나요?"

"샘, 고혈압을 낮추기 위해서 운동해야 한다고 했는데, 어떤 운동이 좋을까요?"

"샘, 고혈압인 사람은 술을 마시면 안 되는 거죠?"

찬희의 질문은 나의 대답이 나가기도 전에 연이어 튀어나왔고 아이의 두 눈에는 진지함과 걱정이 가득했다.

"찬희야, 잠시만, 아빠가 걱정되는구나?"

"네. 아빠는 약도 제시간에 먹지 않고요, 술도 마셔요. 그래서 걱정이 많이 돼요."

이혼과 함께 찬희를 떠난 엄마를 대신하여 찬희의 모든 것을 책임지고 있는 아빠의 고혈압이 걱정되었던 찬희, 이제 막 고등학교 1학년이 된 찬희는 행여 아빠가 고혈압으로 인해 더 큰 질병에 걸리게 될까 봐 걱정된다고 했다.

막연히 걱정하기보다는 가정 내 간호사가 되어 아빠를 관리해 보는 것이 어떠냐는 제안을 했다. 나의 제안을 흔쾌하게 받아들인 찬희는 그날부터 아빠의 건강 관리를 시작하였다.

또래 친구들보다 한 뼘 정도는 작은 키, 그리고 정말 앳된 얼굴을 가지고 있는 찬희는 고등학생이라고 하기에는 너무 어려 보였고, '어린아이 같은 모습으로 아빠의 건강 관리를 할 수 있을까?'라는 의문을 품게 했다. 그러나 나의 의심은 곧 사라졌고, 난 찬희가 얼마나 성실하고 끈기 있는 아이인지 알게 되었다.

아이들이 모두 찬희에게 집중하고 있는 어느 수업 시간, 고혈압을 앓고 있는 아빠의 건강 관리를 실시했던 찬희는 그 이야기를 PPT로 제작해 발표했고 많은 아이를 감탄하게 만들었다.

매일매일 실시된 혈압 측정, 그리고 찬희가 처방한 운동 계획에 따라 움직인 아빠의 노력, 저염식으로 구성된 식단, 그리고 금주를 위한 서약서 등이 체계적으로 삽입되어 있었고, 2주 동안의 찬희의 활동을 보며 기초간호실습실에 모인 우리 모두는 놀라지 않을 수 없었다.

그렇게 시작된 찬희의 노력은 지금도 고혈압으로 고생하시는 아빠를 향해 여전히 진행 중이다.

참 대단한 아이다.

표현에 서툴고 투박한 준이는 마주칠 때마다 인사조차 하지 않는 아이다. 무표정한 얼굴에 굳게 닫힌 입은 성격 좋기로 유명한 영종이 또한 인사하기를 주저하게 만들었다.

기초간호실습실에서 맥박 측정 방법을 배우고 실습하던 중, 준이와 영종이는 짝꿍이 되어 연습하게 되었다. 같은 반이 된 지 두 달이 지나가고 있었지만 두 아이는 말 한마디 나누지 않은 어색한 관계였다.

오른손의 검지와 중지를 상대방의 요골 동맥 위에 살며시 올려놓고서 수축과 이완을 반복하는 상대방의 심장 박동을 손끝으로 느끼며 세어보는 맥박 측정 실습은 두 아이를 어색하게 만들었다.

말 한마디 없이 두 아이는 서로의 맥박을 세어보고는 등을 돌렸다.

청진기로 상대방의 심장 소리를 듣는 이어진 활동에서도 두 아이는 여전히 어색해했다. 심지어 자신들이 측정한 상대방의 심장 박동수도 알려주지 않은 채 또다시 등을 돌렸다.

수업이 끝나고 준이가 나에게 다가와 작은 소리로 속삭였다.

"샘, 영종이 맥박이 너무 낮아요."

"몇 회였는데?"

"52회였어요."

"정말?"

실습실 복도로 나가 교실로 돌아가는 영종이를 불렀다. 그리고 조심스럽게 맥박을 측정해 보았다. 준이가 말한 것처럼 52회가 나왔다. 너무 낮은 수치였기에 영종이에게 조심스럽게 물었다.

"영종아, 혹시 맥박수가 낮다는 소리를 들은 적이 있니?"

"아뇨. 왜요?"

"별일은 없겠지만 그래도 네가 알아둬야 할 것 같아. 정상 수치보다 낮은 52회가 나왔네?"

"위험한 건가요?"

"아니. 그래도 한번 병원에서 확인은 해보는 것이 좋을 듯해."

그렇게 영종이는 보호자와 함께 병원으로 향했고, 곧이어 영종이의 어머니를 통해 검사 결과를 들을 수 있었다. 평소 축구와 농구, 사이클 타기 등 운동으로 단련된 영종이는 심장에 별이상이 없었고, 정상보다 낮은 맥박수를 가지고 있었지만 아무런 문제가 없다고 했다.

표정 없는 얼굴로 준이가 내게 물어왔다.

"영종이는 어떻게 됐어요?"

"응. 괜찮아. 운동을 많이 해서 그렇다는구나."

"다행이네요."

"걱정했니?"

"네. 조금요."

준이가 작은 관심을 보여왔다. 온 세상에 무심한 듯 지냈던 준이가 드디어 무엇인가에 관심을 보인 것이다.

"준아, 매일 아침마다 영종이의 맥박수를 측정해서 샘에게 알려줄래?"

"네?"

"아무런 이상이 없다고 했지만 그래도 영종이가 조금은 걱정이 돼서 그래. 준이가 아침마다 영종이의 맥박을 측정하고 샘에게 알려준다면 샘도 영종이도 안심이 될 것 같아."

조심스럽게 건넨 나의 제안을 준이는 받아주었고, 영종이 또한 나의 제안에 동의했다. 그렇게 1주일이 지나고, 2주일이 지난 어느 점심시간에 나는 보게 되었다. 같이 급식을 먹은 후 푸른 잔디가 펼쳐진 운동장에서 함께 축구를 하고 있는 두 아이를. 어색함을 거두어내고 친구가 된 듯했다.

마네킹처럼 표정이 없던 준이의 얼굴에 웃음이 번지고 있었다.

커다란 목소리에 덜렁대는 듯한 태도를 지니고 있는 민준이는 조금은 시끄러운 아이다. 수업 시간마다 조용히 하고 수업에 집중하라는 몇 번의 잔소리를 반복하게 만드는 아이기도 하다. 나의 잔소리로 귀에 딱지가 생겼다고 불평하는 민준이, 조금은 얄밉기도 했다.

병원 실습을 가기 전, 학생들과 1:1로 휠체어에 환자를 태우고 검사실로 이동할 때 갖추어야 할 태도를 교육하던 중 나는 민준이를 마주하게 되었다. 말 많고 시끄러운 아이라는 선입견으로 나는 별 기대 없이 순서를 설명한 후 민준이에게 따라 해

보게 했다.

"안녕하십니까? 중문고등학교 실습생, 김민준입니다."

민준이의 목소리가 실습실에 퍼졌다. 민준이의 목소리는 성우라도 된 듯 차분했고, 민준이의 태도는 장난기를 벗어 던지고 환자를 위해 노력하는 간호인의 모습을 보여주었다. 처음으로 보게 된 민준이의 진지한 모습는 나의 시선을 사로잡았고, '이 녀석 꽤 멋진데!'라는 생각으로 닫혀 있던 나의 마음이 조금씩 열리기 시작했다.

"지금부터 환자분을 모시고 X-ray 촬영을 위해 방사선과로 모시려고 합니다. 괜찮으십니까?"

옆에서 지켜보고 있던 아이들 또한 진지한 얼굴로 민준이를 바라봤고 가면을 쓴 듯한 민준이의 모습에 호기심을 보이고 있었다.

"먼저 환자분을 침대에 앉게 한 후 휠체어로 옮겨드릴 예정입니다. 혹시 어지러움을 느끼게 된다면 말씀해 주십시오."

어쩜, 내가 말한 한마디 한마디를 모두 기억하고는 옅은 미소를 띤 채 또박또박하게 설명하는 민준이……. 환자 역할을 하는 학생을 조심스럽게 휠체어로 옮긴 후 담요로 무릎까지 덮어주는 센스까지 보여주었다.

"이동하겠습니다. 불편하시면 언제든지 말씀해주십시오."

끝까지 최선을 다하는 민준이, 아이들은 민준이에게 큰 박수를 보내며 칭찬의 마음을 전했다.

이론보다 실무를 배우는 실전에 강한 아이들을 종종 마주친 적이 있었다. 하지만 민준이만큼 완벽한 아이는 없었던 것 같다. 어느 영국 영화에 등장했던 젠틀맨처럼 민준이는 그날 완벽하게 환자 이송에 성공했고, 모든 아이의 응원을 받으며 퇴장했다.

난 그날 또다시 알게 되었다.

아이들이 가지고 있는 잠재력, 우리가 미처 보지 못했던 아이들의 능력은 무궁무진하다는 것을.

어쩌면 교사는 아이들의 숨겨진 잠재력을 꺼내어 주려고 노력하는 사람, 그리고 그 아이들에게 혼자가 아니라는 것을 느끼게 해주는 사람이라는 것을.

선배 교사가
말했다

어느 아이든
잘하는 한 가지는
반드시 가지고 있다고

그러니
그 한 가지를 찾을 때까지
아이들을 부지런히 만나보라고
아이들을 부지런히 다독이라고

어느 순간
보석으로 변한
아이들의 모습을
만나게 되고

진심으로 사랑할 수 있을 테니

노란 병아리,
병원을 접수하다

아이들의 병원 실습이 시작되었다. 겨울방학을 맞이하고 시작된 실습 첫날, 병원 로비에 모인 아이들의 얼굴에는 긴장감이 돌았다.

"샘, 실수라도 하게 되면 어떡하죠?"

평소 씩씩하고 당당했던 현미도 처음으로 시작하는 병원 실습이 걱정되었는지 떨리는 목소리로 물어왔다.

"괜찮아. 잘할 수 있을 거야. 그리고 너희 선배들도 실습 시작할 때마다 걱정하고 긴장하곤 했었는데, 너무들 잘하더라."

말은 괜찮다고 했지만, 긴장하긴 나 또한 마찬가지였다.

매해 간호조무사 국가고시 응시 자격을 취득하기 위해 보건

간호과에 재학 중인 아이들은 방학마다 병원 실습을 해야 했고, 우리 반 아이들을 병원으로 보내며 행여 아이들이 작은 실수라도 하게 될까 봐, 그리고 모르는 사람들로 가득 찬 낯선 병원 환경 속에서 주눅이라도 들게 될까 봐 걱정을 하곤 했다.

하얀색 간호복으로 무장한 간호과장님은 강한 목소리로 병원 실습을 위한 사전교육을 실시하였고, 간호과장님의 입에서는 복장 단정, 시간 엄수, 핸드폰 사용 금지, 바른 자세 등 우리 아이들이 지켜야 할 많은 사항이 흘러나왔다. 간호과장님의 말씀에 집중하고 있는 우리 아이들의 눈에서 흘러나오는 감정의 빛깔로 모두 긴장하고 있다는 것을 알 수 있었다.

사전교육이 끝나고 배치받은 각 병동으로 아이들을 보내며 "파이팅, 잘 할 수 있어!"라고 작게 외쳐 보았다. 아이들 또한 '파이팅!'이라며 답을 보내 왔지만 여전히 긴장감을 떨쳐내지 못하는 모습이어서 오랫동안 1층 로비에 앉아 나를 기도하게 만들었다.

실습이 끝난 오후 6시, 반 카톡방에는 불이라도 난 듯 아이들의 하소연이 빗발쳤다.

"샘, 힘들어요. 저를 부디 구출해주세요."

"샘, 병동 선생님들이 바쁘게 움직이시는데 뭘 도와드려야 할지 몰라서 당황스러웠어요."

"샘, 처음으로 고혈압 환자 혈압 측정을 해 봤어요. 혈압이 너무 높게 나와서 겁이 났어요."

"샘, 저 내일 병원 실습 포기하면 안 될까요?"

수없이 반복되는 메시지 알림 소리에 잠시 전화기를 뒤집어 놓았다. 그리고 조금의 시간이 지난 후 전화기를 열어 보니 줄줄이 이어진 수십 통의 문자들, '헉' 하고 숨이 멎으려는 순간 나는 가장 아래쪽에 올라온 유정이의 글을 읽게 되었다.

하트로 가득 찬 유정이의 글 속에는 "얘들아, 모두 수고 많았어. 오늘도 잘 버텼으니 내일은 더 잘할 수 있을 거야. 파이팅!" 이라는 글귀가 적혀 있었다.

유정이의 글을 마지막으로 아이들은 더는 힘들다는 불평도, 포기하고 싶다는 걱정의 말도 올리지 않았다.

다음 날 아침 7시, 조금은 이른 시간에 아이들의 병원 실습 출근을 지도하기 위해 1층 로비 의자에 앉아 있었다. 지각하지 말고 일찍 출근하라는 문자를 반 카톡방에 올리며 자주 지각했던 몇몇 아이를 걱정했다. '행여 지각해서 병원 실습 지도 간호사에게 야단이라도 맞으면 어떻게 하지?'라는 걱정으로 병원 중앙 현관으로 내 시선이 집중되었다.

수연이가 보였다. 실습 시작 시간보다 이른 시간에 도착한 수연이는 안덕에서 버스를 타고 출근하는데 다음 버스를 타면 지각하게 될 것 같아 일찍 출발했다고 했다. 대학 진학보다는 병원 취업을 희망하는 수연이는 간호조무사 자격증을 꼭 취득하고 싶다는 말과 함께 힘들지만 병원 실습을 하며 학교에서 배운 이론을 바탕으로 실무 능력을 키우고 싶다고 했다. 열여덟 살, 하루 사이에 한 뼘이 자라고 어른이 되어버린 듯한 수연이를 보며 나의 가슴속에서는 애틋함이 솟아올랐다.

뒤이어 주성이가 도착했다. 작은 키에 안경을 쓰고 있는 주성이, 한 손에는 의학용어 단어집을, 또 다른 손에는 실습지침서가 들려 있었다. 간호사 선생님들이 주고받는 의학용어 중 모르는 단어가 많다며 주성이는 의학용어를 공부하고 있었다. 매일매일 작성하기로 약속된 실습지침서에는 어제의 일이 일기처럼 그려져 있었다. 주성이가 실습하고 있는 3병동의 일과가 빼곡하게 쓰여 있었고, 어제 한 일 중에 자신이 가장 중요하다고 생각했던 일에는 밑줄과 함께 별표가 그어져 있었다. '환자들 활력징후 측정함.'이라고 쓰인 글 위로 뿌듯함이 보였다. 그리고 자신감이 보였다.

나를 보더니 헐레벌떡 뛰어온 병준이는 간호사 선생님들에게 칭찬받은 이야기를 자랑하기 바빴다. 어디를 가든지 "다녀오겠습니다!"라고 반듯하게 인사를 했더니 선생님들이 예의가 바르다며 칭찬을 해주셨다고 했다. 그리고 환자들을 만날 때마다 "안녕하세요!"라고 인사를 했더니 아주 귀엽고 친절한 학생이 실습을 왔다며 반갑게 대해 주셨다고 했다. 병준이의 밝은 얼굴을 보며 '이 아이가 학교에서도 이렇게 밝았던 아이였던가?'라는 생각이 문득 들었다. 어쩌면 교실에 앉아 수업을 듣는 일보다 다양한 사람들과 만나 소통하는 일이 병준이에게는 더 즐거운 일이 될 것 같았다. 아마도 병준이는 지금 이 순간 자신이 가장 잘할 수 있는 일을 하고 있는 듯했다.

그리고 "맹실샘!"이라며 뛰어오는 내 제자들, 어제의 긴장함을 잊은 듯, 어제의 어색함을 잊은 듯 내 앞으로 몰려왔다. 어제보다 오늘은 더욱더 열심히 하자며 그리고 열심히 배워보자며 파이팅을 외쳤다. 병원 실습은 처음이라 낯설고 힘들겠지만 절대 기죽지 말고, 당당하게 실습에 임해보자며 또다시 파이팅을 외쳤다.

나의 응원을 받고 자신들의 실습 장소로 이동하는 아이들을 바라보고 있는데 병준이가 뒤로 고개를 돌리고서는 두 손을 모으고 하트를 날려줬다. 선미가, 주성이가, 유정이가, 현미가……. 정말 사랑스러운 나의 제자들이었다.

그렇게 하루 이틀이 지나고 일주일의 마지막 금요일, 나는 점심시간을 이용해 아이들을 만날 생각으로 병원 로비에 도착했다. 점심시간보다 조금 이른 시간이어서 조용히 앉아 '행여 우리 아이들이 보이지 않을까?'라는 기대감으로 오고 가는 사람들을 지켜보고 있었다.

멀리서 노란 실습복을 입은 유정이가 보였다. 검사실로 가는지 검사물이 담겨 있는 박스를 두 손으로 들고서 급하게 이동하고 있었다. 마치 병원 직원이라도 되는 듯 내딛는 발걸음마다 당당함이 보였다. 유정이의 뒷모습을 멀리서 따라가며 웃음이 새어 나왔다.

어디선가 익숙한 목소리가 들려왔다. 환자를 휠체어에 태우고 지나가고 있는 유빈이, "괜찮으세요?"라고 연신 환자분께 물어보며 이동하고 있다. 행여 휠체어가 어딘가에 부딪히기라도 할까 봐 휠체어를 잡은 두 손에 힘이 잔뜩 들어간 듯했다. "잠시만 비켜주세요. 환자분 지나갑니다."라고 큰 소리로 말하며 환자를 모시고 지나가는 똑똑이, 노란 실습복을 입고 환자를 위해 노력하는 유빈이의 모습이 너무 아름다워 눈에 담았다. 그동안 내 눈에 담긴 많은 아름다운 모습들 중에서도 으뜸이다.

소아과 외래에서 실습하는 선미를 보기 위해 외래 접수처로 발길을 돌렸다. 하얀색 실내화를 신고, 머리망으로 머리카락을 깔끔하게 정리한 채 노란 실습복은 입은 선미는 정말 단정한 뒷모습을 하고 있었다. 칭얼대는 어린아이의 고막 체온을 측정하는 선미는 다섯 살이나 될까 싶은 어린 환자에게 "많이 힘들어요?"라며 존칭어를 쓰고 있었다. 선미는 병원에 있는 모든 환자의 이름에는 '님'을 붙여 부르라는 나의 지도를 그대로 따라 하고 있었다. 체온을 측정한 후에는 반드시 환자나 보호자가 들을 수 있게 그 결과치를 꼭 알려주기 바란다는 지도 또한 그대로 따라 하고 있었다. 어쩜 그렇게 야무지게 행동하고 있는지, 선미 엄마를 데리고 와서 보여주고 싶다는 생각이 들기도 했다. 웃으며 바라보고 있는 나를 발견하고는 찡끗 눈웃음으로 인사하는 보건간호과의 스마일 여왕 오선미, 내 입가에 미소란 무지개가 피어나게 하는 매직을 부리는 아이다.

점심을 먹기 위해 병원 구내식당 앞으로 모여든 아이들, 나의 모습을 보고는 이런저런 말들을 조잘댄다. 잘하고 있다며 걱정하지 말라는 안심의 말도 전해 온다. 주말 동안 푹 쉬고 다시 다가오는 한 주를 열심히 견뎌보겠다는 의지의 말도 전해 온다. 그리고 자신들이 이 병원을 접수했다며 농담처럼 말한다.

노란 햇병아리들이 병원을 접수했다.

열심히 자신들의 꿈을 키우고 있다.

어디서든지
빛이 나는 우리 아이들
빛으로 물들어
영원히 빛나는
사람이 되었으면
참
좋겠다

어느 날 천사를
만났다

학교 밖 울타리 너머로 보이는 노란 감귤들이 진한 향기를 내뿜어 온 학교가 감귤 향에 젖은 10월 어느 날, 나는 무척이나 고된 하루를 마무리하고 있었다.

보건간호과 학생들의 의료기관 현장실습과 관련된 업무들과 뒤늦게 찾아온 무더위가 나의 고단함을 가득 채우고 있었다.

맑은 공기가 그리워서, 그리고 잠시 나만의 시간을 갖고 싶어 현관 앞 은행나무 아래로 나갔다. 학교 앞뜰의 은행나무 그늘은 내가 이 학교로 전근 오면서 내 휴식처가 되어주었다.

은행나무 아래에 서서 늘 생각했다. 오랜 시간 한자리에서 머물면서 교실 밖으로 흘러나오는 교사들과 아이들의 얽히고

설킨 소리를 들으며 은행나무는 어쩌면 '참 힘들게들 산다. 뭐 그렇게 복잡하게 생각하며 사는지 정말 갑갑하다.'라는 생각을 했을 거라고.

갑작스러운 바람의 재채기에 놀라 우수수 떨어지는 은행나무 잎 하나를 부여잡았다. 초록에서 노랑으로 변하며 자신의 역할을 다하고 사라지는 작은 은행나무 잎에게 '올해도 수고했어!'라는 이별을 고하며 교무실로 들어오려는데 누군가 인사를 건네왔다.

"선생님, 안녕하세요?"

누구지? 조용히 그 아이에 대한 기억들을 하나둘 꺼냈다.

3학년 아이였다. 까만 눈동자와 긴 생머리로 항상 단정한 모습을 지켰던 아이는 선생님들의 입에서 입으로 정말 착한 아이로 전해지고 있었다.

조용한 듯하지만 자신이 맡은 일은 성실하게 최선을 다하는 아이, 주변 친구들과 선생님들의 얼굴에 미소가 번지도록 마법을 부리는 아이, 그런 아이가 조금은 달라 보였다.

"머리카락 잘랐니?"

반짝거리며 찰랑거리던 긴 머리가 사라지고 짧은 단발머리로 변신한 그 아이는 짧은 머리가 조금은 어색하다는 듯 머뭇거렸다.

"네?"

긴 생머리를 항상 자랑스럽게 생각하고 있었던 아이의 갑작스러운 변화에 나는 조금 놀랐고, 짧은 머리 스타일로 변한 아이가 조금은 생소해 보여 어떻게 인사를 해야 할지 머뭇거리다가 대답을 내놓았다.

"응, 어려 보이네! 잘 어울린다."

어색한 인사를 나누는 동안 내 머릿속에서는 많은 의심의 메아리가 휘몰아쳤다.

'긴 머리를 왜 잘랐지?'

'무슨 일이 있나?'

'긴 생머리를 매우 아꼈던 아인데 무슨 심경의 변화가 있는 걸까?'

'혹시 남자친구하고 헤어졌나?'

꼬리에 꼬리를 무는 내 마음속 질문들은 입 안에서 돌고 돌 뿐 그 아이에게는 어떻게 된 일인지 물어볼 용기를 낼 수 없었다. 그만큼 곧고 긴 생머리를 그 아이가 가장 소중하게 간직하고 있었다는 것을 알고 있었기 때문이었다.

3학년 수업을 하고 있었던 나는 그 아이가 수업 중에 했던 말을 기억하고 있었다.

노랗게 머리카락을 염색하고 온 친구가 그 아이에게 보라색으로 염색을 해 보라는 농담을 한 적이 있었다. 그때 그 아이는 친구를 쨰려보며 아주 단호하게 말했다.

"내 머리카락은 단 한 번도 파마나 염색을 한 적이 없고 앞으로도 그럴 일이 없을 거야. 내 머리카락은 아주 소중하니까!"

그때 나는 생각했다.

'친구의 농담을 너무 심각하게 생각하는 거 아냐? 그냥 넘어가도 될 말을 심각하게 되받아치는데?'라고.

잠시 그때를 생각하며 더 큰 의심 속으로 빠지려는데, 그 아이가 얼굴을 조금 붉히며 말을 이어갔다.

"5년 동안 길렀던 머리카락을 잘랐어요."

"5년이나! 근데 왜?"

5년이나 길렀던 머리카락을 자르는 데는 커다란 심경의 변화가 있을 것이라는 선입견이 짧은 질문이 되어 급하게 입 밖으로 튀어나왔고, 빨리 대답을 내놓으라고 내 귀는 기다리고 있었다.

"기증하려고요."

"……."

"항암치료로 머리카락이 빠지는 백혈병 환자들에게 필요한 가발을 만들려면 파마도 하지 않고 염색도 하지 않았던 깨끗한 머리카락이 많이 필요하다는 것을 알게 되었어요."

"……."

"그래서 5년 전부터 정말 소중하게 머리카락을 길렀어요. 정말 필요한 사람들에게 기증하려고요."

"……"

"저의 오래된 소원이었어요."

작게 아주 작게 내뱉는 아이의 말이 화살이 되어 나의 가슴에 박혔다. 그리고 나를 먹먹하게 만들었다. 먹먹한 가슴에 낮은 바람이 다가와 나의 모든 이성과 생각의 끈을 내려놓게 하였다.

잠시 머릿속으로 불길한 의심을 펑펑 터트렸던 나는 작은 한 소녀의 잔잔한 말에 부끄러워서 고개를 들 수가 없었다.

늘 아이들에게 쏘아댔었다.

"넌 부끄럽지도 않니?"라고.

누군가 내게 되묻는 듯했다.

"선생님, 부끄럽지 않으세요?"라고.

오랜만에 느껴보는 부끄러움은 얼굴을 붉게 만들었고, 널뛰는 심장 소리는 "너 참 못났다."라며 호통을 치는 듯했다.

하늘처럼 맑은 눈동자를 반짝이며 별일 아니라는 듯 자분자분 속삭여주는 아이의 이야기를 듣고 있었던 나는 적당한 단어를 찾아서 칭찬해 주려고 했지만 부끄러움으로 머릿속이 텅 비어 버린 듯 적절한 해답을 주지 않았다. 그리곤 어설프게 튀어나온 한마디.

"축하해!"

생각지 못했던 아이의 잔잔한 말에 잠시 냉동 상태가 되어 버린 나의 뇌는 '장하다! 용감하다! 대단하다!'라는 말 대신에 '축하해!'라는 엉뚱한 말을 툭 뱉고 말았다.

저녁 아홉 시, 늦은 학교 업무를 마치고 집으로 돌아가는 길, 어둠을 뚫고 적막한 길을 낮은 헤드라이트 불빛에 의지하며 달리다 문득 낮에 만난 그 아이의 말들이 귓가에 맴돌았다.

'저의 오랜 소원이었어요.'

'백혈병 환자에게 기증하려고요.'

오랜 소원……. 남을 도와주는 일이 자신의 오랜 소원이었다니, 열아홉 살 아이의 오래된 소원 이야기를 들은 나는 불현듯 그 아이가 너무 부러워지기 시작했다.

그리고 내 머릿속에서 계속해서 맴도는 생각들…….

'열아홉 살 때 나는 무엇을 했지? 기억에 없는 시간을 보낸 듯한데.'

'그 아이는 어린 나이에 큰 사랑을 이루었구나. 대단하다!'

늦은 밤까지 먹먹했던 가슴은 또다시 일렁거리기 시작했다. 그리고 나는 가슴이 따뜻해지고 있음을 느끼기 시작했다.

나는 비로소 알았다. 내 옆에 천사가 늘 살고 있었음을.

그리고 그 천사의 이름은 소영이라는 것을…….

키 작은 소영이는
새까만 머리카락을 가지고 있다
허리까지 찰랑거리는 머리카락은
보는 사람들의 부러움이다

눈이 예쁜 소영이는
새까만 머리카락을 가지고 있다
오 년을 고이고이 간직한 머리카락은
소영이의 제일가는 자랑거리다

손이 하얀 소영이는
새까만 머리카락을 가지고 있다
빨주노초파남보 염색으로 치장한
주연이의 유혹에도
넘어가질 않는다

돌담 사이로 감귤 향기가 퍼져 나오는
그 어느 가을에
소영이는 짧은 단발이 되어 돌아왔다

이름도 얼굴도 모르는
어느 아픈 작은 아이에게
까맣고 소중하고 찰랑이는
머리카락을 주고 왔다고 했다

사랑을 주고 왔다고 했다

나는
소영이라는
천사를 그렇게 만났다

스물한 살,
진이

스물한 살, 진이는 몇 해 전에 내가 맡았던 아이다. 한없이 착하고 예쁜 아이였다. 그 예쁜 심성으로 간호사가 되었으면 좋겠다며 나는 진이에게 대학 진학을 권하였다. 하지만 초등학교 시절, 부모님의 이혼으로 아빠와 함께 생활하고 있었던 진이는 대학 진학보다는 병원 취업을 희망했다.

"왜? 이렇게 성적이 좋은데, 왜?"

"샘, 아빠가 만성신부전 환자예요. 그래서 제가 돈을 벌어야 해요. 아빠도 돌봐드려야 하고요."

3년 개근이 증명해주는 성실함, 상위권의 좋은 성적, 그리고 변함없이 보여주었던 바른 생각과 태도를 갖춘 진이, 고등학교 졸업과 함께 취업이라는 어른들의 세상으로 내보내기가 아까웠던 나는 대학 진학을 생각해보라며 계속해서 설득해 나갔다. 하지만 아픈 아빠를 둔 진이는 자신보다 아빠가 먼저였다. 그리고 진이는 시종일관 변함없이 취업을 고집했다.

특성화고등학교에서 근무하면서 나는 항상 마음속으로 다짐하고 있는 것이 하나 있다. 때로는 나는 아이들의 엄마여야 하고, 때로는 언니여야 하고, 또 때로는 친구가 되어줘야 한다는 것. 엄마가 없는 진이가 가여웠던 나는 아마도 엄마의 마음이 컸던 것 같다.

그렇게 진이는 자신이 원했던 병원에 취업하면서 학교를 떠났다.

어느 작은 병원에 취업한 진이는 처음에는 정말 의욕이 넘쳤다. 하지만 오랜 시간 병원에서 간호사로 일해 본 나는 진이의 의욕이 그리 오래 지속되지 않으리라는 걸 알고 있었다.

사람의 생명을 다루는 병원 안에서의 간호 업무는 살얼음 위를 걷는 것과 같았고 균형을 잡지 못하고 헤매는 순간 누군가의 삶을, 생명을 위험의 나락으로 떨어트릴 수 있다는 것을 나는 이미 경험하였기에 내가 걸었던 살얼음 위를 걷고 있는 진이가 언젠가는 울음을 터트리며 고뇌에 빠질 날이 곧 올 거라는 것을 멀리서 그려보고 있었다.

참으로 슬픈 그림이었다.

나의 슬픈 그림은 그리 오래지 않아 현실이 되었다.

어느 늦은 밤 진이는 울며 전화를 걸어왔다.

"샘, 너무 힘들어요. 제대로 가르쳐 주지도 않으면서 그것도 모르냐고 야단치세요. 학교에서 그것도 배우지 않고 왔느냐면서……."

"샘, 누구나 처음은 있는 거잖아요. 처음부터 잘하는 사람이 있나요? 본인들도 처음에는 저처럼 모르는 것이 많았을 텐데 왜 저만 바보인 양 그렇게 쳐다볼까요?"

나는 어떻게 진이를 위로해야 할지, 이 아이를 어떻게 진정시켜야 할지 도무지 알 수 없었다. 그저 같이 흉을 보고, 그저 같이 욕을 할 뿐이었다.

"정말 나쁘네, 잘 가르쳐 주고 평가를 해야지. 자기들도 처음에는 못 했을 거면서."

"샘이 가서 한바탕할까? 우리 진이를 왜 괴롭히냐고?"

"참, 어이없네. 왜 야무지고 똑똑한 우리 진이를 몰라보고 함부로 대할까? 아마도 그 사람들 큰 벌 받게 될 거야!"

흥분된 나의 말에 진이는 항상 똑같은 대답을 해왔다.

"샘, 여기서 그만두는 건 아니라고 봐요. 전 끝까지 할래요.

두고 보세요. 정말 실력 있는 사람이 될 테니까요.”

괜찮다는 말을, 걱정하지 말라는 말을 진이는 항상 포기하지 않고 끝까지 해보겠다는 말로 대신했다.

알지도 못하는 사람들을 향한 나의 흥분이, 그리고 그들을 향해 내가 퍼붓는 험담이 자신을 향한 걱정이라는 것을 알고 있었던 진이였기에 말 많고 걱정 많은 담임을 그렇게 안심시키고 있었다.

하루에도 몇 번씩이나 진이와 나의 통화는 이어졌고, 어느 날은 웃음으로 또 어떤 날에는 울음으로 마무리되곤 했다.

그렇게 한 달, 두 달, 그리고 1년이 되어 가고 있던 어느 겨울 날, 진이의 전화를 받았다.

“샘, 첫눈이 와요.”

“정말? 눈이 예쁘게 내리네.”

“첫눈 맞으며 소원 빌었어요.”

“뭔데?”

“우리 아빠 건강하게 해 달라고요. 그리고 저 이제 병원에서 잘 지내고 있어요. 이젠 잔소리도 많이 듣지 않고요. 일 잘한다는 칭찬도 많이 받아요. 저를 딸처럼 아껴주는 샘들도 많이 생겼어요.”

“정말? 진짜 다행이다.”

"이제는 정말 제자리를 찾은 것 같아요. 전에는 병원에 출근하는 게 힘들기만 했는데, 요즘은 즐겁기도 해요."

1년이라는 긴 시간 동안 많이 아팠을 텐데, 아픔을 딛고 시련을 넘으며 진이는 자신이 있어야 할 자리를 찾은 듯했다.

내가 근무하고 있는 우리 학교 보건간호과에서는 간호조무사 자격증을 취득하는 교육과정을 운영하고 있다. 간호조무사 국가고시에 응시하기 위해 보건간호과 학생들은 780시간이라는 병원 실습을 해야만 한다.

아이들이 실습해야 할 병원을 찾는 것은 그리 쉬운 일이 아니다. 미성숙한 고등학생들이 병원에서 실습하며 실수를 하고 그로 인해 병원 이미지에 손상이 가는 일도 있기에 많은 병원이 실습 학생 받는 것을 망설인다.

어느 날 진이가 들뜬 목소리로 전화를 줬다.

"샘, 우리 병원에서 실습 학생을 받아주겠대요."

"정말이니?"

"네. 제가 선생님들께 부탁드렸어요. 실습할 병원이 부족하니 우리 학교 학생들을 받아달라고요. 처음에는 안 된다고 하셨는데 제가 여러 번 부탁을 드리니까 원장님과 선생님들이 허락해 주셨어요."

"정말 고마운 분들이네."

"성질 고약한 아이들로 보내세요. 제가 그 못된 성질 확 고쳐서 새사람 만들어 보낼게요."

힘들다고 울며 전화기를 붙들고 밤을 지새웠던 아이는 어느새 어른이 되어 있었다. 내 맘속에서 항상 어리게만 생각되었던 진이, 그렇게 앳된 아이가 어른이 되어 한 자리를 차지하고 야무지게 자신의 역할을 하고 있었다.

오래전에 내가 그렸던 슬픈 그림은 사라지고 후배들에게 대대로 전해질 대단한 선배의 이야기가 전설처럼 완성이 되었다. 이제 그 이야기는 후배들의 입에서 입으로 흘러 들어갈 거라고 나는 기대해 본다.

힘든가 보다
오랜만에 전화를 하고서는
아무 말도 못 하고
잘 지내시죠? 인사말만 반복한다

사회라는
커다란 실타래 속에서
엉키지 않고 끊기지도 않고
버텨야 하는 것이 얼마나 힘든 일인지
나는 알기에
차마 너에게
힘내라는 말을 건네지 못한다

어느 해 겨울
좋은 직장에 취업했다며
들뜬 목소리로 전화를 주었던
스물한 살의 진이

또 한 번의 겨울이 오기도 전에
얼어붙은 너의 목소리는
세찬 겨울의 눈보라보다도
시리게 나의 가슴을 후빈다

어디쯤인지
누구와 있는지
무엇을 하고 있는지 물어보려다
그저 낮은 나의 숨소리를 전화기 너머로 보낸다

스물한 살
누구나 아픈 나이
지나가는 감기처럼 아픔을 털어 내고
다가오는 봄을 찬란하게 맞이하기를 빌어 본다

기적을 만든 53명의 아이들

"여러분, 드디어 제 소원이 이루어졌어요!"

2019년 어느 날, 종례시간에 우리 반 아이들에게 조금은 들뜬 목소리로 말을 꺼냈다.

23명의 아이들이 궁금하다는 듯 나를 쳐다보았다. 그리고 호기심이 많은 혜광이가 빨리 말해달라는 듯 두 눈을 반짝이며 물어보았다.

"샘, 소원이 뭔데요?"

"으음, 나의 소원은……."

절대 이루지 못할 것 같았던 나의 소원이 2019년 10월 15일

에 이루어졌다. 아니, 우리 학교 모든 선생님의 소원이 이루어
진 것이다.

2017년 2월 어느 날, 나와 선생님들은 새 학년 교육과정 협
의회를 마치고 이른 식사를 위해 학교 근처 식당으로 들어섰다.
메뉴를 주문하려는 순간 우리는 지난달에 졸업한 성호를 마주
하게 되었다. 성호는 보건간호과 교육과정에서 가장 중요시하
고 있는 간호조무사 국가고시 자격증 취득 과정을 포기한 친구
였다. 평소 투박한 말과 행동으로 교사들과의 관계가 매끄럽지
못했던 성호, 그리고 그런 성호를 설득하고 붙잡지 못했던 선생
님들, 잠시 우리 사이에 어색함이 감돌았다.

"여기서 일하고 있니?"

"네. 아르바이트하고 있어요."

식사하는 동안 계속 성호에게 신경이 쓰였다. 그리고 문득
간호조무사 자격증을 취득하고 병원에 취업하여 당당히 일하
고 있는 성호의 동급생 채현이의 밝은 얼굴과 원장님께 일 잘한
다고 인정받고는 "샘, 저 이 병원에서 제일 촉망받는 인재예
요!"라며 자랑하던 성민이의 당찬 얼굴이 눈앞에 맴돌았다.

"성호도 간호조무사 자격증을 취득했으면 지금 식당에서 아
르바이트 하지 않고 병원에 취업했을 텐데……"

경빈샘이 아쉽다는 듯 입을 열었다.

"성호가 병원 실습을 절대 하지 않겠다고 고집을 부리고 짜증을 내서 우리 중 누구도 성호를 설득하기 어려워했잖아요."

경아샘의 말이 이어졌다.

"그때 누군가가 성호를 붙잡고 간호조무사 자격증이 얼마나 소중한지 이해시키고 설득해서 자격증을 취득하게 했더라면 좋았을걸……."

경숙샘의 후회 섞인 말이 이어졌다.

그랬다.

그날 우리는 그 작은 식당에서 우리가 흔히 하던 먹방도 수다도 떨 수가 없었다.

두 손에 다양한 자격증을 가득 들고 졸업한 다른 아이들과는 달리 성호를 빈손으로 졸업시켰다는 사실을 처음으로 마주했기 때문이었다. 아무것도 성취하지 못하고 빈손으로 졸업한 성호가 힘들게 서 있는 자리, 졸업한 제자의 거친 두 손을 보았기 때문이었다.

2017년 3월, 입학식이 있고 나서 보건간호과 교사들은 긴급회의를 열었다. 성호의 슬픈 빈손을 보고 난 후 다시는 그 어떤 아이도 빈손으로 졸업시키지 않겠다는 무언의 다짐들이 우리를 모이게 하였다.

"선생님들, 올해부터는 현장실습형 도제학교가 시작됩니다.

학생들이 입학한 그날부터 도제 프로그램을 운영하며 학생들의 진로 및 취업을 위한 성적 향상과 자질을 갖추도록 모든 교사가 함께해야 합니다.”

보건간호부장의 강한 결의에 찬 말에 경숙샘이 말을 이어갔다.

“1학년 1학기부터 학기마다 자격증 취득 프로그램을 전 학생이 함께할 수 있도록 진행하면 좋을 듯합니다.”

“우리 아이들이 졸업 후 진로에 대해 진지하게 생각할 수 있는 기회를 제공하고 아이들의 역량을 키워줄 수 있는 다양한 프로그램 운영도 필요할 것 같습니다.”

경빈샘이 단단히 결심한 듯 말을 이었다.

“힘들고 무기력한 우리 아이들을 1:1 멘토링을 통해 설득하고 또 설득해서 모든 활동에 참여하는 분위기를 형성해야 합니다.”

경아샘이 단 한 명의 포기도 허락할 수 없다는 듯 큰 소리로 말했다.

“특히 간호조무사 국가고시 자격증은 모든 아이가 취득하고 졸업할 수 있도록 노력해야 합니다. 그래서 우리 아이들이 사회에 나아갈 때 당당할 수 있도록 해야 합니다.”

인숙샘이 모든 교사의 마음을 읽은 듯 마침표를 찍었다.

해마다 입학생 중 간호조무사 자격증 취득을 포기하는 학생들이 생겼고, 몇몇 학부모들 또한 자녀들이 자격증을 취득하여 취업 전선에 뛰어드는 것을 반대하고 있는 현실이어서 '입학생 전원을 간호조무사 자격증을 취득하게 하자!'라는 결심이 매우 어려운 일이라는 것을 보건간호과 모든 교사는 알고 있었다.

하지만 우리는 성호의 빈손이 얼마나 우리를 아프게 했는지 기억했다. 새로운 입학생들부터는 학기마다 방과 후 교육 활동을 통하여 진로에 필요한 다양한 자격증을 취득하게 돕고, 병원 실습에 전원 참여하게 지도하여 간호조무사 국가고시 자격증을 모두 취득할 수 있도록 지도하자는 합의를 보았다.

우리 모두에게 전원 합격이라는 커다란 소원이 생긴 것이었다.

그래서 우리는 1학년 때부터 학생들의 보건간호과 적응력을 높이기 위해 학교적응지도에 많은 시간을 투자하고, 기본생활습관 형성 및 인성 함양을 위해 그 무엇보다도 주력할 것을 결심하였다. 특히, 성공 경험이 적어 자존감이 매우 낮은 아이들을 위해 한 가지씩 차곡차곡 자격증을 취득하면서 '할 수 있다!'라는 자신감을 가질 수 있도록 1학년에서는 병원코디네이터, ITQ한글 자격증, 심폐소생술 처치원 자격증, 2학년에서는 병원원무행정전문가, 보험심사분석사, 3학년에서는 간호조무사 국가고시 자격증과 발마사지 자격증을 모두가 함께 취득하여 우리 아이들의 두 손을 가득 채워주기 위해 노력하자는 다짐도 하게 되었다.

그날은 보건간호과 모든 교사가 한마음으로 '우리 아이들이 졸업과 동시에 사회에 나아갈 때 당당하고 자신 있게 첫걸음을 내딛도록 아이들의 양손 가득 채워 줄 준비를 하자.'고 모두의 마음을 결집한 날이기도 했다.

많은 입학생이 보건간호과에서 '간호의 기초', '기초간호 임상실무', '인체구조와 기능' 등 전문교과를 배워야 한다는 사실에 놀라워했다. 특히, 간호조무사 자격증 취득을 위한 교육과정에 참여하고 병원 실습을 해야 한다는 사실을 처음 듣는 아이들도 있었다. 가장 심각한 것은 그 어떤 것도 하기 싫다며 그냥 고등학교 졸업장을 따기 위해 입학했다는 아이들이 다수 있다는 것……. 그냥 아무런 생각 없이 입학한 아이들, 꿈이 없는 아이도 많았고, 이곳에서 무엇을 이루고 싶은지 아주 작은 계획조차 없는 아이들도 있었다.

꿈이 없는 아이들을 위해 우리는 보건간호과의 교육과정을 이해시키고, 기본적으로 갖추어야 할 인성 함양과 생명의 존중함을 스스로 깨달을 수 있도록 다양한 프로그램을 진행하였다. 그리고 졸업이라는 목적지에 다다랐을 때 자신에게 부끄럽지 않고 후회되지 않는 고등학교 3년의 결과물을 가질 수 있도록 노력하자는 자존감 향상 프로그램 또한 모든 교사가 발 벗고 함께했다. 그렇게 1학년 1학기, 2학기가 끝나가고 53명의 아이들은 우리들의 품으로 다가오는 듯했다.

하지만 간호조무사 자격증 취득을 위한 첫 번째 병원 실습이 실시되고 있었던 2018년 1월 어느 날 아침, 전화기 너머로 들려오는 수호의 격앙된 목소리가 나의 머릿속을 헤집어 놓았다.

"샘, 저 병원 실습 포기할래요, 너무 힘들어요!"

"저 오늘부터 병원에 가지 않을 거니까 그렇게 아세요!"

평소 지각이 많은 수호, 거친 말투와 태도로 선생님들과 많이 부딪혔던 아이, 가정 형편이 넉넉하지 않아 아르바이트하며 자신의 용돈을 벌었던 수호, 수호에 대한 많은 생각이 오고 갔다. 그리고 지난해 10월에 보았던 수호 어머니의 눈물이 기억났다. 수호의 학교 문제로 상담을 위해 학교를 찾았던 수호의 어머니는 눈물을 흘리며 말씀하셨다.

"살아보니 자격증 하나 없는 내가 너무 야속하더라고요. 그래서 우리 수호는 꼭 자격증 딸 수 있게 도와주세요. 간호조무사 자격증 하나만 있더라도 자기 밥벌이는 하고 살 거잖아요. 선생님, 부탁합니다."

수호를 찾아 헤맸다. 병원에 가지 않고 PC방에서 게임을 하고 있는 수호를 찾아 설득하기 시작했다. 지금 방황이 3년 후 졸업할 때 얼마나 수호 자신을 부끄럽게 하고 후회하게 하는지를 설명했다. 하지만 수호는 고개를 저었다. 간호조무사 자격증이 앞으로 남은 인생에 든든한 보험 역할을 해줄 수 있음을 설명했다. 하지만 여전히 수호는 고개를 저었다. 그런 수호에게 빈손으로 졸업한 성호의 이야기를 들려줬다. 그리고 수호 또한 성호처럼 빈손으로 보내고 싶지 않다고, 다시는 초라한 제자들의 모습을 보고 싶지 않다는 나의 진심을 보였다. 성호의 흔들리는 고개가 멈췄다. 그리고 생각할 시간이 필요하다고 했다.

늦은 오후, "샘, 병원 실습 다시 해볼게요. 자격증도 꼭 딸 수 있도록 노력해볼게요."라는 성호의 문자에 나는 환한 미소를 지었다.

또 어느 날은 상혁이가 자신은 꼭 아르바이트를 해서 용돈을 벌어야 학교를 다닐 수 있다며 병원 실습을 포기하겠다고 슬픈 눈으로 말했다. 상혁이는 집안 사정이 좋지 않아 평소 아르바이트를 하며 자신의 교통비와 용돈을 벌며 힘들게 학교에 다니던 아이였다.

"학교에서 도와줄 수 있어. 현장실습형 도제학교 예산으로 병원 실습하는 학생들에게는 실습비를 제공해서 너희들의 부담을 덜어 줄 수 있어. 그러니 포기하지 말고 끝까지 가자."

다행히 우리에게는 현장실습형 도제학교 운영으로 아이들이 실습하는 동안 실습비를 제공할 수 있었기에 상혁이를 붙잡고 병원 실습을 마치도록 설득할 수 있었다.

그 후로도 기석이가, 다희가 실습을 포기하고 자격증 취득을 포기하겠다고 할 때마다 우리는 지난 3월의 결심을 잊지 않고 모두가 한마음으로 설득해 나가기 시작했다. 때로는 엄마의 마음으로, 때로는 친구의 마음으로, 때로는 먼저 세상을 살아본 선배의 마음으로!

780시간이라는 여섯 번의 병원 실습, 방학을 즐기지 못하고 병원 실습을 해야 하는 우리 아이 중 몇몇은 병원 실습이 돌아올 때마다 조금씩 포기하고 싶다는 말을 내비쳤다.

"샘, 그냥 아르바이트 인생으로 살래요!"

"아르바이트도 돈 많이 벌 수 있어요!"

"엄마도 힘들면 그만두래요!"

반복되는 아이들의 철없는 말에 모든 교사의 마음이 지쳐갈 즈음, 정말 든든한 지원군들이 학교에 도착했다. 간호조무사 자격증을 취득하고 인근 병원에 취업해서 이제는 3년이 넘는 경력을 지니고 있는 우리의 제자들이었다. 선배로서 후배들에게 취업의 강점과 취업을 위해서 꼭 필요한 간호조무사 및 다양한 자격증들의 필요성을 이해시키고자 학교를 찾아와 준 것이다.

"후배님들, 힘들죠? 우리도 경험해 봐서 압니다. 하지만 간호조무사 자격증을 손에 쥐게 되는 날 모두들 느낄 것입니다. 얼마나 든든한지, 내 삶에 보험 증서 하나를 가지고 세상으로 나간다는 것이 얼마나 나를 안심하게 하는지 알게 될 겁니다. 그러니 모두 포기하지 말고 끝까지 함께 가기 바랍니다!"

지난달 병원에서 모범 직원으로 뽑혀 상을 받았다고 상장을 사진 찍어 내게 보냈던 미정이가 또랑또랑한 목소리로 말했다.

"병원에 취업하면 모두 저를 선생님이라고 부릅니다. 아르바이트를 할 때마다 '어이, 저기, 아가씨'라고 불렸던 제가 선생님이라는 소리를 처음 듣고서는 많이 울었습니다. 그리고 제가 있는 자리에서 어렵고 힘든 사람들을 도와줄 수 있다는 사실이 저 자신을 자랑스럽게 합니다. 여러분도 그렇게 될 수 있습니다. 절대 포기하지 말고 꼭 승리하기 바랍니다!"

학교에 다닐 때 말이 너무 없어 걱정되었던 진현이가 언변가가 된 듯 후배들에게 애정이 듬뿍 담긴 응원의 말을 했다.

선배들의 응원의 말, 취업 후 꿈꿀 수 있는 여러 가지 일들, 그리고 '선취업 후진학'으로 진학도 할 수 있다는 사실, 더불어 한 명의 사회인으로 또래 친구들보다 먼저 세상을 살아가는 것에 대한 선배들의 자부심 등이 아이들을 다시 제자리로 돌려놓았다. 그리고 지친 우리의 마음 또한 씻겨 주었다.

2019년 7월, 단 한 명의 포기도 없이 53명이 780시간이라는 병원 실습을 모두 마쳤다. 정말 대단한 일이었다. 단 한 명의 포기도 없다니! 이제 우리에게 남은 것은 9월에 치러질 간호조무사 국가고시 시험에 전원 합격하는 일이었다. 하지만 3월 말, 처음으로 모의고사를 치른 우리는 모두 한숨을 쉬었다. 이대로는 합격이 불가능한 아이들이 너무 많았기 때문이었다. 특히 남자 아이들 대다수는 성적이 매우 낮게 나왔다.

다시 8명의 교사가 머리를 맞댔다. 성적이 저조하여 합격하기에 어려움이 있는 아이들을 8명의 보건간호과 전 교사가 나누어 지도하기로 했다. 이른 감이 있지만 3월 말부터 우리는 이 아이들의 성적 향상을 위해 밤늦게까지 자기 주도 학습을 할 수 있도록 했고, 성적이 최하위로 낮은 아이들은 아침 시간, 쉬는 시간, 점심 시간 등을 가리지 않고 1:1로 지도했다.

성적이 좀처럼 오르지 않던 기훈이는 화가 나는 듯 시험을 보지 않겠다며 담임교사인 은정샘의 마음을 후볐다. 고집불통인 기훈이를 파이팅이 넘치는 옆 반 담임교사인 정심샘이 설득해 나갔다. 그리고 경아샘이, 경빈샘이, 경숙샘이, 해람샘이 기훈이에게 '할 수 있다!'는 응원의 말을 이어갔다. 그런 응원으로 기훈이는 다시 마음을 가다듬고 시작할 수 있었다.

반복적이고 지속적인 목 사용으로 많은 교사가 힘들어했고 성대 결절이 온 교사도 생겼다. 하지만 우리 모두 자신의 아픔을 잊고 오로지 아이들만 바라봤다. 하루가 어떻게 지나가는지 모를 정도로 아이들에게만 집중했다. 아이들 또한 지쳐갔다. 하지만 교사의 열정을 아는 듯 잘 따라 주었다.

"샘, 제가 이렇게 공부해 보는 게 정말 처음이에요."

중학교 때까지 잠자기 위해서 학교에 갔었다는 윤호가 말했다.

"샘, 이렇게 공부했으면 서울대 가고도 남았을 거예요."

그새 철이 든 것인지 후회와 농담이 섞인 말을 가흔이가 던졌다.

한 달, 두 달이 지나고 드디어 9월 28일, 결전의 날이 다가왔다. 이른 아침부터 시험장을 찾은 모든 교사의 얼굴에는 긴장감이 돌았다. 아이들 또한 불안한 마음으로 전날 잠을 자지 못한 듯 상기된 얼굴로 시험장에 들어섰다. 시험장에 들어가는 53명의 아이들에게, 단 한 명의 포기도 없이 끝까지 모두 함께 와준 아이들의 노력에 우리는 큰 박수를 보냈다. 그리고 우리 모두는 마음속으로 크게 외쳤다.

'단 한 명의 포기 없이 여기까지 와준 너희들은 중문고등학교의 전설이 될 거야!'

2019년 10월 15일은 간호조무사 국가고시 합격자 발표날이었다. 오전 10시경, 모든 교사가 기초간호실습실 컴퓨터 앞에 모여 앉아 모니터를 뚫어지게 바라보고 있었다. 모여 있는 교사들의 눈에는 간절함과 절실함이 가득해 보였다. 그 순간 3학년 1반 담임을 맡고 있는 정심샘이 크게 소리쳤다.

"선생님들, 53명 전원 다 합격입니다!"

"와!!!!!!"

여기저기에서 모두들 기쁨의 환호성을 터트렸다. 조금은 울먹이는 듯한 환호의 소리도 들렸다.

그랬다.

그날, 우리 교사와 학생들은 함께 기쁨의 눈물을 흘렸다. 3학년 53명이 단 한 명의 포기 없이 모두 간호조무사 국가고시 자격증 취득 시험에서 전원 합격했다. 우리가 그토록 원하던 소원이 기적처럼 이루어진 것이었다.

53명이 만들어낸 커다란 기적을 우리는 꿈처럼 보았다!

바다향이 짙은 가을바람이 온 학교를 뒤덮은 어느 날, 53명이라는 아이들이 만들어 낸 뭉게구름 위에서 나는 달콤한 꿈을 꾸는 듯했다.

나는 희망한다.

이 기적이 언젠가 또다시 이루어지기를…….

53명
그 아이들이 이룬 기적을 보며
그해 가을은
참
따뜻했다

넉넉해진 마음과
풍성해진 가슴이
"참 잘했어요. 명실샘!"이라고
말해주었다

또다시
그런 날이 오기를
빌어본다

또다시
그런 아이들이 오기를
기다려본다

최고의
선물

비가 와서 일주일 연기되었던 체육
대회가 열렸다. 이른 아침부터 빨갛게 혹은 파랗게 응원복을 맞
춰 입은 아이들이 학교 안을 누비고 있었다.

태극기를 얼굴에 그려 넣은 은정이와 은하수라도 만들려는
지 반짝이는 별들로 얼굴을 수놓은 세림이가 서로의 얼굴을 보
며 까르르 웃고, 목소리에서 막내 티가 팍팍 나는 지현이는 토
끼 모양의 머리띠를 착용하고서는 여기저기에서 귀엽게 껑충
거리고 있었다. 평소 멋 부리기를 거부하는 예슬이가 교실에 앉
아 화장하며 나를 당혹스럽게 만들고, 배꼽티에 짧은 반바지 차
림을 한 미주가 셀카를 찍으며 오늘 하루를 신나게 즐길 생각을

하는 것을 보니 체육대회의 서막이 올랐음을 느낄 수 있었다.

그 누구의 눈치도 보지 않고 진하게 멋을 낸 후 신나게 즐길 수 있는 단 하루, 아이들이 기다리고 기다리던 체육대회 날이다.

보건간호과와 의료관광과가 축구, 피구, 발야구, 줄다리기 경기에서 승리와 패배를 서로 주거니 받거니 이어가더니 마지막 이어달리기에서 기다란 다리로 유명한 지민이가 역전승을 펼치며 피날레를 장식했다.

그리고 체육대회의 마지막을 빛내줄 공연을 보기 위해 체육관에 모인 아이들의 눈이 무대 중앙으로 쏠렸다. 무대 가운데에 서 있는 두 아이는 관람석에 앉아 있는 아이들의 박수를 유도하며 분위기를 '업'시키고 있었다. 그 어떤 예고 없이 펼쳐진 서프라이즈 무대, 두 아이는 체육대회의 마지막을 모든 아이가 함께하는 화합의 장으로 만들기 위해 며칠 동안 남몰래 피나는 노력을 하였고, 드디어 자신들이 준비한 모든 것을 보여줄 출발점에 서 있었다.

K-pop 음악이 흘러나오고 두 아이의 춤이 시작되었다. 여장한 남학생과 양복을 멋있게 차려입은 남학생, 두 아이는 정말 신나게 춤을 추며, 보는 아이들의 두 눈을 집중시켰다. 때로는 아이돌처럼, 때로는 신사와 숙녀처럼 멋진 춤을 추다가도 조금씩 유머러스한 춤사위를 보여주는 두 아이, 보는 이들에게 커다

란 웃음을 짓게 해주었다. 무대를 떠나는 두 아이에게 커다란 박수 소리가 뒤따랐고, 체육관 안은 아이들이 부르는 누군가의 이름으로 가득 채워졌다.

"김택효!, 김택효!"

방금 춤을 마친 아이의 이름이다. 그리고 우리 반 학급대표를 맡고 있는 아이의 이름이기도 하다. 춤을 추는 택효를 보며 너무 놀라 입을 다물 수 없었다. 우리 학교 최고의 모범생, 그리고 우리 반 1등인 택효의 또 다른 모습을 보며 그 아이의 지난 시간을 되돌아보게 되었다.

어느 해 보건간호과에 신입생이 들어왔다. 착한 아이, 수업을 잘 듣는 아이, 잠자는 아이, 선생님에게 대드는 아이, 지각하는 아이 등등 아이들의 이야기가 3월 초 보건간호과 교사 협의회 시간에 주메뉴가 되었다.

"택효라는 아이가 입학했는데요, 정말 착한 아이인 것 같아요. 뭐든지 열심히 하려고 하고요, 그리고 아이들이 싫어하는 교실 청소, 쓰레기 치우기도 먼저 앞장서서 하네요. 그리고 실습실에서 실습을 마친 후에는 실습실 정리며 청소도 정말 열심히 하는 학생이랍니다."

담임을 맡고 있는 경아샘이 칭찬의 말을 끊임없이 이어갔다.

"'제가 할게요, 도와 드릴게요.'라고 먼저 말하는 아이가 제

반에 있다는 것이 너무 자랑스러워요."

그렇게 택효라는 아이는 무엇이든지 열심히 하는 아주 성실한 아이로 우리에게 각인되었다. 그리고 그 후에도 나는 경아샘을 비롯해 1학년 수업에 들어가는 교과 선생님들로부터 비슷한 이야기들을 끊임없이 듣게 되었고, 그 모든 이야기의 끝에는 항상 "택효는 참 장래가 촉망되는 아이다."라는 말이 있었다.

"부장님, 저 상 받았어요!"

어느 날, 경아샘이 들뜬 목소리와 함께 3학년 교무실 문을 열었다. 두 손에 상장인 듯한 종이를 든 경아샘의 두 눈이 '정말 행복합니다!'라고 말해주고 있었다.

"무슨 상인데?"

"이거 보세요."

자랑하듯 경아샘이 두꺼운 종이를 내 눈앞에 펼쳤다.

상장이라는 제목이 크게 적힌 종이에는 경아샘의 노고와 사랑에 감사드린다는 글이 담겨 있었고 수여자의 이름이 들어가는 공간에 '제자 김택효 드림'이라고 적혀 있었다. 학년 말, 1년 동안 고생한 경아샘에게 택효는 상장을 만들어 감사의 마음을 전했고, 그 마음을 이해한 경아샘은 행복하고 또 행복한 시간을 보내고 있었다.

"택효라는 아이, 참 기특하네요. 이름도 특이하고요. 효를 택한 아이라는 뜻인가요? 이름만큼이나 보여주는 예의도 사랑도 크고 넘치네요."

28년간의 교직 생활 중, 교사에게 상장을 주는 아이를 만난 적이 없었기에 택효의 행동은 우리에게 큰 감동을 주었다.

아이들이 보여주는 사랑과 존경에 중독되는 우리, 가끔은 금단증상을 겪기도 한다. 우리를 향한 아이들의 신뢰가 사라지고 더는 존경받지 못한다고 생각될 때면 짙은 허무함과 상실감 같은 금단증상이 우리의 고개를 숙이게 하고 스스로를 탓하게 만들곤 한다. 그래서 택효의 버라이어티한 행동은 사랑이라는 이름으로 존경이라는 빛깔로 꺾인 우리의 고개를 바로 세워주었다. 그리고 우린 또다시 사랑과 존경이라는 달콤한 맛에 중독되어 어제와 다른 오늘을 보내게 되었다.

택효라는 아이는 그렇게 우리에게 다가왔다.

2학년이 된 택효, 여전히 바쁜 나날을 보내고 있었다. 교과 공부, 병원 실습, 보건직공무원 시험 준비, 다양한 자격증 취득, 학생회 선도 활동, 그리고 심폐소생술 대회 준비 등등.

그 아이의 시간은 여전히 빨랐고, 늘 한 발짝 앞서 있었다. 그리고 늘 잔잔한 미소로 친구와 함께하는 택효는 아이들에게 많은 지지를 받고 있었다. 처음처럼 초심을 잃지 않는 겸손함과 주위를 항상 살피는 배려심은 그 아이의 트레이드 마크가 되어 택효라는 이름을 따라 다녔다.

2월 초, 전출 가시는 선생님들과의 이별의 시간, 선생님들과 마지막 인사를 나누는 청송 배움터로 인간 화환이 도착했고, 그 주인공은 다름 아닌 택효였다. "선물 왔습니다!"라고 외치는 택효, 많은 가르침을 주시고 떠나는 선생님들께 드리고 싶은 감사의 말을 커다란 리본에 쓰고서 목에 두른 채 여러 선생님께로 달려가 감사의 마음을 전하고 있었다. 청송 배움터를 가득 채운 선생님과 학생들은 처음으로 본 인간 화환으로 미소를 지을 수 있었다. 그리고 떠나는 선생님들에게 즐거운 마지막 추억을 심어주었다.

3학년이 된 택효, 여전히 성실하다. 그리고 여전히 열심히 움직인다. 누군가의 어려움을 그냥 보고 넘기는 법이 없다. 도움이 필요한 순간마다 옆에 서서 든든한 지원자가 되어준다. 함께 하자며, 할 수 있다며 앞장서서 나아가고 있다.

"선생님, 은주는 간호의 기초 과목이 약해요. 저를 은주의 학습 멘토로 만들어 주세요. 함께 열심히 공부해 볼게요."

성적이 낮은 은주의 멘토가 된 택효, 이른 아침부터 야간 자율학습 시간까지 은주의 곁에서 함께 공부하며 서로의 윈-윈을 이루어냈다.

교내 심폐소생술 대회에서 우승한 후 도내 대회에서도 우승한 택효, 전국대회에 참가하기 위해 밤낮으로 준비하면서도 힘든 기색이 없다. 무엇이든지 즐겁게 하는 택효의 에너지는 어디에서 오는 건지, 긍정으로 똘똘 뭉친 그 아이의 에너지가 주변을 환하게 만든다. 참 밝다!

"택효가 있어서 좋겠어요."라는 말을 동료 교사들에게서 많이 듣게 되었다. "넵!"이라는 나의 대답에 무척이나 힘이 들어간다.

든든한 내 편 한 명을 얻은 것 같은 즐거움, 한발 앞서 나아가려고 노력하는 우리 학교 최고의 선구자를 제자로 둔 기쁨, 변함없는 모범적인 태도로 많은 교사에게서 KS 인증을 받은 아이의 모습을 늘 볼 수 있다는 희망, 이 모든 것이 학교에 오는 나에게 신바람을 일으키고 있다.

나는 자신 있게 말할 수 있다.

여기, 이곳에 우리 모두의 최고의 선물이 있노라고…….

앞서가는
한 아이가 외쳤다

할 수 있어
용기를 내자
우린
그 무엇도 두렵지 않은
청춘이야

그 아이의
봄날
청춘이
우리를 눈부시게 한다

둘,

행복한

교실

3월 초, 어쩌면 이 세상 모든 교사의 소원 하나는 행복한 교실을 만드는 것이다. 나 또한 해마다 담임을 맡으며 '존중과 소통으로 함께 성장하는 행복한 교실'을 학급 약속으로 정하고 아이들과 함께 만들어나가려고 노력한다.

그러나 담임의 노력과 달리 각기 다른 성향과 생각을 품고 있는 아이들 사이에서는 다양한 갈등이 발생하고, 해결하지 못하는 갈등은 또 다른 갈등으로 이어져 갈등 기차를 만들곤 한다.

폭주하는 갈등 기차는 때로는 멈추지 않고 앞만 보고 달려나간다. 그러니 교사는 작은 갈등이 폭주하는 갈등 기차로 갈아타지 않도록 현명한 중재와 교육적인 지도를 해야만 한다.

어느 날 불현듯 나타나는 일, 예고 없이 나타나 나를 곤란하게 만드는 일, 어쩌면 나는 나의 진심을 알아주는 사랑스러운 제자들이 있어 교실 안에서 발생하는 다양한 갈등 상황을 현명하게 해결해 나갈 수 있었는지 모른다. 그러니 갈등을 해결한 진짜 주인공들은 그들 자신이라고 말할 수 있다.

그 아이들이 내게 선물해 준 행복한 교실을 수많은 단어들로 그려본다.

나의 첫 번째 제자는
욕쟁이

2015년 3월, 나는 특성화고등학교 3학년 1반 담임교사가 되었다.

담임교사가 된다는 설렘으로 밤새 잠을 설쳤고, 내 첫 제자들과의 첫 만남이 오래도록 기억될 수 있도록 매우 인상적이었으면 좋겠다는 희망도 품었다. 그리고 아이들의 이름과 사진을 외우며 처음 만나는 순간에 다정하게 이름을 불러주며 천사 같은 담임이 되어보자는 결심도 했다.

후에 나는 이런 희망과 결심이 얼마나 큰 꿈이었는지를 깨닫곤 나의 어리석음에 씁쓸한 미소를 짓게 되었다.

교실에 들어선 순간 나는 알게 되었다. 나라는 담임교사는

27명 아이의 공공의 적이라는 것을⋯⋯. 아이들의 시선은 무척이나 차가웠고, 무심했다. 그리고 나를 마치 이방인처럼 바라보고 있었다.

아이들의 날카로운 두 눈을 피한 채 허공을 바라보며 떨리는 목소리로 인사말을 하고, "1년 동안 함께 열심히 해보자."라는 말을 어렵게 이어갔다.

자신들의 앞에 서 있는 교사가 떨고 있다는 것을 파악한 몇몇 아이들은 한심하다는 듯 나를 쳐다보고 있었다.

떨리는 손가락의 미세한 움직임을 숨기려고 주먹을 꼭 쥐려는데 누군가 큰 소리로 말했다.

"우리 체육관에 가야 하는 거 아닌가? 입학식에 참석해야 하는데?"

그 아이의 말은 반말인 듯 아닌 듯, 헷갈리는 말투였고, 담임인 나에게 하는 말인지, 학급 내 친구들에게 하는 말인지조차 가늠이 되지 않았다.

"아 참! 체육관으로 이동합시다. 입학식에 참석해야 합니다."

내 말이 끝나기도 전에 아이들은 순식간에 교실을 빠져나갔고, 내가 그토록 고대했던 아이들과의 첫 만남은 어색함 그 자체로 끝나버렸다.

텅 빈 교실에서 크게 한숨을 쉬고 체육관으로 뒤따라갔다.

그리고 이어지는 생각 하나, '버르장머리 없는 아이 하나가 내 반에 있구나. 이 아이를 어떻게 하지?'라는.

입학식이 진행되는 동안 그 버르장머리 없는 아이는 껌을 '쩍 쩍' 씹어 대더니 급기야 옆에 있는 아이들과 큰 소리로 말하며 신입생들에 대한 평가를 시작했다.

"쟤네, 많이 쫄았나 봐. 존나 얼었어. ㅋㅋㅋ-"

"쟤는 미친 거 아냐? 분홍색 코트 입고 왔어. 와! 정말 미쳤나 봐. 그지?"

그 아이의 입에서 터져 나오는 말은 욕들의 합창이었고, 욕으로 시작해서 욕으로 끝나기를 반복했다.

"그만 좀 할래? 너무 시끄러워. 그리고 그 껌 좀 뱉지 않을래?"

그 아이의 어깨를 톡톡 치며 내가 말했다.

"무슨 상관?"

우리 반 여자아이 중에서 가장 덩치가 큰 그 아이는 내 말에 전혀 신경 쓰지 않는다는 듯 다리를 꼬고 앉으며 어이없다는 표정으로 되받아쳤다.

"……."

전혀 예상하지 못했던 아이의 말에 나는 머리를 크게 한 방 맞은 것처럼 할 말을 잃었고, 멍하니 그 아이를 쳐다봤다.

"야, 이화정, 그만하지 않을래?"

옆에서 보고 계셨던 3학년 부장 선생님께서 급기야 큰 소리를 냈고, 그제야 그 버르장머리 없는 아이는 입을 삐죽이며 말을 멈췄다. 아니, 욕을 멈췄다.

"선생님, 이화정이라는 저 학생, 우리 학교에서 욕쟁이, 싸움쟁이로 아주 유명한 아이예요. 욕 때문에 학교 폭력으로 신고도 들어와서 징계도 갔었고요. 무엇보다도 이 선생님, 저 선생님, 간을 보면서 자신의 행동을 이렇게 저렇게 바꾸는 아이기도 해요."

"……."

"선생님 반에 힘든 아이가 한두 명이 아닌데, 걱정이네요."

아하! 아이들에 대한 모든 설렘, 기대감이 한순간에 썰물처럼 모두 사라져 버렸다.

그리고 밀려오는 후회들, '그냥 학교를 그만둘걸!', '괜한 욕심을 냈나 봐.', '나 자신도 건사하지 못하면서 담임은 무슨 담임!' 등이 내 마음속을 돌고 돌았다.

아직 시작도 하지 않았는데 도망가고 싶다는 생각들이 물밀듯 몰려왔고, 당장 내일 출근부터가 걱정이 되었다.

'천사 같은 담임'이 되고 싶다는 생각은 나만의 착각이었고, 단 하루 만에 나는 깊은 착각 속에서 빠져나오며 깨닫게 되었다. 나의 첫 제자들은 결코 호락호락한 아이들이 아니라는 것을⋯⋯.

화정이의 욕은 지속되었다.

조회시간, 수업시간, 점심시간, 청소시간, 종례시간 등 화정이의 욕은 시간과 공간을 초월하여 꾸준하게 파동을 내고 있었다.

그런데 화정이의 욕은 항상 대상이 모호했다. 누구를 향해서 욕을 퍼붓는 것인지 판단이 되지 않아 섣부르게 야단을 칠 수도 없었다.

"화정아, 선생님이 부탁이 있는데, 말을 할 때 욕 좀 그만하면 안 될까?"

학년 초, 상담 시간에 나는 용기를 내어 화정이게 말을 건넸다.

"저도 고치려고 노력했어요. 그런데 안 되는 걸 어떡해요! 담임샘들이 바뀔 때마다 그 말 하는데요, 저도 노력했다고요!"

화정이는 해 봤자 안 되는 것을 왜 또 말하느냐며 오히려 큰소리를 냈다.

덩치가 큰 아이가 씩씩대며 화를 내는데, 자기 반 아이도 관리하지 못하는 담임으로 비칠 것 같은 두려움에 더 이상의 상담을 지속할 수 없었다.

하지만 나는 어설프게라도 담임 역할을 해야만 했기에 똑같은 내용으로 화정이와의 상담을 지속하였다. 때로는 벌점을 날려보기도 했고, 때로는 욕을 줄이면 간식을 제공하겠다는 조건도 달아보았다.

그러나 체육 선생님으로부터 받은 벌점이 왕창! 그리고 각 교과 선생님들이 쉼 없이 날려주는 벌점이 왕창! 변함없이 우리 학교 최고의 욕쟁이는 이화정이었다.

"존나, 목소리가 커서 잠을 잘 수가 없네"

어느 날, 수업을 진행하고 있던 나를 향해 화정이가 말했다.

"뭐라고?"

화정이와의 팽팽한 긴장감으로 힘들었던 나는 그동안 참고 있었던 인내심을 저기 밑바닥에 내던진 채 화정이를 향해 소리쳤다. 그리고 성대 결절 때문에 사용하고 있던 마이크와 휴대용 스피커를 화정이 책상 앞으로 내던졌다. 이어진 나의 목소리는 늘 잠에 빠진 채 학교생활을 하는 재현이를 벌떡 깨울 만큼이나 크고 날카로웠다.

"야, 이화정, 너 이리 나와!"

만만한 담임이라고 생각하고 맘대로 굴던 화정이도 놀랐는지 아무런 대꾸 없이 교무실로 따라 들어왔다.

위로 언니가 다섯, 아래로 여동생이 둘, 여자 여덟 명이 한집에 모여 살면서 자기 것을 챙기려면 얼마나 끈질기고 독해야 하는지를 화정이는 몰랐을 것이다.

딸 부잣집 여섯째 딸인 담임교사의 반격이 시작되었고, 화정이는 그제야 담임의 본모습을 직면하고 눈에 눈물이 가득한 채 오랫동안 퍼붓는 나의 잔소리 폭격을 들어야만 했다.

"왜 그렇게 네 맘대로 행동하니? 욕 그만하라고 했지? 언제까지 그렇게 욕으로 시작해서 욕으로 끝낼래? 넌 창피하지도 않아?"

반복되는 나의 질타에도 화정이는 끝내 잘못했다는 말을 하지 않았고 굳은 얼굴로 교무실을 뛰쳐나갔다.

집으로 돌아오는 길, 어둠이라는 적막 속에서 화정이와의 일을 되돌아보았다.

무엇이 잘못됐지? 무언가를 놓친 듯했다. 그리고 불현듯 떠오르는 생각들……. 평정심을 잃은 망가진 감정 상태로 이성을 던진 채 화정이를 몰아붙였다는 것을, 그리고 화정이에게 욕을 하는 이유를 가장 먼저 물어봤어야 했다는 것을.

아이들과의 상담 시 가장 중요한 것은 라포를 쌓는 것이고 공감과 경청을 해야 한다는 것을 나는 알고 있었다. 어렵게 공부하고 취득한 상담교사 자격증은 실전에서는 아무런 도움이 되지 못했다.

그저 난 아무것도 알지 못한 채 나의 감정에만 충실한 초짜 담임교사였다.

며칠 동안 나와 화정이는 말 한마디 하지 않고 지냈다. 한바탕 크게 싸운 엄마와 딸처럼 서로의 얼굴도 쳐다보지 않은 채 시간을 보내고 있었다.

"엄마, 오늘 나랑 영화 보는 거 알고 있죠? 영화 보고 저녁도 맛있는 것 먹어용, 이따 봐용!"

아주 우연히 화정이의 새로운 면을 보게 되었다. 엄마랑 통화하는 화정이의 목소리에는 욕도, 짜증도 없이 사랑만이 가득했다. '저렇게 다정스러운 아이가 왜 교실 안에서는 욕을 하는 걸까?'라는 의문이 생겨났고, 난 정답을 꼭 알아내고 싶었다.

"화정아, 왜 욕을 하는 거야? 혹시 이유가 있어?"

"······."

"샘이 생각해보니까 이유가 있을 것 같아. 화정이가 왜 말을 할 때마다 욕을 하는지 생각해볼래?"

"······."

"이제 곧 성인인데 이제는 고쳐야지? 샘의 도움이 필요하면 말해줘. 상담이든 심리검사든 뭐든지 할 수 있도록 학교에서 지원해줄게."

고개를 숙인 채 바닥만 내려보는 화정이, 화정이는 끝내 아

무 말도 하지 않았다. 나와 더는 대화를 하지 않겠다고 다짐이
라도 한 듯.

어느 날, 체육 시간에 피구를 하던 화정이가 발목을 다치는
일이 일어났다. 출장을 나간 보건 선생님을 대신하여 얼음으로
응급처치를 하며 병원으로 데리고 가게 되었다. 병원으로 가는
내 차 안에서도 화정이는 어색했는지 아무런 말이 없었다.

응급실에서 진료를 받고 발목에 깁스를 한 화정이를 집으로
데려다주던 길, 드디어 화정이가 입을 열었다.

"초등학교 때부터 저는 왕따였어요. 친한 친구 한 명 없이 외
톨이로 살았어요. 초등학교를 졸업하고 중학교에 가면서 저는
결심했어요. 다시는 왕따를 당하지 않겠다고. 그래서 욕을 시작
했어요. 덩치가 큰 제가 욕을 하면서 큰 소리로 말을 하니까 아
이들이 무서워하더라고요. 그리고 저에게 잘 보이려는 아이들
도 생겼고요."

"그랬구나."

"이제까지 저에게 욕을 하지 말라는 선생님들은 많았지만,
선생님이 처음이었어요."

"뭐가?"

"왜 욕을 하는지 물어봐 준 거요. 욕을 하지 말라고만 하고
묻지 않더라고요. 왜 욕을 하는지……."

"……"

"저도 하지 말아야 한다는 것 알아요. 욕하고 비웃고 윽박지르고……. 그런데 샘, 불안해요. 제가 다시 왕따를 당하게 될 것 같아서요. 그래서 저는 욕을 멈출 수가 없어요."

덩치만 큰 어린아이였다. 화정이의 마음속에는 어렸을 적 겪었던 따돌림이라는 아픔으로 불안감이 가득 차 있었다. 그 불안감은 화정이를 병들게 만들고 있었다.

미처 물어보지 못한 나의 실수가 어쩌면 화정이를 더 아프게 만들었을 것 같다는 생각이 들어, 난 그 어떤 위로의 말도 할 수 없었다. 어쩌면 나도 공범이지 않았을까?

집으로 돌아와 나는 화정이에게 장문의 메시지를 보냈다. 그동안 화정이의 마음을 몰라줘서 미안했다는 말과 함께 이제라도 변해보자는 독려의 글이 하얀색 모니터 안에 가득 채워져 나의 간절함과 함께 화정이에게 전해졌다.

늦은 밤 화정이로부터 답이 왔다.

"샘, 도와주세요……"

화정이가 마음을 열고 다가왔다.

학교 위센터 선생님에게 심리검사를 의뢰했다. 그 결과는 화정이가 그동안 얼마나 힘들게 살고 있었는지를 가늠하게 해주었다. 높은 불안 지수와 우울감 등으로 상담교사는 매주 화정이와 상담을 하겠다는 약속을 해주셨다.

나는 교과 선생님들께 화정이가 욕 대신 긍정적인 단어를 쓸 때마다 칭찬의 말을 아끼지 말고 쏟아부어달라는 부탁을 드렸다. 그리고 우리 반 모범생 몇몇을 중심으로 화정이의 긍정적인 울타리가 될 수 있도록 지지 세력을 만들어 주었고, 늘 화정이와 함께 학교 내 활동을 하도록 부탁했다.

화정이 어머님과의 전화 상담으로 집에서도 화정이의 말에 욕이 더는 없도록 화정이를 응원하고 지지해 주십사는 부탁도 드렸다. 나의 간절한 부탁에 어머님 또한 적극적으로 돕겠다는 약속을 해 주셨다.

열아홉 살, 덩치만 큰 한 아이를 위한 욕 제거 프로젝트는 그렇게 시작되었다. 이런저런 사람들의 도움을 듬뿍 받아가며…….

어느 날부턴가 화정이는 "아 존……?"이라는 말을 하려다가 "쏘리, 내 입이 또 실수했네. 미안해용!" 하면서 조금씩 변화된 모습을 보이기 시작했고, 또 어떤 날은 "아 씨……?"라는 말을 뱉으려다 "아, 미안, 내 입이 또 방정이네용!" 하면서 반성하기도 했다.

잔잔한 물결처럼 아주 천천히 화정이는 자신의 이미지를 변화시켰다. 욕쟁이가 아닌, 재미있는 아이로…….

욕으로부터 탈출한 화정이는 정말 재미있는 아이였고, 재치 있는 아이였다. 샘 솟듯 흘러나오는 화정이의 재미있는 이야기는 아이들의 귀를 호강시켰고, 큰 몸으로 흔들어대며 추어대는 화정이만의 춤은 아이들의 눈을 호강시켰다.

"샘, 요즘 저는 정말 행복해요. 학교에 오는 것도 즐겁고요."

어느 날 화정이는 웃으며 말했다.

화정이를 만나고 화정이와 함께하고 화정이의 변화를 지켜보며 나는 결심했다. 이 학교에서는 정말 행복한 교사가 되어보자고, 그래서 행복한 아이들을 키워보자고. 그리고 나의 감정에 잡혀서 이성을 놓치는 일은 다시는 하지 말자고.

나에게 많은 반성과 함께 담임이 갖추어야 할 공감과 경청의 중요성을 다시 한번 생각해보는 기회를 준 화정이, 그 아이가 나의 첫 번째 제자가 되어주었다.

이제는 졸업 후 병원에서 근무하고 있는 화정이, 가끔 문자를 보내온다.

"샘, 오늘 정말 이상한 환자를 만났어요. 한바탕하려다가 샘이 생각나서 참았어요."

"샘, 아빠가 아이를 때리면 돼요? 왜 이렇게 이상한 사람들이 많을까요? 꼭지 돌려다가 참았어요."

화를 내지 않고 참았다는 화정이에게 난 늘 이렇게 답장을 보내곤 한다.

"잘했어. 우리 화정이, 너니까 참는 거야. 잘할 수 있지? 항상 응원하고 있어. 사랑해!"

사랑한다는 말이 어색한지 하트만 보내오는 화정이, 언젠가는 화정이한테 "샘, 사랑해용!"이라는 말을 들을 수 있을 거라 기대해 본다.

"화정아, 샘이 많이 사랑해!"

마음속 우물 안에서
불안을 꺼내고
우울을 꺼내서
버리기까지

넌
얼마나 힘들었을까?

난
그저
너에게
고맙고 대견하다는
말을 전해 본다

거짓말은
하지 말자!

　　　　　　　　아주 유명한 아이들이 입학했다. 학
교 규칙을 무시하고 교사의 지도는 들은 척도 안 하는 제멋대로
인 아이들, 학교라는 작은 나라의 왕이라도 된 듯이 항상 우르
르 몰려다니는 다섯 명의 아이들. 급식실에 갈 때도 심지어 화
장실에 갈 때도 그 아이들은 함께 움직였다.

　교사들은 그 아이들을 문제의 5인방이라고 부르며, 제발 아
무 문제 없이 하루 또 하루를 보내주기를 바랐다.

　1학년 아이들은 그 무리의 움직임을 숨죽이며 지켜봤고, 자
신이 행여 그 무리의 타깃이 될까 봐 몸을 낮췄다. 그리고 5인방
의 두목이 되어 그들의 움직임을 진두지휘하는 한 아이를 '브레

인'이라고 부르며 중학교 때 브레인이 했던 상식을 넘어선 행동들을 대단한 일인 양 떠벌리고 있었다.

브레인이라고 불리는 아이를 처음 만난 곳은 급식실이었다.

급식은 10분이라는 시간 차이를 두고서 3학년, 2학년, 1학년 순서로 진행되고 있었고, 그날의 점심 메뉴는 내가 제일 좋아하는 잡채와 매운 갈비찜이었다.

맛있는 음식을 먹을 수 있다는 기대감으로 급식실에 들어섰는데 우리 반 아이들이 급식판에 음식을 잔뜩 받아 든 채 자신들의 자리로 가지 못하며 머뭇거리고 있었다. 무슨 일인지 의아해하며 3학년 자리를 훑어보던 중 우리 반 아이들이 앉는 자리에 1학년 아이가 앉아 밥을 먹고 있는 것을 발견하게 되었다.

"너는 뭐니? 1학년인 것 같은데, 왜 순서도 지키지 않고 3학년 자리에 앉아 밥을 먹고 있는 거니?"

나는 그 아이가 온 학교를 휘젓고 다니는 브레인이라는 것을 알지 못한 채 허리에 두 손을 올린 채 씩씩거리며 큰 소리로 말했다.

"배고파서요. 배고파서 먼저 먹는데 이것도 문제가 돼요?"

"문제가 돼! 여기 있는 모든 아이가 배고파. 하지만 서로 약속한 급식 시간이 있으니 그 시간을 지키고 있는 거겠지? 다음부터는 이러지 마라."

나를 날카롭게 째려보던 아이는 "아이 씨!"라고 내뱉더니 밥이며 반찬이 그대로 남아 있는 식판을 들고 일어섰다. 그리고는 잔반 정리도 하지 않은 채 식판을 싱크대 안으로 내던지고 급식실을 빠져나갔다.

그 아이의 뒷모습이 말해주고 있었다. '나 지금 엄청 화났어!'라고.

"쨍그랑!"

커다란 소리에 놀란 영양교사가 다가와서 말했다.

"선생님, 그 유명한 1학년 아이가 저 아이랍니다."

"누구요?"

"브레인요. 아이들이 브레인이라고 부른다고 하던데요."

교직원 회의 때마다 안건으로 올라온 많은 사건의 주인공, 그 아이를 그렇게 처음 만났다.

그 후로도 브레인이라고 불리는 아이는 수없이 많은 사건의 주인공이 되었고 그 아이에 대한 이야기는 회의 때마다 교사들을 놀라게 했다.

운동장이 진한 초록으로 가득한 어느 기분 좋은 봄날, 점심을 먹은 후 운동 삼아 운동장을 천천히 걷고 있었던 나는 운동장 구석 벤치에 앉아 있는 브레인을 만나게 되었다.

어두운 표정으로 앉은 채 아무런 죄도 없는 잔디를 쏙쏙 뽑

아대며 앞으로 툭툭 날려 보내고 있는 브레인은 무슨 걱정이 있는지 꽤 심각해 보였다.

"안녕?"

"……."

"무슨 일 있어?"

"……."

'상관하지 마세요!'라며 큰소리치고 달아날 것 같은 브레인이 고개를 들고 나를 쳐다봤다. 그리고 천천히 말했다.

"또 징계를 가야 해요. 화장실에서 담배를 피웠거든요."

"어쩌다가 담배를 피웠어? 우리 학교는 학교 내 흡연을 가장 엄하게 징계하고 있는데……."

"들키지 않을 것 같아서 피웠는데, 체육샘에게 들켜버렸어요."

체육샘이라면 학생부장 선생님을 말하는 것이었다.

"어떡하니? 샘이 도와줄 수도 없고."

"아빠하고 약속했거든요. 다시는 문제를 일으키지 않겠다고. 그런데 또 제가 실수를 했어요. 아빠가 알게 되면 또 화를 낼 텐데……."

브레인의 얼굴에서 보이는 후회, 걱정, 두려움 등이 서로 뒤섞인 채 내 눈에 아른거렸다.

"이번이 마지막이라고 생각해라. 징계 성실하게 잘 받아야해."

"……."

"너처럼 키 크고 잘생긴 아이는 남들이 갖추지 못한 것을 두 개나 먼저 가지고 태어난 거야. 너의 출발점은 다른 아이들보다 100미터는 앞서 있다고 생각해야 해. 그런 아이가 마음을 잡고 자신의 미래를 계획하며 살아간다면 얼마나 멋진 인생이 되겠니?"

"……."

"샘은 이 학교에서 오랫동안 근무하면서 너처럼 방황했던 아이들을 수없이 많이 보았어. 그런데 어떤 친구들은 마음을 잡고 새로운 삶을 살아가더라. 그리고 좋은 대학으로 진학도 하고."

"저도 그렇게 될 수 있을까요?"

"그럼, 못 할 게 뭐 있겠니? 네 마음가짐에 달려 있는 거지."

브레인은 나와의 대화가 어색하지 않은지 이것저것 물어왔고 나는 브레인의 질문에 최선을 다해 대답해 주었다.

5교시 종이 울리고 교무실로 돌아가려는데 브레인이 큰 소리로 나에게 말했다.

"샘, 저는 1학년 이수영입니다!"

나는 그렇게 이수영이라는 아이를 만났다. 수영이는 무사히 1학년을 마치고 2학년이 되었고, 복도나 운동장에서 만날 때마다 서로의 안부를 물으며 인사를 했다. 나도 열심히 하라는 응원의 말을 잊지 않았다.

2학년이 되어서 수영이는 조금 달라졌다고 했다.

지각하는 횟수도 줄고, 수업도 들으려고 노력하고, 자격증을 따려고 방과 후 수업에도 참여하고 있다며 수영이 반 수업에 들어가는 샘들이 한결같이 수영이의 변화하는 모습을 칭찬하고 있었다.

그렇게 시간이 흘러 12월이 되었다. 바람이 몹시도 불던 어느 날, 3학년 교무실 문을 열고 수영이가 조심스럽게 들어왔다.

"잘 지내고 있지? 2학년 마무리 잘하고 3학년에 올라와라. 샘이 기다리고 있을게."

"샘, 저 퇴학이래요."

"왜, 뭐 때문에?"

"벌점도 너무 많고……."

"설마, 벌점 때문에?"

"그리고 커닝을 했어요. 출석정지를 두 번이나 받아서 더 이상 봐줄 수가 없대요."

"커닝을 왜 했어?"

"저도 제가 바보 같아요. 담임샘 과목이라서……"

수영이는 그동안 고생하신 담임 선생님께 잘 보이려고 멍청하고 어리석은 짓을 했던 것이었다.

"샘, 그동안 감사했습니다."

두 눈에 눈물을 가득 담은 채 말을 끝내고 돌아가는 수영이가 밉기도 하고, 답답하기도 하고, 신경도 쓰였다.

"선생님, 아마도 선생님께 도와달라고 온 것 같아요. 눈물을 흘리며 돌아가는 모습이 너무 안쓰럽네요."

지영샘이 안타깝다는 듯 말했다.

그날, 나는 밤을 지새웠다.

'모르는 척할까?', '학생부장 선생님을 만나서 한 번만 더 봐달라고 말해볼까?', '담임도 아닌데 내가 나서면 우스운 꼴이 될텐데?', '아니다. 딱 한 번만 얼굴에 철판을 깔자. 그리고 내가 책임진다고 해 보자.'라는 이런저런 생각들이 머릿속에서 그려졌다가 지워지기를 반복했다.

다음 날, 나는 용기를 내서 학생부장 선생님을 만나러 갔다. 수영이를 한 번만 더 봐줄 수 없냐는 나의 질문에 부장님은 매우 단호했다.

"선생님, 여러 번 봐준 아이예요. 그리고 수영이에게 여러 번 경고했습니다. 더는 학교에서 봐줄 수 없다고. 학교는 일관성 있게 아이들을 관리하고 지도해야 되지 않겠습니까!"

학생부장 선생님의 말은 틀린 게 하나도 없었다. 하지만 나는 마지막 한 번이라는 기회를 달라고 했다.

"부장님, 지금 수영이를 퇴학시킨다고 해서 학교에 도움이 될까요? 그 아이를 따르는 아이들이 많은 것 같은데, 혹시 그 아이들 또한 학교에 오지 않고 학교 밖에서 수영이와 겉돈다면 더 위험하지 않을까요?"

"……."

"3학년에 올라와서 또다시 잘못하게 되면 그때 퇴학을 시켜도 되잖아요. 제가 담임이 되어서 최대한 노력해볼게요."

"좋습니다. 선생님 말씀대로 해보죠. 대신, 또다시 수영이가 학교 규칙을 어기는 위험한 일을 한다면 그때는 저도 어쩔 수 없습니다."

올곧고 강직하기로 소문난 학생부장 선생님께서 어렵게 마음을 열어주셨다. 아마도 학생부장 선생님 또한 학생 한 명의 퇴학을 결정하기까지 많은 고민을 하며 고뇌의 시간을 보낸 듯했다.

그렇게 수영이는 3학년이 되었고, 나는 수영이의 담임이 되었다.

수영이는 다시는 학생 신분으로 하지 말아야 할 행동은 절대

로 하지 않겠다는 굳은 약속을 했다. 나는 그 약속을 수영이가
지켜줄 것이라고 굳게 믿었다.

어렵게 학생의 신분을 지킬 수 있었던 수영이는 최선을 다하
는 모습을 보여주었다. 지각하지 않으려고 교문에서 교실까지
달려오는 모습도 보여주었고, 수업 시간에 졸음이 몰려오면 화
장실로 달려가 세수를 하며 잠을 몰아내는 정성도 보여주었다.
자격증 취득을 위한 방과 후 수업에도 적극적으로 참여하여 긍
정적으로 변화하는 모습을 끊임없이 나에게 보여주었다.

"요즘 수영이, 정말 보기 좋아요! 제 수업 시간에 책도 읽고
느낀 점을 발표도 하더라고요."

문학 수업을 맡은 경희샘이 웃으며 말했다. 지난해 말에 수
영이와의 일을 알고 있었던 경희샘은 나에게 응원의 메시지를
보내듯 수업이 끝날 때면 수영이에 대한 칭찬의 말을 한마디씩
해주었다.

그렇게 수영이에게 1학기 마지막 날이 다가오고 있었다.

모든 게 완벽해서 '별문제 없이 1학기를 마치는구나!' 하는
마음에 쾌재를 부르며 콧노래를 흥얼거리던 어느 날, 나는 학생
부장 선생님의 호출을 받고 학생부로 향했다.

7월의 늦은 장마로 학교는 모두 물에 잠긴 듯 습기로 가득 차
버렸고, 습기가 만들어낸 눅눅한 공기는 내 마음에 불안감을 키

워 주고 있었다.

'무슨 일이지?'

이유를 말하지 않은 채 학생부로 빨리 오라는 학생부장 선생님의 목소리에 뭔가 나쁜 일이 발생했다고 짐작만 한 채 학생부로 들어가는 문을 열었다.

학생부장 선생님 앞에 여러 명의 남자아이가 앉아 있었다. '설마?'라는 생각이 드는 순간 수영이의 얼굴이 보였고, 얼굴이 하얗게 변한 수영이는 손끝을 떨며 앉아 있었다.

"선생님, 3학년 남학생들이 화장실에서 담배를 피웠습니다. 담배 냄새가 너무 심해서 2학년 부장 선생님이 화장실 문을 열었는데 담배꽁초가 바닥에 떨어져 있고, 연기가 가득했다고 합니다. 그런데 모두 담배를 피우지 않았다고 하니, 어떻게 하면 좋을까요?"

다른 아이들은 문제가 되지 않았다. 사회봉사를 갔다 오면 그만이었다. 하지만 수영이는…….

나는 마음속으로 빌었다.

'수영아, 제발 피우지 않았다고 해. 이번 딱 한 번만 거짓말을 해 봐.'라고.

"제가 피웠어요. 저만 피웠어요. 얘들은 피우지 않았어요. 제가 피우는 걸 보기만 했어요."

나의 바람과 달리 수영이는 담배를 피웠다고 자백했고, 다른 아이들의 실수를 모두 뒤집어썼다.

'바보 같은 놈!, 멍청이 같은 놈! 자기가 무슨 영웅인 양 잘 난 척은! 이제는 정말 끝장인데, 더는 학교에 있을 수 없을 텐데!'라는 생각에 화가 치밀어 올랐다.

떨리는 내 손에 끌려 학생부 밖으로 나온 수영이의 등을 냅다 때리면서 소리쳤다.

"입 다물고 있지, 뭘 잘했다고 네가 했다고 해. 너 이제 정말 퇴학인 거 알아, 몰라?"

"알아요."

"알고 있는 놈이 그렇게 멍청한 짓을 해! 다른 아이들이 피웠다고 해도 되잖아. 왜 네가 모두 뒤집어쓰려고 해!"

"제 담배니까요. 제가 담배 주인이라고요. 그리고 제가 한 일을 안 했다고 거짓말을 하는 건 정말 싫어요."

너무나도 솔직한 아이, 그리고 정직한 아이, 그런 아이가 내 곁에 있었다. 어쩌면 내가 이 아이를 사랑하게 된 이유도 솔직함이 좋아서, 단 한 번도 자신이 한 일에 변명이라는 것을 하지 않아서였나 보다.

담배를 피우지 않았다고 거짓말을 했다면 퇴학은 면할 수도 있겠지만 수영이는 거짓말 대신에 자신의 명예를 지켰던 것이다.

수영이의 자퇴가 결정된 날, 학생부장 선생님이 3학년 교무실로 찾아오셨다.

"선생님, 많이 속상하시죠?"

"네. 그런데 할 수 없죠. 수영이가 잘못했으니까……"

"수영이에게 내년에 재입학하도록 꼭 지도하겠습니다. 그놈 이런저런 일에 연관되어 징계를 많이 받았지만, 한 가지 칭찬할 만한 점도 있는 놈입니다."

"뭔데요?"

"절대 거짓말을 하지 않더라고요. 자기가 한 일을 언제나 솔직하게 인정하고 변명이라는 것을 절대로 하지 않아요."

"……"

"아마도 수영이는 이번 일을 계기로 많이 성장하고 돌아올 겁니다. 그러니 선생님, 너무 속상해하지 마세요."

수영이 일로 며칠 동안 잠을 못 잔 내 얼굴이 안쓰러웠는지 학생부장 선생님께서 위로의 말을 건넸다.

그리고 수영이의 마지막 날이 어김없이 돌아왔다.

"샘, 제가 다시 돌아오면 꼭 담임 선생님 해주셔야 해요."

"그래. 꼭, 네 반 담임을 하마."

"약속하신 거예요! 그리고 약속 못 지켜서 죄송해요."

두 눈에 눈물이 가득한 채 수영이가 말했다.

"내년에는 그 약속 꼭 지켜줘. 기다리고 있을 테니. 그리고 너 참 멋있어. 자신의 실수를 인정하는 사람은 그리 많지 않거든. 그런데 넌 거짓말도 하시 않고 낭낭하게 자신이 한 일을 인정했잖니? 샘이라면 거짓말했을 거야."

"아뇨. 샘도 거짓말은 안 했을 거예요. 그리고 전, 샘의 제자잖아요. 그래서 더욱더 거짓말을 할 수가 없어요."

수영이는 그렇게 내 곁을 떠났다. 다음 해에 꼭 다시 돌아온다는 약속을 하고서…….

나는 우리 반 SNS 알림방에 수영이가 남아 있도록 했다. 학급 알림 사항을 읽으며 그렇게 연결된 끈을 놓지 않고 학생인 듯 살아보라고…….

알림 사항을 올릴 때마다 수영이는 가장 먼저 답을 올렸다.

"넵, 샘!"

나는 다시 기꺼이 수영이의 담임이 되어 잔소리 마왕이 되어 보련다.

수영아, 꼭 다시 돌아와 줘!

바보 같은 놈이라며
소리쳤다

멍청이 같은 놈이라며
소리쳤다

뒤늦게 알게 되었다

진짜 바보는
나라는 것을

얄팍한 생각을
잠시나마 했던
나는
진짜 멍청한 교사였다

어리석은 교사였다

샘,
사랑합니다!

의료기관 기초인력을 육성하는 보건간호과에 입학하는 학생들은 항상 남학생보다 여학생이 많았다. 그러나 어느 해부턴가 여자아이들의 숫자가 줄더니 줄어든 숫자만큼이나 남자아이들로 채워졌다.

중학교 성적에 맞춰 이 학교 저 학교를 두드리다 끝내 우리 학교 보건간호과에 입학하게 된 남자아이들……. 그 아이들 대부분은 목표 의식 없이 이리저리 헤매기 일쑤였고, 모든 일에 무관심했다.

자신의 적성을 무시하고 중학교 성적에 맞춰 생각 없이 입학한 아이들을 상담하고 진로를 찾도록 도움을 주는 일에는 인내가 필요했고, 배려가 필요했고, 존중이 필요했다. 특히 아이들을 무기력이라는 세상에서 탈출시키려는 교사들의 노력이 끝없이 이어져야 했다.

많은 교사의 노력에도 불구하고 유독 삐딱하게 굴며 교사들을 매우 힘들게 했던 한 아이, 그 아이는 중학교 때 '짱'이라고 불렸던 아이였다.

"올해 신입생 중에는 학교 짱도 있대요. 소문이 자자해요. 선배들도 그 아이한테는 꼼짝 못 한다고 하네요."

우리 학교 최고 정보통으로 알려진 정아샘이 이런저런 통로로 알게 된 소식을 전해왔다.

"그리고 그 아이 뒤로 줄을 선 여덟 명의 아이도 함께 입학한대요. 우리 어떻게 해요? 그런 아이들을 제대로 가르칠 수 있을까요?"

그렇게 시작된 염려는 상상이 아닌 현실이 되었다. 매일 아침저녁으로 들려오는 그 아이의 이야기, 또래 아이들에게는 영웅담으로 전해지는 그 아이의 행적이 교사들에게는 커다란 충격으로 전해졌고 우리는 긴장감에 휩싸였다.

"오늘을 화장실에서 담배를 피웠대요. 징계 보낸다는 학생부장 선생님의 말도 안 먹히고 있대요."

"점심시간에 친구 두 명을 학교 밖으로 데리고 나가서 밥을 사먹고 왔대요. 겁도 없는 아이네요."

"수업 시간에 잠을 자고 있어서 교과 선생님이 깨웠더니 좋은 꿈을 꾸고 있었는데 왜 깨웠냐며 선생님에게 대들었대요. 심지어 책상도 뒤집었다고 해요."

"술을 마시고 학교에 왔나 봐요. 담임이 술 냄새가 난다고 하니까 증거를 대라고 했대요. 참 뻔뻔스러운 아이인 듯해요."

이러쿵저러쿵 그 아이와 관련된 놀라운 일들이 일파만파로 학교 안에 번지기 시작했다.

입학 전부터 그 아이의 이름에 꼬리표처럼 붙어 전해졌던 소문들, 그보다 더 심각하고 거친 아이가 우리의 현실 속으로 들어왔다.

그 아이가 3학년에 올라왔다. 몇 번의 징계로 퇴학 위기까지 갔던 아이는 참으로 아슬아슬하게 학교생활을 이어왔고, 그 아이와 학교를 연결해 주고 있었던 가느다란 실 한 가닥은 금방이라도 끊어질 듯 끊기지 않은 채 그 아이를 붙잡고 있었다.

학급을 책임지고 맡아 운영하는 담임교사는 새 학년이 되기 전에 자신의 반 아이들 이름을 살펴보며 미소를 짓거나 인상을 찌푸리게 된다.

어느 해인가 나는 내가 맡을 반 아이들의 이름이 적힌 명렬표를 살펴보며 당혹감을 감출 수 없었다. 아마도 깊은 주름이 이마에 새겨질 만큼 일그러진 인상을 짓고 있었을 게 분명하다. 그 아이의 이름이 내 반 명렬표 속에 선명한 모습으로 박혀 있었기 때문이다.

아이의 이름은 김상현, 3학년 1반 10번이었다. 나는 그해에 태풍의 눈처럼 가장 위험한 상현이의 담임이 되었다. 절대로 맡고 싶지 않았던 아이가 내 반에 속해 있었다.

개학식 날부터 시작된 상현이의 무단결석은 여러 번 반복되었고, 수업 시간에 집중하지 않고 잠을 잔다거나 교과 선생님의 허락도 받지 않고 화장실로 무단이탈을 하는 등 갖가지 일탈을 반복적으로 이어갔다.

나는 가장 먼저 상현이와 상담을 시작했다. 삐딱한 자세로 앉은 채 나를 제대로 쳐다보지 않고 딴짓을 하는 상현이를 보며 '싸가지 없는 놈'이라는 생각이 들었다. 그래서 나는 요만큼도 마음에 들지 않는 상현이에게 일방적인 경고장을 날렸다.

3학년 1반 학생으로서 하지 말아야 할 것 세 가지와 그리고 꼭 해야 할 것 세 가지를 만들어 상현이에게 제시했다.

"뭐예요? 장난해요? 나보고 이걸 지키라고요? 전 못 해요."

예상대로 상현이는 상담이 끝나기도 전에 상담실을 뛰쳐나갔고, 교실에 있는 친구들에게 큰 소리로 말했다.

"야, 담임샘 정말 이상해. 나보고 이거 하지 말라, 저거 하지 말라고 멋대로 지껄이네. 완전 웃겨!"

2년 동안 상현이에 대해 좋지 않은 이야기를 무성하게 들었던 나는 이미 상현이에 대해 면역력이 생겼는지 그 아이가 심한 말로 공격적인 말을 떠들어대도 담담한 자세를 취할 수 있었다.

특성화고등학교에서의 기나긴 시간, 예상하지 못한 채 마주했던 많은 사건이 해결될 때마다 나의 가슴에는 1층, 2층 '지혜의 탑'이 쌓였고, 아이들이 하는 욕을 들을 때마다 '철렁' 하고 내려앉았던 내 심장도 작은 여유를 가지게 되었다. 그래서 나는 흐트러지는 감정을 가다듬고 희미해지려는 이성을 부여잡으며 아이들의 본능적인 감정 표현이나 행동에 흔들리지 않는 나무가 되어가고 있었다.

그리고 이전에 내가 맡았던 아이 중에는 상현이만큼은 아니지만, 상상을 초월한 행동으로 나를 놀라게 하며 나의 심장벽 두께를 도톰하게 만들어 주었던 아이들이 있었기에 상현이가 보여주는 예상치 못한 행동들로 나의 심장이 제멋대로 널뛰는 일은 더는 발생하지 않았다.

하지만 나도 사람인지라 내 마음속에 번지는 '이 싸가지 없는 놈을 어떻게 하지?'라는 짜증은 어찌할 수 없었다.

3학년 담임을 연이어 맡으며 나는 내 반 아이들과 거래하는 것을 시작했다.

"결석하지 말고 늦게라도 학교에 꼭 오렴. 그러면 지각 벌점은 주지 않을게." "수업 시간에 잠을 자지 마라. 그러면 수업 참여 우수 상점을 주마." "모든 교육 활동에 적극적으로 참여하렴. 그러면 너의 생활기록부에는 성실하고 우수한 아이로 기록될 거야."라는.

아이들과 하는 나만의 거래, 옳지 않다는 것을 나는 알고 있다. 비겁한 행동이라는 것도 알고 있다. 그리고 교사로서 해서는 안 되는 일이라는 것도 안다.

하지만 학교에 오지 않는 아이들을 학교로 이끌어 오고 교육 과정에 참여하게 하기 위해서는 아이들이 혹할 당근이 필요했고, 자신의 책상 앞에 앉아 고개를 들고 수업을 들을 수 있도록 빨주노초파남보의 다양한 당근을 부지런히 날려야만 했다.

내가 한 거래에서 가장 큰 효과를 보여준 것은 상현이었다.

매일같이 아빠에게 전달되는 벌점으로 인해 상현이와 아빠는 극한 상황까지 이르게 되었고, 특히 벌점들이 모이고 모여 징계라도 가게 되는 일이 발생할 때면 상현이는 아빠의 역정이 무서워 친구 집으로 대피하곤 했는데 그런 극한 상황을 막을 수 있었던 상현이는 나와의 거래에 조금씩 참여하기 시작했다.

지각은 하지만 하루도 빠짐없이 학교에 오기 시작한 상현이, 조금씩 변하려는 상현이를 데리고 나는 매일 상담을 이어갔다.

"이제 곧 성인이야. 그 의미는 너의 인생을 책임질 나이가 되어 가고 있다는 뜻이지. 지금까지의 너를 잊어. 그리고 너 자신을 온전하게 책임질 수 있는 사람으로 변해야 해. 지금이 바로 그 타이밍이야. 이 타이밍을 놓치면 너는 계속해서 수렁 속에서 살게 될지도 몰라."라는 수많은 말로 상현이에게 조금씩 나아지자고 설득해 갔다.

"샘, 저 대학은 갈 수 있어요?"

어느 날, 상담 중에 상현이가 불쑥 물어왔다. 성적 관리도 안되었고, 출결 관리도 안 되었고, 심지어 생활기록부에 기록된 내용 중에는 도움이 되는 것이 하나도 없었다. 그런 상현이가 대학 이야기를 꺼냈다.

"그럼, 갈 수 있지. 3학년 성적이 가장 중요해. 그리고 3학년에는 전공과목이 많아서 네가 포기하지 않고 열심히만 한다면 성적 향상을 충분히 할 수 있어. 노력해 볼래?"

"······."

자신이 없는지 상현이는 대답을 하지 못했다.

"부장님, 상현이가 잠을 자지 않고 수업을 들었어요. 2학년때 상현이가 있는 반에 수업 갈 때마다 저 정말 많이 긴장했었거든요. '책상 위로 올라가 누워있는 상현이를 어떻게 깨워야하나?'라는 걱정도 했고요. 기특해 죽겠어요."

수업을 마치고 교무실에 들어선 소정샘이 미소 띤 얼굴로 말했다.

"대학을 가고 싶어 하네요. 그래서 공부를 시작했나 봐요."

'며칠 가다가 또다시 제자리로 돌아가 버리지 않을까?'라는 걱정으로 나는 더 이상의 말을 이을 수 없었다. 하지만 그 후에도 여러 교과 선생님들로부터 상현이가 수업을 들으며 교사와 눈을 마주치기 시작했다는 말들이 들려왔다.

출결도 잡혔고, 수업 태도도 잡히기 시작했다. 심지어 간호조무사 자격증을 취득하기 위해 실시하는 방과 후 수업에도 참여하기 시작했다. 하지만 교사들 앞에서 보이는 껄렁거리는 말투와 불손한 태도는 여전했다.

상현이를 변화시키기 위해 나는 조회 시간과 교과 수업, 그리고 종례시간마다 공수 자세로 "존경합니다!"라는 말과 함께 인사하는 시간을 갖게 했다. 처음에는 유치하게 왜 이런 것까지 해야 하는지 모르겠다며 불평이 많았던 아이들은 꼭 해야 한다는 꼿꼿한 나의 말에 따라 주었고 상현이 또한 공수 자세 인사법을 배우며 껄렁거리는 태도를 조금씩 버리기 시작했다.

"아이들을 잘 지도하셨네요. 인사를 너무 잘해요."

어느 진로캠프에 외부 강사로 오셨던 선생님께서 아이들을 지도하고 난 후에 칭찬하는 말을 해주셨다.

이제 출결도 잡혔고, 수업 태도도 잡혔고, 태도도 조금씩 잡히기 시작했다. 남은 건 단 하나, 진학에 대한 구체적인 목표를 세워서 추진해 나가는 것이었다.

"상현아, 어느 대학, 어느 학과에 가기를 원하니?"

"간호학과요. 대학은 중요하지 않아요. 저는 간호학과에 가고 싶어요."

간호학과라니! 1학년 때부터 열심히 공부하며 내신이며 출결을 관리한 학생도 입학하기 어렵다는 간호학과 진학을 상현이는 희망하고 있었다.

"왜? 왜 간호학과에 가고 싶어?"

"할아버지 때문이에요. 제가 간호학과에 진학하는 것이 할아버지 소원이라고 하네요."

"할아버지가 집에 계셔?"

"네."

처음으로 할아버지 이야기를 들었다. 그동안 여러 번의 상담을 하면서도 상현이는 할아버지 이야기를 하지 않았다. 그제야 듣게 된 상현이의 가족 이야기…….

상현이 엄마는 아주 어린 나이에 상현이를 낳고 집을 떠났다고 했다. 그래서 엄마의 이름도 모르고 얼굴도 모른다고 했다. 역시나 나이가 어린 아빠는 상현이를 부양할 능력이 되지 않았고, 일찍이 할머니를 잃고 혼자 살았던 할아버지의 손에 자랐다고 했다. 다리가 불편한 할아버지는 유일하게 상현이가 믿고 따를 수 있었던 가족이었고, 어느 날 아빠가 할아버지에게 함부로 행동하는 것을 보고는 하지 말라고 말렸을 뿐인데 아빠는 상현이를 심하게 때렸다고 했다.

중학교 1학년, 아빠에게 심하게 맞고 가출을 반복적으로 했다는 상현이, 그날 이후로 정말 못된 행동들을 많이 했다고 한다. 아빠에게 상처를 주고 싶어서 하지 말아야 할 행동을 수없이 반복했다고 하는 상현이…….

힘들 때마다 옆에서 자신을 보살펴준 할아버지의 소원을 들어주고 싶다는 상현이, 간호사가 되어 하얀 가운을 입고 종합병원에서 근무하는 모습을 할아버지께 보여주고 싶다는 상현이의 소망은 너무도 소중했다.

교사는 우리에게 맡겨진 아이들의 과거를 알지 못한 채 아무런 준비 없이 아이들을 만나게 된다. 그 아이들에게 어떤 아픔이 있는지, 어떤 상처가 있는지 모른 채 우리는 우리에게 맡겨진 아이들이 그저 평범하고 모범적인 아이기를 기대한다.

상처로 가득 찬 아이가 어떻게 평범할 수 있을까? 아픔으로 가득 찬 아이가 어떻게 모범적일 수 있을까? 우린 너무 큰 기대를 걸고 해마다 우리에게 다가오는 많은 아이를 만나고 있다.

어릴 적 상처가 가시가 되어, 그리고 어릴 적 아픔이 누런 고름이 되어 상현이의 몸과 마음은 조금씩 타들어 가고 있었다. 그런 상현이가 나에게 자신의 민낯을 하나둘씩 말해주는데 나의 머릿속에서는 영화에서나 볼 수 있었던 아주 슬픈 장면과 정말 보기 싫었던 뉴스 속 한 장면이 오버랩되어 할 말을 잃게 했다.

어려운 상황에서도 잘 버텨준 상현이가 고맙고 대견스러워 나는 상현이의 두 손을 꼭 잡고 말했다.

"지금부터 넌 혼자가 아니야. 내가 항상 함께할 거야. 네가 포기만 하지 않는다면 나는 최선을 다해서 너를 도울 거야. 그러니 힘을 내자."

나보다 훨씬 키가 큰 남자아이가 내 앞에서 아기처럼 울었다. 아빠에게서 맞으면서도 울지 않았다는 아이는 그동안 모아두었던 눈물을 내뿜었다.

얼마나 힘들고 외로웠을까? 그리고 얼마나 무서웠을까? 모든 것을 토해내듯 울고 난 상현이의 눈빛이 변하기 시작했다. 얼음송곳처럼 날카로웠던 시선이 사라지고 없었다. 상현이는 그제야 그동안 묻혀 있던 열아홉 살 순수한 소년의 눈빛을 보여주고 있었다.

4월이 되어 행정실에서 보내온 기초생활수급자 대상자 명단에서 나는 상현이의 이름을 보게 되었다. 상현이가 기초생활수급자라면, 이것이 정확하다면 상현이가 간호학과에 진학할 수 있는 방법이 있기에 나는 행정실에 다시 문의하였고, 그 결과 상현이에게 고른 기회 전형으로 대학을 지원할 수 있는 길이 있다는 것을 알게 되었다. 드디어 상현이에게도 기회가 온 것이었다.

"상현아, 간호학과에 진학하고 싶은 거 맞지?"

"네."

"지금 성적으로는 갈 수 없을 거야. 출결을 관리하면서 성적을 올려야 하는데, 할 수 있겠니?"

"네. 할 수 있어요."

"힘이 들 거야. 포기하고 싶은 생각도 들 거야. 끝까지 할 수 있지?"

"넵! 반드시 간호학과에 입학해서 간호사 자격증을 따고 졸업해서 종합병원에 근무하는 간호사가 되고 싶어요."

"네가 포기하지 않는다면 샘도 끝까지 상현이와 함께할 거야. 우리 끝까지 같이 가보자!"

상현이는 참으로 독하게 공부하기 시작했다. 영특한 아이였기에 이해력이 높았고, 암기력 또한 우수했다. 그리고 모르는 것을 이해하기 위해 끊임없이 질문하기를 시작했다. 그 무뚝뚝하고 무서웠던 아이가 살짝 애교를 부리며 쉼 없이 찾아왔다. "샘~ 이건 뭐예용?"라며.

"샘, 세상에서 가장 극한직업이 뭔지 아세요?"

"뭘까?"

"고등학생요. 제가 생각하기에는 열심히 공부하는 고등학생 이 가장 극한직업인 것 같아요. 정말 힘이 드네요."

독하게 마음먹고 공부를 하던 상현이가 어느 날 웃으며 학생 들이 가장 극한직업이라고 농담을 건네왔다. 상현이의 말처럼 대한민국 고등학생들이 가장 극한직업에 처한 사람일 수도 있 다는 생각에 중학교에 재학 중인 내 딸아이에게 공부하라는 잔 소리를 더는 할 수 없었다.

내가 야단치는 말에도 '넵! 샘.', 내가 시키는 말에도 '넵! 샘.' 언제 어디서든지 '넵! 샘.'이라고 대답하는 상현이, 그런 상현 이의 모습을 보고 소정샘이 말했다.

"어쩜 저렇게 스윗하게 말을 할까요? 상상도 하지 못했던 일 이네요."

3월 초 처음 상현이를 만났을 때는 상상할 수 없었던 일들이 벌어졌고, 상현이는 끝까지 잘 따라와 주었고, 정말 잘 자라주 었다.

간호조무사 국가고시에 합격하여 간호조무사 자격증을 취

득하고 모 대학 간호학과에 합격도 했다.

자신이 노력하면 많은 것을 이룰 수 있다는 것을 알게 된 상현이는 주말이면 병원에서 아르바이트하며 생활비를 벌고, 주중에는 간호학도가 되어 열심히 공부에 매진하고 있다.

대학교 3학년에 재학중인 상현이는 지금도 전화로 이런저런 질문을 해댄다. 그 순간에는 교사가 아닌 간호학을 먼저 배운 선배로서 스스로 해답을 찾을 수 있는 다양한 방법을 일깨워주고 있다. 앞서 임상을 경험한 선배의 지혜가 상현이에게 전해져 커다란 도움이 되었으면 좋겠다는 바람도 함께 전한다.

전화를 끊을 때면 상현이는 항상 스윗한 목소리로 작별 인사를 남긴다.

"샘, 사랑합니다!"

난, 늘 대답한다.

"나도!"

결석하지 마라
잠자지 마라
껄렁거리지 마라

하지 말아야 할 것
세 가지

학교에 와라
공부해라
바르게 행동해라

꼭 지켜야 할 것
세 가지

나도
똑바로 못했던 일들을
아이에게
툭 던져놓고

키를 재듯
몸무게를 재듯
들여다봤네

나라는 선생
참
바보 같다!

저만의 빛깔로
살고 싶어요

코로나19 팬데믹이 찾아왔고 학교
란 공간에 모인 우리는 마스크라는 얇디얇은 가면을 얼굴에 쓴
채 생활하기 시작했다.

마스크를 쓴 아이들을 기억하기란 매우 어려웠으나 우린 아
이들의 눈빛으로, 몸짓으로 그리고 목소리로 아이들을 구분하
고 기억했다.

어느 더운 여름날, 체육 수업을 마치고 교실로 돌아가는 한
아이, 마스크를 벗은 채 내 앞으로 다가오는 한 아이를 보고 나
는 의심의 눈을 거둘 수 없었다.

여자아이라고 하기에는 키가 크고 골격이 컸다. 남자아이라

고 하기에는 진하게 눈썹을 그리고 두껍게 화장을 한 얼굴, 매니큐어가 칠해진 손톱이 어색했다.

"여자예요, 남자예요?"

"속은 여자아이, 겉은 남자아이랍니다."

"정말요?"

1학년 부장 선생님께서 안쓰럽다는 듯이 그 아이의 뒷모습을 쳐다보며 말했다.

"화장하는 것을 너무 좋아해요. 어느 날은 같은 반 여자 친구 교복을 빌려 입고 복도를 걸어 다니는데 말릴 수도 없었어요. 황당 그 자체였죠."

멀어진 그 아이의 뒷모습에서 어렴풋이 보이는 걸음걸이는 옆에서 함께 걸어가고 있는 여자아이의 뒷모습과 다를 바가 없었다. '이 아이는 대체 어떻게 세상을 헤쳐나갈까?'라는 우려 섞인 생각이 몰려왔다.

보건간호과 학생들은 간호조무사 자격증을 취득하기 위해 여름방학과 겨울방학 중에 의료기관으로 현장실습을 나간다. 원만한 현장실습이 진행될 수 있도록 보건간호과 선생님들은 수시로 회의를 거치며 많은 정보를 공유하기도 한다.

어느 12월 초, 그날의 회의 안건은 한 남자아이와 관련된 사항이었다. 학생 실습을 받아주는 의료기관에서는 학생들을 남자, 여자로 구분하여 탈의실을 제공하는데, 1학년 남자아이 한 명이 남학생들과 탈의실을 함께 사용할 수 없다며 고집을 부리고 있다고 했다.

담임교사가 사뭇 긴장된 모습으로 그 남자아이에 대한 설명을 시작했다.

"저희 반 오지현이라는 학생입니다. 입학 초부터 자신을 겉모습만 남자지 속은 여자라고 밝혔어요. 체육 수업을 위해 옷을 갈아입을 때도 남자 탈의실을 사용하지 않고 화장실에서 갈아입고요. 간호조무사 자격증은 따고 싶어 하는데, 남자아이들과 탈의실을 함께 사용해야 한다는 사실에 실습까지도 포기하고 싶다고 하네요. 자신은 여자인데 왜 남자아이들과 함께 있어야 하는지 모르겠다면서요."

나를 놀라게 했던 그 아이가 바로 그날 안건의 주인공이었다.

참으로 난감한 상황이었다. 법적으로는 남자인 아이인데, 1년을 지켜본 담임교사와 전문교과를 지도했던 선생님들은 그 아이에 대해 각기 다른 의견들을 주장했다. 처음으로 마주한 난처한 상황 속에서 우리는 지현이라는 아이에 대해 이런저런 추측만 주고받았다.

보건간호부장을 맡아 모든 의료기관 현장실습을 계획하고 추진했던 나로서는 해결할 방법이 떠오르지 않았다. 학교의 입장, 의료기관의 입장, 아이의 입장이 너무나도 달랐기 때문이다.

하지만 다행히도 나는 간호사였고, 병원에 근무한 경험이 있으며, 지금도 내 친구들이 많은 병원에서 간호감독이나 간호과장으로 근무하고 있기에 도움을 줄 수 있는 사람이 있는지 알아보기 시작했다. 오래지 않아 종합병원에 근무하고 있는 대학 동기가 작지만 비어 있는 공간이 하나 있으니 1인 탈의실로 사용할 수 있다는 좋은 소식을 전해왔다.

그렇게 그 남자아이는 의료기관 실습에 참여하였고, 실습을 무사히 마칠 수 있었다.

"명실아, 지현이 참 괜찮더라. 성실하고 친절하고 반듯하고, 환자들이나 실습지도 선생님들한테서 가장 많이 칭찬을 받았어. 물론 남자아이가 화장하고 향수를 뿌리고 다녀서 조금은 놀라기도 했지만, 참 착한 아이더라."

지현이를 맡아 실습을 진행해 주었던 내 친구는 또박또박 글을 읽듯 지현이를 향한 애정의 소리를 전해왔다.

시간이 흘러 지현이는 3학년이 되었다. 그리고 내 반 아이가 되었다.

멀리서 바라볼 때는 그저 남의 일처럼 생각되었던 것이, 내 반 아이의 일이 되니 나는 조금 불편해졌다. 나 또한 편견에 사로잡힌 어쩔 수 없는 어른이었다.

교실 안에서 대놓고 화장을 하는 아이, 심지어 친구 얼굴에 화장을 해주며 까르르 웃어 대는 아이, 여자아이들에게 둘러싸인 채 수다를 떨고 있는 아이, 걸음걸이는 왜 그렇게 사뿐히 걷는지, 손놀림은 또 얼마나 여성스러운지…….

지나칠 때마다 그리고 마주할 때마다 불편해지는 감정은 커져만 갔다.

"샘, 제가 한심해 보이죠? 샘은 제가 많이 불편하죠?"

수업을 마치고 교실 밖으로 나오려는데 내 뒤를 따라 나오며 지현이가 말했다.

"아니. 난 네가 안 불편해."

"아뇨. 샘은 저를 불편해하세요. 그게 느껴져요."

"내가 아니라는데 왜 그러니?"

"그럼 왜 저하고는 상담하지 않아요? 왜 눈도 마주치지 않으세요?"

그랬다.

3월이 다 지나가는 동안 나는 지현이와의 상담을 시작하지 못했다. 지현이의 말처럼 눈도 제대로 마주치지 못했다. 그런 나를 지현이는 알아본 것이다.

자라는 동안 늘 주변에서 이상한 시선으로 바라보는 사람들을 만났었기에, 자신을 이방인처럼 생각하는 사람들의 수군거림을 들었었기에 지현이는 나를 단번에 알아본 것이었다.

자신을 이방인처럼 쳐다보고 있는 엉터리 같은 담임교사를…….

난 늘 나 자신을 정의로운 교사라고 생각했다. 우리 아이들을 위해서는 그 어떤 선입견 없이 가장 앞장서서 노력하는 교사라고 자부했다. 그리고 우리 아이들이 부당한 대우를 받는다면 난 끝까지 싸우겠다는 다짐도 했었다.

하지만 생각과 행동이 전혀 다른 나는 지현이 앞에서 비겁한 교사가 되어 있었다. 그런 나를 지현이는 지켜보고 있었던 것이다.

며칠 동안의 깊은 생각 끝에 나는 지현이와 마주 앉아 서로의 이야기를 주고받았다.

"샘은 아주 많이 당황스러웠어. 키 큰 남자아이가 화장하고 여자아이 같은 말투와 몸짓으로 교실 안을 왔다 갔다 하니까 어떻게 대해야 하는지 걱정도 되었고, 솔직히 너의 모습이 너무 낯설어서 너에게 다가가기 너무 힘이 들었어."

"처음 보는 사람들은 그래요. 저를 보고 미친놈 같다고. 어릴 적에는 그 소리가 너무 싫어서 저 자신을 숨기고 살았어요. 그런데 그렇게 살다 보니까 제 자신이 너무 싫더라고요. 어느 날

부턴가 죄를 지은 게 아닌데 왜 꽁꽁 나를 숨기고 살아야 하나
라는 생각도 들었고요."

"……."

"그래서 저는 결심했어요. 있는 그대로의 저의 모습으로 살
아가자고. 그리고 저만의 빛깔로 살아가자고. 그래서 당당하게
밝혔죠. '겉모습은 남자지만 저는 사실 여자입니다.'라고. 많은
사람이 뒤에서 수군대고 욕을 하고 저와는 대화조차 하지 않더
라고요, 선생님처럼."

"……."

"그런데 시간이 지날수록 나를 이해해주는 친구들이 생기기
시작했고, 내 편이 되어주는 가족들도 생겼어요. 나를 온전히
받아주는 절친들도 몇 명 생겼고요."

"……."

"언젠가 돈을 많이 벌어서 성전환수술을 받고 여자로 살아
가고 싶은 게 저의 꿈이에요. 그래서 공부도 열심히 하고 있고,
누구보다도 성실하게 생활도 하고 있고요."

자신의 이야기를 덤덤하게 이어가는 지현이, 난 그 아이의
이야기를 들으며 부끄러움을 느꼈다. 그리고 나 자신이 나이만
먹은 속이 빈 껍데기 같은 사람이라는 생각이 들었다. '나의 편
견과 선입견이 이 아이를 얼마나 아프게 했을까?'라는 후회가

밀려왔다.

"지현아, 정말 미안해. 솔직히 너를 이상한 아이로 바라보고 있었어. 너는 이렇게 네 자신에게 당당하고 솔직한데, 난 편견이라는 작은 알맹이 속에 갇힌 채 너를 똑바로 바라보지 못했던 것 같아. 앞으로는 너를 있는 그대로 바라볼 수 있도록 노력할게. 샘을 지켜봐 줄래?"

"넵! 저를 있는 그대로 바라봐 주세요."

지현이와의 긴 대화 끝에 나는 아이들에게 배운다는 것이 어떤 것인지 알게 되었다. 고독한 싸움을 오랫동안 해 왔던 지현이는 내가 좁아터진 작은 알맹이를 부수고 세상 밖으로 새롭게 태어날 수 있는 기회를 주었다.

그렇게 우리는 서로를 존중하고 바라보며 함께했다.

"샘, 내일 졸업앨범 사진 찍을 때 저 여자 옷 입고 찍을 거예요."

종례 시간에 지현이가 말했다.

"야, 그건 좀……."

내가 미처 말을 끝내기도 전에 은주가 말했다.

"그렇게 하라고 하세요. 지나가 얼마나 예쁘게 치장하고 올지 너무 기대돼요."

이어서 원희가 말했다.

"지나야, 너 나보다 예쁘게 하면 안 돼. 죽여 버린다!"

"걱정들 마셔. 이 지나님이 적당히 예쁘게 하고 올게."

지나가 웃었다. 그리고 아이들이 웃었다. 나도 웃었다.

우리 반 아이들이 지현이에게 만들어 준 새로운 이름, 오지나!

지나가 외치는 듯했다.

"샘, 전요, 저만의 빛깔로 살아갈래요!"라고.

알맹이
작은 알맹이
단단한 껍데기 속
무딘 생각들

깨지지 않으면
부서지지 않으면
끝내 버리지 못하는
깊게 박힌 생각들

어느 날
한 아이가
다가와
두꺼운 껍데기를 부수고
세상 밖으로 꺼내 주었다

나라는
교사를

나의 숙제는
현재 진행 중

　　　　　　　작은 의자가 그 아이를 버거운 듯 힘
겹게 떠받치고 있었다. 엎드린 채 잠을 자는 아이의 등은 책상
위 빈틈이 하나도 보이지 않을 만큼이나 넓었고, 그 넓은 등 위
로 창문을 뚫고 날아온 작은 햇살 하나가 앉아 있었다.

　'이 아이인가 보다. 말 많고 탈 많은 아이가⋯⋯'라는 생각
을 하며 1학년 2반 교실로 들어갔다.

　입학식 날부터 다른 중학교 출신 학생과 다툼을 벌인 아이,
그 싸움을 말렸던 교사들이 이구동성으로 말했다. 성난 곰처럼
힘이 좋아서 싸움을 말리는 데 힘들었다고⋯⋯.

　출석을 부르는데도 아이는 고개를 들지 않고 잠을 자고 있었

다. 아니, 잠을 자는 척하고 있었다.

"이준범!"

아이는 어떤 미동도 없이 대답하지 않은 채 엎드린 자세 그대로였다. 나는 다시 한번 큰 소리로 출석을 불렀다.

"이준범!!!"

"……."

"없어요? 그러면 결과 처리합니다."

첫날부터 교과 담당교사인 나에게 그 아이는 기 싸움을 걸어왔다. 아마도 그동안 그 아이는 많은 선생님과 힘겨루기를 했을 게 뻔했다. 넘쳐나는 에너지를 교사에게 투사하는 아이들을 많이 봐왔기에 난 그날 그 아이와의 힘겨루기를 미루기로 마음먹었다.

출석부에 결과 처리를 위해 선 하나를 긋는 중에도 아이는 미동이 없었다. 수업을 진행하는 50분 내내 그 아이는 그 자세 그대로였다. 몸을 들썩이거나 고개를 반대쪽으로 돌릴 법도 한데 아이는 돌덩이처럼 그대로였다.

나는 그렇게 준범이를 처음 만났다. 아니다. 정확히는 만났다고 할 수가 없다. 얼굴을 보지 못한 채 커다란 등만 보고 나왔으니 나는 준범이를 만난 것이 아니라 준범이의 커다란 등을 만나고 나온 셈이다.

두 번째 수업 시간에서도 준범이의 얼굴을 볼 수 없었다. 학생부에서 상담 중이라고 했다. 입학식 때 준범이가 벌인 싸움을 많은 교사를 비롯해 1학년부터 3학년 모든 학생이 보았기에 학교 폭력으로 신고되어 처리하고 있다고 담임교사는 전해왔다.

준범이를 맡은 2년 차 담임교사의 얼굴이 말해주고 있었다. '선생님, 저 많이 힘이 들어요.'라고.

그 후에도 한동안 준범이의 얼굴을 볼 수 없었다. 지각이나 결석으로 그 아이의 책상은 늘 비어 있었고, "절대로 깨우지 마시오!!!"라고 적힌 노란색 작은 메모지 하나가 책상의 주인인 양 차지하고 있었다.

4월이 지나고 5월의 끝을 향해 달려가고 있던 어느 날, 점심을 먹고서 가벼운 산책에 나섰다. 50여 년 학교와 오랫동안 함께했던 아름드리 소나무들이 즐비하게 늘어선 뒷동산을 느릿느릿 걸으며 사색에 잠기려는데 멀리서 혼자 벤치에 앉아 멍하니 하늘을 바라보고 있었던 준범이의 담임 선생님을 만났다.

"많이 힘들어요?"

힘드냐고 묻는 내 물음에 신영샘은 대답 대신 글썽거리는 눈을 선생님의 마음인 양 보여주었다.

1년 전, 나와 함께 동 학년을 맡으며 모든 일에 항상 열심히 참여하며 활기차고 긍정적이었던 선생님, 첫 부임지인 이 학교에서 아이들과 좋은 추억을 많이 쌓고 싶다며 부푼 꿈을 내비쳤던 신영샘은 눈물로 자신의 상황을 말해주고 있었다.

"에고, 우리 신영샘, 많이 힘들군요!"

"……"

"누가 우리 신영샘을 그렇게 힘들게 해요?"

"부장님, 제가 담임 역할을 잘못하고 있나 봐요. 아이들이 제 눈을 보지 않아요. 제 말도 듣지 않으려고 해요. 오히려 제 말보다는 준범이의 눈치를 보면서 준범이의 말에 아이들이 움직여요."

"……"

"학교 오는 게 너무 힘들어요. 교실에 들어가는 것도 너무 힘이 들고요. 저 어떡하죠?"

아이들의 잘못된 행동을 자신의 탓이라고 생각하며 자책하고 있는 신영샘에게 나는 위로의 말을 전할 수 없었다. 나 또한 선생님처럼 힘들었던 시간이 있었기에 신영샘이 얼마나 힘든 시간을 보내고 있는지 알기 때문이었다.

그냥 신영샘 곁에 앉아 나의 고른 숨을 들려주었다.

1학년 부장교사를 만나 왜 그렇게 신영샘이 힘들어하는지 물어보았다.

"담임 선생님의 허락을 받지 않고 무단 결과, 무단 조퇴를 하는 아이들이 많아요. 그리고 담임 선생님의 지시를 아예 듣지 않고 제멋대로인 아이들도 있고요. 제일 힘들어하는 것은 여러 명이 단합하여 담임 선생님에게 조롱하는 듯한 말을 한다고 해요."

상상을 초월하는 아이들이 1학년 2반에 모여 있었다.

특히 반복적으로 발생하고 있는 준범이의 위험한 행동들은 1학년 2반을 맡은 신영샘에게 가장 큰 고민거리라고 했다.

물에 불린 휴지 덩어리로 화장실 벽을 도배해 놓거나, 수업 방해를 하며 교과 담당교사와 충돌을 일으키거나, 장난치듯 친구들에게 큰 소리로 욕을 하며 교실 내 분위기를 험악스럽게 만들고 있는 준범이의 예측할 수 없는 행동들이 끊임없이 발생하고 있어 신영샘은 정말 힘든 시기를 보내고 있다고 했다.

2년 차 후배 선생님을 다시 일으켜 세우기 위해서는 준범이를 바로잡아야 한다고 생각했다. 준범이와 얽혀서 좋을 게 없다는 생각으로 그동안 준범이와의 기 싸움을 하지 않았던 나는 단단히 준비했다.

'난 준비됐어. 그러니 맘껏 한번 해봐, 내가 널 꼭 잡겠어!' 라며.

난 정의의 사도라도 된 것처럼 결연하게 마음을 잡았다.

기다렸다는 듯이 준범이가 싸움을 걸어왔다.

종합간호실습실에서 혈압측정 실습을 하는 수업 중에 어디선가 '얍, 얍'이라는 기합 소리가 들려왔다. 뒤를 돌아보니 준범이가 환자용 혈압계 줄을 잡고서 친구들을 향해 세차게 돌리고 있었다. 줄 끝에 달린 계란 모양의 손잡이가 아이들의 얼굴이나 몸에 닿으면 상처를 낼 수도 있는 상황이었다.

그 모습은 마치 커다란 곰 하나가 자신의 힘을 과시하며 누군가를 공격하는 모습처럼 보였고, 아이들은 당황한 기색을 보이며 주춤주춤 뒤로 물러섰다. 준범이를 피해 사방으로 흩어지고 있었다.

"이준범! 지금 뭐하는 거야!"

"장난 좀 한 건데 왜 화를 내요!"

"그게 장난이야? 환자를 돌보는 방법을 배우고 있는데, 환자들이 사용하는 의료용품을 가지고 장난을 쳐? 그리고 친구들이 맞기라도 하면 책임질 수 있어?"

"장난한 거라고……. 에이 씨, 장난한 거 가지고 지랄이네."

준범이의 입에서는 반말이 섞인 욕이 튀어나왔고, 나 또한 까칠하고 날 선 목소리로 소리쳤다.

"이준범, 너, 1학년 교무실로 따라와!"

키 작고 나이 많은 아줌마 같은 선생, '호 호 호' 웃는 모습에 화는 절대 내지 않을 것 같은 선생, 그냥 만만하게 보였던 땅콩만 한 선생이 불같이 화를 내니 준범이도 당황했는지 교무실로 따라왔다.

1학년 교무실로 들어서는 준범이에게 나는 외쳤다.

"이준범, 너 수업 방해 벌점 5점, 실습실 비품 무단 사용 벌점 5점이야. 그리고 교사에게 반말하며 욕한 것은 선도위원회에 회부될 거니까 그렇게 알아!"

"그냥 장난한 거라고요. 왜 나한테만 그래요!"

"나한테만? 너 외에 아무도 그런 위험한 행동을 하지 않았으니까, 너 외에 아무도 그런 욕을 쓰지 않았으니까!"

나는 그날 처음으로 벌점을 무려 10점이나 날렸고, 선도위원회에 제출할 교사 의견서를 작성하였다.

며칠 전에 보았던 신영샘의 눈물이 생각나 준범이에게 복수라도 하겠다는 듯 펜을 잡은 나의 손엔 힘이 잔뜩 들어갔고, 날카롭고 가시 같은 글들로 나의 의견서는 가득 채워졌다.

그날의 나는 어쩌면 교사가 아니었다. 동료의 아픔을 조금이나마 덜어 주고 싶은 잘못된 동료애를 지닌 못난 어른일 뿐이었다.

솔직히 말하면 나는 학생들이 잘못된 행동을 하거나 수업을 방해하는 행동을 할 때면 벌점을 날리거나 징계를 보낸다며 아이들과 감정싸움을 하는 것을 매우 싫어했다. 그래서 나는 벌점과 징계 대신 아이들과의 상담을 수도 없이 실시했다. 그리고 자신이 한 행동과 감정 표현을 반드시 적어보게 했다. 신기하게도 아이들은 자신을 되돌아보는 시간을 가지면서 조금씩 달라졌고, 상담이 반복될수록 서로를 이해하게 되었다. 그리고 그때부터 우린 같은 편이 될 수 있었다.

어떤 선생님은 아이들을 너무 많이 봐주는 거 아니냐며 불만을 표시하기도 했지만 난 이런 나만의 생활지도 방식에 만족하고 있었고 나의 첫 번째 생활지도 원칙이라고 여겨왔다. 하지만 준범이가 깨트려 놨다. 내가 오랫동안 지켜왔던 원칙 하나를…….

'상담 먼저!'라는 첫 번째 나의 원칙이 깨졌고, 나는 준범이의 그 어떤 이야기도 들어보지 않은 채 그 아이를 선도위원회에 회부했다.

선도위원회가 열렸다. 그리고 준범이는 출석정지 10일이라는 징계를 받았다. 교내봉사, 사회봉사, 특별교육, 출석정지 5일이라는 징계를 이미 받았던 준범이는 출석정지 10일을 받고, 다시 선도위원회에 회부되는 일이 발생하게 된다면 퇴학 처리될 거라며 학생부장 선생님이 설명해 주셨다.

준범이는 내가 쓴 첫 번째 교사 의견서로 출석정지를 받았고, 퇴학이라는 문 앞에 위태롭게 서 있게 되었다. 나를 원망하면서…….

준범이가 없는 10일간, 1학년 2반 교실은 평화 그 자체였다.

수업하시는 선생님들은 준범이가 없으니 수업할 맛이 난다며 농담을 주고받았고, 나는 1학년 2반 교실에 평화를 안긴 교사, 거사를 끝낸 영웅처럼 거들먹거렸다. 하지만 나의 자만은 그리 오래가지 않았다.

준범이 아버지가 찾아오셨다. 생각보다 너무 어린 준범이 아빠는 얼핏 보면 준범이의 형처럼 보였다. 키가 작고 다소 왜소한 준범이 아빠는 준범이와의 연결 고리가 없어 보였다.

준범이 때문에 상처를 받으셨다면 대신 사과를 드리고 싶다는 말을 전하는 젊은 아빠는 두 손을 공손하게 모은 채 고개를 숙였다. 그리고 신영샘과 나에게 준범이의 이야기를 전해 주었다.

스무 살, 어린 나이에 준범이를 낳았다고 했다. 준범이를 다섯 살까지 키우다 엄마는 어느 날 홀연히 사라져 버렸고, 엄마를 그리워하던 준범이는 어느 날부턴가 엄마라는 말을 하지 않았다고 했다. 그리고 이어진 폭식, 준범이는 잠을 자는 시간을 제외하고서 밤낮으로 이것저것을 먹어 치웠다고 했다.

초등학교에 입학하면서 준범이의 몸은 가파르게 살이 불었고, '돼지, 곰탱이'라고 놀리는 친구들과 싸움질을 하며 폭력을 휘두르는 일이 잦아졌다고 했다. 그렇게 초등학교, 중학교 생활을 공부 대신 싸움으로 채웠다고 했다.

트럭을 운전하며 먹고사는 일에만 집중하다 보니 어린 준범이를 잘 보살피지 못해서 이 지경에 다다른 것 같다며 젊은 아빠는 후회를 내비쳤다.

두 눈에 눈물을 가득 담은 채 제발 퇴학당하는 일만 발생하지 않도록 도와주십사고 애원하는 아버님의 이야기를 들으며 나는 그제야 정신을 제대로 차릴 수 있었다.

그리고 생각했다. 내가 지켜왔던 원칙을 깬 것은 준범이가 아니라 바로 나라는 것을, 동료애라고 생각했던 나의 모순된 행동이 내가 지키고자 했던 첫 번째 생활지도 원칙을 깼다는 것을……. 부끄러웠다. 그래서 고개를 들 수가 없었다.

준범이 아빠를 만난 후 신영샘이 눈물을 흘리며 말했다.

"부장님, 저는 너무 이기적인 교사인가 봐요. 제가 힘든 것만 생각하며 준범이를 무시하고, 준범이와는 눈도 마주치지 않았어요. 못된 아이라고 단정 짓고 제 판단 기준에서 미달된 아이처럼 생각하고 대했던 것 같아요. 그런 저의 모습을 보며 준범이는 얼마나 힘들고 외로웠을까요?"

신영샘의 말을 들으며 나는 더욱더 고개를 들 수 없었다. 동료애라고 생각하며 정의로움이라는 가면을 쓰고 내가 했던 어리석은 행동이 이제 막 시작하는 후배 교사를 더욱더 난처하게 만든 듯해서.

수많은 아이와 이제껏 해왔던 상담을 준범이와는 나누지도 않고, 벌점과 징계를 먼저 발사한 내 자신에게 옐로카드를 주고 싶었다. 그리고 준범이와 미처 하지 못한 상담은 나의 숙제가 되었다.

출석정지를 끝내고 준범이가 돌아왔다. 나는 준범이를 상담실로 불렀고 미처 하지 못했던 숙제를 시작하려고 했다.

"학교에 오지 않고 10일 동안 다른 곳으로 가서 교육을 받았다고 들었는데, 어땠어?"

"좋았어요!"

퉁명한 목소리로 준범이가 대답했다.

"또 가고 싶은 곳이니?"

눈을 동그랗게 치켜뜬 준범이가 어이없다는 듯이 나를 쳐다봤다.

"우리 오늘부터 너와 내가 못 했던 숙제를 하자."

"무슨 숙제요?"

"이야기 나누는 것, 샘은 샘의 이야기를 할게. 준범이는 준범이의 이야기를 해."

"싫어요. 샘하고는 얘기하고 싶지 않아요!"

자신에게 징계를 준 샘하고는 더는 이야기하고 싶지 않았던 준범이는 자리를 박차고 나갔다.

그 후로도 나는 준범이로부터 몇 번의 거절을 받았고, 그렇게 1학기를 끝냈고 2학기가 되었다.

2학기 첫 수업시간, 준범이가 조금 달라 보였다. 잠을 자거나 혹은 넘쳐나는 힘을 제어하지 못한 채 이리저리 날뛰었던 준범이는 마치 아픈 아이처럼, 혹은 기가 빠진 아이처럼 조용했다.

상담실로 데려오는 길 위에서도 아이는 매우 조용했다. 그 아이의 트레이드마크인 욕이 섞인 투덜거림이 사라졌다.

"무슨 일 있니?"

"……."

"어디가 아픈 거니?"

"……."

"오늘도 샘이랑은 이야기 안 할 거야?"

"아빠가 다쳤어요."

처음으로 준범이가 내 질문에 대답했다.

"어쩌다가?"

"밤에 운전하다가 빗길에 차가 넘어졌어요. 그래서 머리를 다치고 다리가 부러져서 지금 병원에 입원해 계세요."

"걱정이 많겠다. 그지?"

"……"

대답 대신 아이는 울고 있었다. 그렇게 대단했던, 내 앞에서 기 한번 죽지 않았던 아이가 '꺼이꺼이' 울었다.

"아빠가 잘못될까 봐 정말 무서웠어요. 아빠가 안 계시면 제 옆에는 아무도 없거든요."

덩치가 크다고 무서움도 없고 두려움도 없는 게 아니다. 열일곱 살 아이는 아빠가 떠날까 봐 두려워하는 아이였다. 난 그런 아이에게 싸움을 걸었던 비겁한 교사였다.

참 한심하단 생각이 들었다.

그날부터 우린 그동안 못 했던 숙제를 시작했다. 나는 나의 이야기를, 준범이는 준범이의 이야기를 풀어 놓았다. 서로의 이야기를 주고 받으며 서로를 이해하는 시간을 함께했다.

누군가는 오지랖이 넓다는 말로 비웃기도 했다. 또 누군가는 뭘 그렇게까지 하냐며 혀를 차기도 했다. 하지만 난, 나의 숙제를 마치고 싶었다.

숙제가 진행되는 동안 준범이는 조금씩 변하기 시작했다. 신중하게, 젠틀하게, 친절하게, 유머스럽게 말을 하며. 그리고 더는 덩치만 큰 곰탱이 같은 위험한 행동을 하지 않았다.

서로의 눈을 바라보며 서로의 이야기를 나누는 것은 진심을 나누는 것이다. 진심을 나누는 것은 이제 친구가 되었다는 것이다.

　나는 준범이의 친구가 되어 지금도 끝내지 못한 나의 숙제를 이어가고 있다.

　어쩌면 준범이가 졸업하는 날, 나의 숙제도 마치게 되지 않을까?

아이들을 만난다는 건
인생의 쓴맛을 경험하게 되는 것

아이들을 만난다는 건
인생의 단맛도 경험하게 되는 것

그래서
우린
아이들을 통해
인생을 배운다

인생 뭐 별거 있나?
이만 하면 됐지!

그래서
난 오늘도
학교로 출근을 한다

아이들을 만나러 간다

인생을 배우러 간다

사랑받는 느낌,
이런 거죠?

사람들은 나에게 말한다. 특성화고 등학교에 근무하니 편할 것 같다고. 일반계 고등학교가 아니니 성적 향상이라는 스트레스는 받지 않고 아이들을 지도하지 않느냐며 단정 짓듯 묻는다.

나는 그들에게 말하고 싶다. 대입이라는, 수능이라는, 취업이라는, 그들만의 리그를 치르고 있는 아이들이 우리 학교에도 모여 있다고. 그 아이들 또한 자신의 진로를 고민하고, 자신의 꿈을 이루기 위해 보이지 않는 전쟁터에서 끝까지 살아보려고 노력하고 있다고.

그러니 특성화고등학교에 있는 아이들을 그들만의 리그에

서 탈락자인 것처럼 보지 말라고.

사람들은 또 우리 아이들에게 말한다. '특성화고등학교에 다니는 너, 공부는 포기했구나?'라고. 가끔은 표정으로 말을 대신한다. '일반계 고등학교에 가지 못해서 특성화고등학교에 간 거니?'라고.

아이들은 세상 사람들의 말과 표정으로 상처를 받고, 상처를 안고 산다. 가끔은 그 상처가 곪고 곪아 아이들을 더욱더 아프게 한다. 그래서 더 많은 관심과 사랑이 필요한 아이들이 여기 이곳에 모여 있다.

난 가끔은 방황하는 아이들과 진심을 나눌 때면 말하곤 했다. 지금의 방황이 삶의 거름이 되고 삶의 나침반이 되어줄 거라고. 그러니 방황하는 자신을 너무 미워하지 말라고. 자신을 미워하는 일은 절대로 하지 말라고.

하지만 해서는 안 되는 일을 하는 아이들을 만나기도 한다. 자신을 미워하며 자신의 몸에 상처를 만드는 아이들, 장미 가시를 옮겨 놓은 듯 그 아이들에게는 가시로 인한 상처들이 가득했다.

어느 해인가 나는 온갖 상처로 가득한 아이를 만났다. '나 혼자서 그 아이의 상처를 다 꿰매줄 수 있을까?'라는 염려를 할 만큼 그 아이의 상처는 깊고 컸다.

1학년에 입학한 그 아이는 말이 없고 조용한 아이였다. 지각 없는 출결, 수업에 집중하는 태도, 공손한 자세…….

우리는 그 아이를 모범생이라고 부르며 그리고 착한 아이라고 말하며 우리의 관심 대상에서 제외했다. 아무런 문제 없이 그저 잘하고 있으리라고 믿으며…….

어느 날, 보건실에서 급하게 나를 찾았고 보건실 문밖으로 들려오는 커다란 소리는 나를 긴장시켰다. 한 아이가 발악하고 있었기 때문이다.

"말하지 말라고 했잖아요. 담임샘에게 왜 말을 해요!"

"선생님이 알아야지. 이렇게 상처가 많은데?"

소리를 지르는 아이가 난처한 듯 보건 선생님은 작은 목소리로 설득하고 있었다.

"무슨 일이에요?"

보건실 문을 열고 들어서는 나를 보고 큰 소리를 지르며 보건 선생님에게 발악하던 아이는 자신의 행동을 멈췄다.

"선생님, 영주가……."

보건 선생님의 말이 시작도 되기 전에 아이는 보건실을 뛰쳐나갔다.

"영주야!"

영주를 쫓아 나가는 보건 선생님을 잡았다. 그리고 무슨 일인지 물었다.

"체육 시간에 영주가 농구를 하다 넘어졌나 봐요. 손목이 아프다며 파스를 붙여달라고 하길래 파스를 붙여주려고 손목을 봤는데 손목에 상처가 보이는 거예요."

"무슨 상처요?"

"자해한 상처였어요. 그래서 여기저기를 살펴봤더니 팔이랑 다리, 온몸이 상처투성이였어요."

"……"

"영주는 칼로 자신의 몸에 상처를 내고 있어요. 팔, 다리, 어깨 여기저기 흔적이 보이더라고요. 그래서 선생님께 전화해서 보건실로 오시라고 하니까 저렇게 소리를 지르더라고요."

착한 아이의 대명사, 영주가 자신을 드러냈다.

처음으로 1학년 담임을 맡고 마주한 아이들은 중학생과 고등학생의 경계선에 서 있는 듯했다. 아직은 덜 여문 아이들, 그 아이들의 생각이 어디쯤 머물고 있는지 전혀 예상할 수 없었다.

그 아이들을 가만히 보고 있노라면 정리가 안 된 책상 위에 흐트러진 책들과 같았다. 책장을 넘기지 않으면 책 내용을 모르는 것처럼, 아이들의 마음을 열기 전까지는 무엇을 품고 있는지 도무지 알 수 없는 아주 두꺼운 책과 같은 아이들, 그래서 고등학교 1학년 담임이라는 자리는 어렵고 힘들었다.

문득 영주와 함께 있었던 둘만의 시간을 되돌아봤다. 앳된 얼굴에 커다랗고 동그란 눈을 가지고 있는 영주, 나의 질문에 '예' 또는 '아니오'라며 OX 퀴즈에 답을 말하듯 대답만 했던 아이, 아이는 나에게 자신에 대해 말해주지 않았다.

아니다.

영주는 늘 나에게 말하고 있었다.

단지, 내가 놓치고 있었을 뿐. 손톱이 모두 뜯겨나가 남아 있는 손톱이 거의 없는 영주의 열 손가락, 영주는 거의 뜯겨나가 짧을 대로 짧아진 손톱으로 자신을 말하고 있었지만 나는 미처 영주에게 진심을 담은 말을 걸지 않았던 것이었다.

그제야 비로소 나는 영주와의 시간을 가졌다.

짧아진 손톱 곁으로 해진 살갗이 보였다. 무엇이 불편했는지 영주는 자신의 오른쪽 손가락으로 왼쪽 손가락을 계속해서 공격하고 있었다. 뜯고 또 뜯어내는 영주의 행동을 보며 행여 손가락 끝으로 붉은 피라도 새어 나올까 봐 걱정되었다.

"영주야, 혹시 샘에게 해줄 말 없니?"

"없어요."

"보건 선생님이 걱정이 많으셔. 그래서 나에게 전화를 하셨어."

"제가 알아서 할 거예요."

"그럼 샘이 영주 손목 좀 봐도 돼? 걱정이 돼서 그래."

"싫어요!"

"알았어. 그럼 영주야, 선생님 부탁 하나만 들어줄래?"

"뭔데요?"

"위센터에 가서 상담 선생님과 이야기 좀 하지 않을래?"

"……"

"영주가 위센터 상담 선생님과 상담한다면 샘도 안심할 수 있을 것 같아. 부탁할게."

"……"

나는 영주에게 무슨 일이 있는지 알아야 하겠기에 위센터 상담 선생님과의 상담을 진행하려 영주를 설득했고 영주는 어렵게 동의해주었다. 그러나 위센터 상담실로 들어간 영주는 입을 꼭 닫은 채 한 시간을 버티다 위센터를 나왔다.

평소 어려운 아이들을 잘 다루는 상담 선생님도 영주의 입을 열지 못했다.

상담 선생님께서는 일단 지켜보자고 하셨다. 아이의 상처를 보니 꽤 오랫동안 자해를 해 온 것 같다고 하셨다. 어쩌면 중학교 때부터 자해가 시작되었을 수 있다는 염려의 말을 덧붙이셨다. 그리고 자해의 흔적이 많은 것으로 봐서는 아마도 자해 때문에 상담 치료를 받고 있을 수도 있다는 말씀도 해주셨다.

어디서부터 시작해야 하지? 영주 어머니께 알려야 할 것 같은데? 알고 있을까? 만약 모르고 계시면? 나는 어떻게 이 사실을 전해야 하지? 많이 당황하실 텐데? 그래서 기절이라도 하시면? 혹은 영주를 심하게 야단이라도 치시면? 야단을 맞은 영주가 나를 원망이라도 하게 된다면?

영주에 대한 나의 걱정이 큰 만큼 수많은 질문이 꼬리에 꼬리를 물며 따라왔다. 정답이 없이 끝없이 이어지는 질문들을 뒤로하고 나는 영주 어머니께 전화를 드렸다.

"영주 담임입니다."

"아, 네! 무슨 일 있나요?"

"의논드리고 싶은 일이 있어서요. 혹시 시간이 되시면 학교에 오실 수 있나요?"

"무슨 일이죠? 전화로 말씀해 주시면 안 되나요?"

"좀 심각한 일이라 직접 뵙고 말씀드리고 싶은데, 많이 바쁘신가 봐요."

"네. 제가 요양원에서 일하고 있어요. 그래서 직장을 빠질 수가 없어요. 혹시 영주가 사고라도 쳤나요?"

"아닙니다. 영주처럼 착한 아이가 무슨 사고를 치겠습니까. 사실은……."

"영주가 착해요? 걔 집에서는 얼마나 소리를 지르고 난리를 치는지, 어제는 책상 위에 있던 언니 책을 모두 찢어버렸어요. 그래서 저도 화가 나서 영주 책을 다 찢어버렸죠. 내 딸이지만 어쩜 그렇게 독한지……."

내 말이 끝나기도 전에 영주 어머니가 까칠한 대답을 하셨다. 어머니의 옥타브 높은 목소리는 전화기 밖으로 크게 울려 퍼졌고 나는 잠시 전화기를 내 귀에서 멀리 떼어 놓았다. 하지만 어머님의 고음에서 나오는 파동은 여전했다.

"그래서 제가 나가라고 했어요. 아빠한테 가라고 했어요. 그랬더니 짐 다 싸놓고 주말에 간다고 하더라고요. 그런 애가 착해요? 선생님 걔한테 속고 계신 거예요."

난 분명 영주 어머니께 전화를 드렸다. 그런데 되돌아온 말에서 느껴지는 것은 약속한 아르바이트에 며칠 동안 무단으로 빠진 우리 반 아이를 탓하며 헐뜯는 어느 식당 주인의 넋두리와 다를 바가 없었다.

"어머님, 전화 드린 이유를 말씀드릴게요. 놀라지 마시고 들어 주세요. 영주가 몸에 자해하고……."

"아, 그거 보셨구나. 칼로 상처를 낸 거 말하는 거죠? 중학교 때부터 그랬어요. 학교에서 전화가 와서 가봤더니 여기저기 칼로 상처를 냈더라고요. 그래서 중학교에서 심리검사도 해주고 상담도 해줬는데 계속하더라고요. 하지 말라고 계속

말을 하는데 제 말도 듣지 않아요. 저의 화를 돋우려고 하는 것 같기도 해요."

어머니는 이미 알고 계셨다. 자해하는 딸아이를 오랫동안 곁에서 보고 계셨다. 별일 없을 거라며 걱정하지 말라며 어머님은 전화를 끊으셨다.

꼬리에 꼬리를 물며 내가 했던 수많은 걱정은 물거품이 되었고, 어느 가수의 노랫말처럼 나는 총 맞은 것처럼 가슴이 아파 왔다.

자해하는 딸을 보고도 별일 없을 거라며 나를 안심시키려고 하는 영주의 어머니, 나를 아프게 하는 총알이었다.

진실이 알고 싶어졌다. 거짓이 없는 사실을……. 단단한 껍데기에 싸여 꽁꽁 숨어 있는 진실, 껍데기 한 겹 두 겹을 벗길수록 사람의 마음을 움직이는 마력의 힘을 가지는 진실, 나는 진실이 알고 싶어졌다.

자신의 비밀을 들킨 영주는 나와 거리를 두려고 했다. 내 눈길을 피하며 내 시야에서 벗어나려고 했다.

지난 몇 년 동안 나는 마음이 아픈 아이들을 만나며 급한 마음에 섣부른 대화를 시도하다 아이들의 마음과 입이 더욱더 단단하게 닫히는 것을 경험하였다. 나는 그때의 시행착오로 모든 일은 돌다리를 건너듯 한 단계, 두 단계 천천히 다가가야 한다는 것을 배웠다. 그래서 나는 영주가 먼저 나를 찾아와 주기를 기다렸다.

어느 날 영주가 지각했다. 입학 후 단 한 번도 지각이 없었던 영주였기에 걱정이 앞섰다. 영주에게 전화를 걸었더니 없는 번호라는 대답만 되돌아 왔다.

2교시가 끝나고 영주가 잔뜩 긴장한 모습으로 교실에 들어섰다. 헝클어진 머리카락과 눈가에 낀 눈곱이 늦잠을 잤다는 것을 보여주고 있었다. 긴장했는지 아이의 콧등에는 땀이 맺혀 있었고, 늦잠을 자서 지각했다고 작은 목소리로 몇 번을 계속해서 말했다.

"괜찮아. 늦잠을 잘 수도 있어. 어쩌다 한번 지각했는데 샘도 그 정도는 이해할 수 있어. 그런데 전화 연결이 안 돼서 걱정했어. 없는 번호라고 하던데 어떻게 된 거니?"

"핸드폰 없어요."

"그럼 샘에게 알려준 핸드폰 번호는 누구 거니?"

"엄마가 예전에 쓰던 거예요. 그런데 엄마가 번호를 바꿨어요."

핸드폰 없는 아이가 있다니, 핸드폰 없이 살아가는 아이의 일상은 어떤 모습일지 상상이 되지 않았다.

더는 영주가 다가와 주기를 마냥 기다릴 수가 없었다. 영주에 대해서 지금 당장 알아봐야겠다는 생각이 들었다. 무엇부터 물어보지? 가슴속에 품은 많은 질문 중에서 하나를 꺼냈다.

"누구랑 같이 살고 있니?"

"엄마랑 언니하고 살아요."

"아빠는?"

커다란 눈에 눈물이 맺히고 영주의 입이 열렸다. 오래전부터 나에게 말하고 싶었다는 듯 영주는 이야기꾼이 되어 자신을 두껍게 감싸고 있었던 껍데기를 한 꺼풀 두 꺼풀 벗겨 나갔다.

어릴 적부터 영주의 엄마는 두 살 위인 언니를 예뻐하셨다고 한다. 너무 심하게 언니를 편애하는 엄마를 보며 영주는 의심했다고 한다. '나는 엄마가 낳은 딸이 아닌가?'라는.

어느 날 거울을 보고 깨달았다고 한다. 엄마를 꼭 빼닮은 언니, 그리고 아빠를 꼭 빼닮은 영주, 아빠와의 관계가 나빴던 엄마는 아빠를 보듯 자신을 보는 듯했다고 한다. 그래서 엄마는 늘 자신에게는 싸늘했고 차가웠다고 했다.

아빠가 늦게 들어오는 저녁이면 영주는 늘 외로움을 느꼈다고 한다. 유독 가까웠던 엄마와 언니 사이에 자신이 낄 틈이 없어 혼자 방 안에서 눈물을 흘리기도 했다고 한다. 이런 모습을 보고 자신을 안타깝게 생각했던 아빠는 항상 다정한 모습을 보여주셨고, 특히 언니와 싸움이 있을 때마다 영주의 편을 들며 애정을 보여주셨다고 했다. 영주에게 있어서 아빠는 유일하게 영주를 이해해주는 친구이고 안식처였다고 했다.

갑작스러운 아빠의 실직으로 엄마와 아빠의 싸움이 길어졌고, 결국은 영주가 중학교 1학년이 되던 해 이혼을 하셨다고 했다. 아빠가 집을 나갔고 자신의 안식처를 잃은 영주는 죽고 싶을 만큼 우울하고 슬펐다고 했다.

그리고 시작된 자해 행동, 엄마의 잔소리를 들을 때마다, 언니와 싸울 때마다, 그리고 아빠가 보고 싶을 때마다 충동적으로 자해를 했다고 했다. 그렇게 시작된 자해 행동은 습관이 된 듯 주기적으로 하게 되었고, 그 행동을 하지 않으면 불안에 떨게 되었다고 했다.

그래서 보게 된 영주의 상처들, 손목을 감싸고 있는 셔츠의 소매를 걷어냈더니 두 손목 안으로 상처가 가득했다. 그리고 허벅지 안, 어깨 위와 팔뚝 안까지 번진 상처들은 영주가 얼마나 심하게 몸부림쳤는지 보여주고 있었다. 열일곱 살 영주는 자신을 놓지 않으려고 악을 쓰고 있었다.

영주의 상처를 보고 나는 '이 아이를 감당할 수 있을까?'라는 두려움에 떨게 되었다. 이렇게 큰 상처를 품고 사는 아이를 '내가 어떻게 도와줄 수 있을까?'라는 근심에 나는 자신감을 잃고 있었다.

하지만 자신의 마음을 보여준 영주를 위해서 나는 의연한 척
해야 했고, 의지할 수 있는 어른이어야 했기에 영주를 품에 안
고 오랫동안 다독여주었다.

영주에게 위센터 선생님의 도움을 받고 치료를 시작해보자
고 권했다. 많은 아이가 어둠 속에서 헤맬 때마다 큰 도움을 주
시고 그 아이들을 따뜻한 햇살 아래로 이끌어 주신 상담 선생님
이 영주와 첫 상담을 한 후 말씀해 주셨다.

"선생님, 우리 아주 천천히 오랫동안 영주를 위해 노력해야
할 듯해요. 풀어야 할 숙제가 아주 많은 아이입니다."

"……"

"그런데 희망적인 것도 있어요. 영주와 이야기를 해 보니 의
외로 영주가 자신의 이야기를 잘해요. 그리고 자신이 왜 자해를
하는지 스스로 알고 있고, 하지 말아야 하는 것도 알고 있어요."

그렇게 영주의 회복을 위한 우리의 노력이 시작되었다. 정신
과에 데리고 가서 전문가의 심리검사를 받고 상담 치료를 시작
할 수 있도록 학교에서 할 수 있는 모든 경제적인 지원을 아낌
없이 해주었다.

그리고 지속적인 상담 선생님과의 대화, 그리고 상담 선생님
께서 진심으로 보내주는 감정적인 지지는 영주를 조금씩 안정
적으로 만들어 주었다. 특히 영주가 상담실을 찾을 때마다 상담

선생님이 내어 주시는 따뜻한 차 한잔과 스낵은 귀한 손님으로 대우받는 느낌을 받는다며 영주는 무척이나 좋아했다.

영주만을 위한 시간을 만들어 함께했다. 나 또한 어릴 적 많은 식구 사이에서 엄마의 관심을 받지 못해 우울해하며 지냈던 시절이 있었기에, 그리고 혼자라는 느낌을 버리지 못한 채 방황했던 시간이 있었기에 나의 어두웠던 과거를 영주에게 내보이며 아픔을 딛고 지금 이 자리에 서 있는 나를 보며 용기를 내어 보라고 손 내밀어 보았다.

자신의 아픈 마음과 더불어 아픈 상처까지 낱낱이 모두 보여주었던 영주는 아무런 스스럼없이 상처들을 보여주었고, 어느 날부턴가 상처의 흔적만이 보일 뿐 새로운 자해 흔적은 찾아볼 수 없었다.

조금씩 안정을 되찾은 영주는 그 누구보다 열심히 학교생활에 적응해 나갔다. 똑똑한 아이였다. 방과 후 수업에 참여하여 다양한 자격증을 취득하고, 성적도 올랐다. 그리고 간호학과 진학이라는 꿈도 생겼다.

그렇게 우린 서로의 안부를 묻고, 서로의 걱정을 물으며 하루하루를 보냈다.

어느 날 나는 영주를 데리고 조그만 가게로 들어갔다.

"영주가 졸업할 때까지 사용할 수 있는 핸드폰을 샘이 영주에게 선물하고 싶어. 학급 카톡방에 공지된 사항도 영주가 읽어야 하고, 때로는 통화해야 할 일도 있을 거야. 그러니 부담 갖지 말고 받아줘.”

“샘, 너무 큰 선물이에요.”

“그동안 영주가 열심히 노력해줘서 샘이 영주에게 주는 장학금이라고 생각해줘.”

“샘, 감사합니다!”

처음으로 가져보는 핸드폰을 보며 영주는 들떠 있었다. 저가의 기본 요금제로 설정되어 있어서 사용상 불편할 수 있다는 점원의 설명에도 괜찮다며 학급 카톡방에만 들어가면 된다고 했다. 참 소박한 꿈이었다.

겨울방학이면 시작되는 병원 실습에 참여하려면 핸드폰은 반드시 필요한 통신기구였다. 병원 실습과 관련된 안내 사항과 기상 악화로 인한 실습 중단 등 핸드폰으로 급하게 변동 사항들을 전하기 때문이다. 또한 병원 출석 상황을 카톡방에 올리고, 감기 등으로 병원 실습에 참여하지 못하는 경우 병원 지도 교사에게 연락을 취해야 하기에 핸드폰은 학생들에게 꼭 필요한 도구였다. 나는 그동안 열심히 노력해준 영주에게 나만의 장학금을 선물했다.

집으로 돌아간 영주가 늦은 저녁 문자를 보내왔다.

"샘, 저는 오늘 사주신 핸드폰을 핸드폰이라고 부르지 않고 장학금이라고 부를래요. 장학금은 꼭 필요할 때만 사용하겠습니다. 그리고 진짜 장학생이 되기 위해 정말 열심히 노력해서 샘에게 부끄럽지 않은 제자가 될게요. 그리고 샘, 사랑받는 느낌, 이런 거죠?"라는.

사랑, 고작 두 글자인 사랑, 나눌 수만 있다면 줄 수만 있다면 나의 어린 제자들 모두에게 날려주고 싶다.

초등학교 5학년
보잘것없었던 나에게
관심을 주셨던
선생님

잘할 수 있다고
어깨를 토닥여주셨던
선생님

선생님의 눈을 마주하며
처음으로
사랑받는 느낌을
받았다

그 옛날 선생님에게
받았던 사랑이라는 녀석을
내 아이에게
전해본다

사랑이라는
이 느낌
실컷
느끼며 살아보라고

'행복해져라, 행복해져라'라고
주문을 외치는
사랑의 매직을
실컷
느끼며 살아보라고

made in
jungmun

"선생님!"

교무실 문을 열고 한 여자아이가 들어왔다. 작은 얼굴을 덮고 있는 커다란 마스크 위로 살짝 보이는 두 눈, 반짝이는 그 아이의 눈을 보며 나는 미소 지었다.

"언제 내려왔니?"

"오늘요."

졸업하고 부산에서 취업한 후 제주도를 떠났던 아이, 아니다, 이제는 아이가 아니라 숙녀라고 해야겠지? 어쨌든 세희가 돌아왔다.

말이 없던 세희는 말 잘하는 학원에라도 갔다 온 듯 쉼 없이 조잘댔다. 1년 가까이 근무하고 있는 병원 이야기, 새로 사귄 친구 이야기, 그리고 부산 이야기 등 이야기는 끝없이 이어졌다.

졸업식 날, 마지막으로 본 세희에 대한 기억은 노랑 머리카락에 짙은 화장, 짧은 교복 치마에 기다란 검은색 가짜 손톱으로 무장한 열 손가락이다.

세희의 노랗던 머리카락이 이제는 검정으로 변해 있었다. 항상 길게 붙어 있던 기다란 검은색 가짜 손톱들이 모두 사라지고 단정한 열 손가락이 가지런하게 가방 위로 올라와 있었다.

화장을 거의 하지 않은 얼굴에서는 주근깨 몇 개가 자리 잡고 있었고 전혀 어울리지 않는 플레어스커트를 어색하게 입고 있었다.

세희의 모습을 머리끝부터 발끝까지 스캔하던 내가 '푸!' 하고 웃었다.

"샘, 왜 웃으세요?"

"세희 너, 너무 낯설어서 웃음이 나."

"많이 변했죠?"

"그래. 진한 화장을 하고 등교해서 너랑 나랑 많이 싸웠잖아."

"샘, 보라색 머리카락 때문에도 엄청나게 잔소리하셨어요. 교복 치마 길이도 짧다고 야단치셨고, 손톱이 길다고 혼도 내시고, 저 샘에게 들은 잔소리들 글로 썼다면 두꺼운 책 몇 권은 넘고도 남았을 거예요."

어쩌면 교사 경력 28년 중 가장 많이 야단을 쳤던 아이를 꼽는다면 세희가 확실하다. 그런 세희가 학교로 돌아왔다.

1학년 때 학교 근처로 이사를 오며 우리 학교로 전학 온 세희의 이미지는 '깡' 그 자체였다. 키 작고 몸도 왜소한 아이가 무슨 악에 받쳤는지 눈이 말해주고 있었다. '나 건들지 마.'라고.

전학 온 지 일주일도 되지 않아 세희는 선도위원회에 회부되었다. 2학년 선배의 뺨을 때렸다고 했다. 이유는 자신의 팔에 새겨진 문신을 보며 2학년 선배가 "우리 학교는 문신 금지인데?"라며 자신을 비웃었기 때문이라나. 뺨을 맞은 2학년 아이도 기가 센 아이여서 2학년 선배를 제압한 세희의 행동이 어디까지 가게 될지 예측이 되지 않았다.

세희에 대한 무성한 소문이 돌면서 몇몇 아이는 몸을 움츠리며 세희를 피했고, 또 몇몇 아이는 편이 되어 함께 움직였다.

아이들은 어디에서 그 많은 정보를 구했는지 세희에 대해 이것저것을 묻고 참새들처럼 교무실을 들락날락했다.

아이들은 그들만의 세상에서 세희를 도마 위에 올려놓고 이러쿵저러쿵 평을 하고, 교사들 또한 그들만의 세상에서 세희에 대해 이러쿵저러쿵 평을 했다.

"샘, 세희가 중학교 때 짱이었대요. 여자 중학교 짱은 무서운

게 없는 거 알죠?"

"샘, 세희가 이전 학교에서도 학교 폭력으로 징계를 받았다고 해요."

"샘, 세희 팔에 있는 문신 있잖아요. 그 문신 세희가 직접 했다고 해요. 독한 아이 맞죠?"

하늘에서 비가 내려오듯, 세희에 대한 소문이 하늘에서 끝없이 쏟아졌다. 소문이 무성한 만큼 세희를 맡은 3년 차 담임교사의 얼굴에서는 웃음이 사라지고 웃음기 사라진 선생님의 얼굴에는 그늘이 들어서고 있었다.

학생부장 선생님께서 어느 날 찾으셨다. 학생부에 들어선 나는 민지를 마주했다.

우리 반에서 가장 모범적인 학생인 민지는 화가 난 얼굴로 씩씩거리며 앉아 있었다. 선도부원으로 활동을 하는 민지는 억울한 일을 당했다며 자신의 분함을 주저리주저리 말했다.

점심시간에 교복 지도를 위해 학교 안을 돌아다니고 있다가, 교복을 입지 않은 1학년 여학생을 복도에서 만나서 지도하고 있었다고 했다. 그 광경을 보고 있던 세희라는 아이가 갑자기 끼어들더니 따지기 시작했다는 것이다. 등교할 때 교복을 입고 정문에서 통과했는데 왜 선배가 잡느냐는 식의 말을 하며 자신을 공격했다고 했다.

똑 부러지고 침착하기로 소문난 민지의 얼굴이 붉어지고 목소리가 커졌다. 1학년 후배가 3학년 선배에게 덤볐으니 억울하기도 하고 딱히 제대로 답을 못한 자신이 바보 같아서 더욱더 화가 난 것 같았다.

상상할 수 있었다.

세희라는 아이, 벌써 여러 선생님에게 따지듯이 이것저것 물었다고 했다. 머리카락 염색을 하면 안 되는 이유가 뭔지, 짙은 화장과 옅은 화장의 기준은 뭔지, 세희는 자신이 생각하기에 공평하지 않다고 여겨지는 것은 교사든 학생이든 상관없이 반드시 따지듯이 물으며 모두를 불편하게 만들고 있었다.

학생부로 들어선 세희는 자신은 아무런 잘못도 하지 않았다는 듯이 당당했다. 그리고 자신의 의견을 또박또박 말했다.

교복을 입고 등교한 후 편안한 복장으로 옷을 갈아입은 3학년 선배들도 많은데 왜 선도부는 1학년 학생들만 잡고 선도 활동하느냐며 비겁하다고 했다.

틀린 말이 아니었다. 3학년 동급생을 지도한다는 것이 조금은 어려운 선도부원들은 만만한 1학년만을 대상으로 지도하고 있다는 것을 익히 알고 있었다.

그래서 우린 세희에게 수능 공부로 대입으로 스트레스를 많이 받는 3학년은 선도에서 제외된다는 어설픈 답변을 내놓았다.

"그럼 저희도 3학년이 되면 선도에서 제외되는 건가요?"

"아마도 그렇겠지?"

나는 세희를 바라보며 대답했다. 후에 내가 한 답이 세희와의 끝없는 다툼에서 물러서야만 하는 이유가 된다는 것을 모른 채.

그렇게 나는 세희를 만났고, 세희라는 아이는 내 맘속에 각인되었다. 조금은 건방지고, 조금은 기가 센 아이, 하지만 자신의 생각이 뚜렷한 아이, 그래서 왠지 관심이 가는 아이라고.

그 후에도 세희의 이야기는 주기적으로 들려왔다. 때로는 선도위원회에서 세희의 사건을 만나기도 했다. 여기저기, 요기조기, 참으로 많은 사건에 세희는 관련이 되어 있었다.

2학년이 된 세희는 여전히 문제 속에 있었다. 그 작은 아이는 자신이 살아 있음을 증명이라도 하듯 문제를 일으키고 문제를 해결하며 나날을 보냈다.

그리고 3학년이 되어 내 반 아이가 되었다. 세희는 여전히 작았고 여전히 삐쩍 마른 체구를 지니고 있었다.

3월 2일 개학 날, 3학년이 되었으니 지켜야 할 몇몇 중요한 내용을 반 아이들에게 설명하고 있었다.

내 말이 하나둘 진행될 때마다 못마땅하다는 듯 세희는 얼굴을 찡그렸고, 콧등에 나란히 내려앉은 주근깨 몇 놈이 모였다가 헤어지기를 반복하며 세희의 감정 상태를 말해주고 있었다.

'거 참, 우리 담임샘, 말이 많아도 너무 많아!'라고.

8년 동안의 담임 역할을 하며 나는 알게 되었다. 한 아이와 감정이 어긋나서 등을 지게 되면 1년 동안 담임 역할을 제대로 할 수 없다는 것을. 나와 등진 아이 한 명이 도미노 현상을 일으키며 반 전체 아이들을 쓰러트린다는 것을 나는 이미 경험하였기에 나는 세희의 말과 행동 하나하나에 신경이 쓰였다.

이 말 많고 일 많은 아이를 어떻게 해야 하나라는 걱정이 앞서며, '어떻게 이 아이를 꼬드겨 내 편으로 만들까?'라는 떳떳하지 못한 생각을 하게 되었다. 일단은 꼬드겨야 했다. 더는 문제를 일으키지 못하도록……. 그리고 나의 무난한 1년간의 학교생활을 위해서라도.

이 아이의 담임이 되어 나누는 첫 대화, 그 시간이 나에게는 가장 중요했다. 앞으로 세희와 함께하는 1년의 승패가 결정되기 때문이었다.

3월 초, 아이들의 진로 상담을 하며 끝까지 열심히 해보자고 결의를 다짐하는 시간이었다. 순조롭게 진행되던 진로 상담 시간이 세희 앞에서 막혀 버렸다.

보라색 머리카락, 짙은 화장, 살짝 스치기만 해도 깊은 상처를 만들어 버릴 듯한 기다란 손톱, 왜 내 눈은 못 본 척하고 넘어가지 못하는 건지, 왜 내 입은 하고 싶은 말은 꼭 하고 마는 건지, 진로 상담은 시작도 못 한 채 나는 세희에게 지적질을 하고 있었다.

"세희야, 머리 염색은 왜 했어. 안 되는 거 알고 있는 거지? 그리고 화장도 너무 짙어. 좀 지우면 안 되겠니? 그리고 그 손톱은 뭐니? 친구 얼굴에 상처라도 나게 되면 어떻게 할래?"

처음으로 둘만 있는 공간에서 나는 물었다. 꼬드겨야 한다고 다짐을 했건만 나는 세희를 향한 무차별 공격을 먼저 시작했고 세희는 대답 대신 입술을 깨물고 있었다.

"그리고 교복은 왜 안 입는 거야? 학생이면 교복을 입어야지."

"샘이 그랬잖아요. 3학년이 되면 안 입어도 괜찮다고."

"내가? 언제 그런 말을 했어?"

"전 똑똑히 기억하고 있어요."

"그러니까 언제 내가 그런 말을 했니?"

"1학년 때요. 선도부 언니가 교복 입지 않은 3학년은 왜 잡지 않느냐고 물었을 때 샘이 그랬어요. 3학년이니까 봐주는 거라고."

아하, 그랬다. 학생부에서 이 아이를 처음 만났을 때 내가 한 말을 이 아이는 기억하고 있었다.

"그럼 좋아. 그 보라색 머리카락은 어떻게 할 거야? 그리고 화장은? 그 가짜 손톱은 언제쯤 떼어 낼 거니?"

'네가 그렇게 나오면 나도 어쩔 수 없어!'라는 생각으로 학교 규칙을 어기고 있는 세희의 차림에 대해 공격하기 시작했다. 세희에게 한 방 크게 맞았다는 생각에 나는 치졸해지고 있었다.

"샘은 교복만 봐준다고 했지. 염색, 화장, 그 긴 손톱을 봐준다는 얘기는 하지 않았던 것 같은데?"

더 치졸해지는 나는 그 아이와 똑같은 아이로 변해 그 시간, 그 공간에 있었다.

내가 생각해도 난 참 치사하고 유치한 교사였다. 조금 더 성숙하게 세희와 첫 대화를 시작했다면, 세희의 이야기를 먼저 들어 주었다면, 지금쯤 나는 그 순간을 기억할 때마다 가슴 안에서 뽀글거리는 부끄러움을 만나지 않았을 텐데…….

세희와의 첫 대화는 어긋나버렸고, 세희를 꼬드기는 작전도 실패해 버렸다.

그렇게 봄이라고 하기엔 너무 추운 3월이 지나고 4월을 보내며 유채꽃 꽃망울이 활짝 펴지는 5월이 되었다.

병원으로 2주간 실습을 보내야 하는데, 세희의 보라색 머리카락과 짙은 화장, 그리고 기다란 손톱은 그대로였다. 나와의 관계 또한 냉동실의 냉기처럼 차가웠기에 '병원 실습 중에는 단정한 모습을 유지해야 할 텐데.'라는 생각만 할 뿐 마주 앉아 말을 하지 못했다.

병원 실습을 하는 아이들을 지도하기 위해 어느 종합병원 입구에 들어서면서 나는 문득 세희가 그 병원에서 실습하고 있다는 것을 깨달았다.

태도가 바르지 않은 아이들 때문에 자주 병원 관계자로부터 싫은 소리를 들었던 나는 '어쩌면 오늘도 한소리 듣게 되겠구나!'라는 생각에 마음을 단단히 잡고 세희가 실습하고 있는 건강검진실 앞으로 걸어갔다.

어디선가 낯익은 목소리가 들려왔다.

"김선희 님, 이쪽으로 오시겠어요. 금식은 하고 오신 거죠?"

세희의 목소리가 저렇게 다정했었나? 검사를 위해 병원에 방문한 환자 앞에 서 있는 세희는 너무 달라 보였다. 연한 갈색 머리와 화장기 없는 얼굴, 그리고 단정한 실습복 차림…….

나는 멀리서 한참을 바라봤다. 까칠하고 새침했던 세희의 모습은 사라졌고, 이 사람 저 사람을 성심껏 도와주는 열아홉 살 소녀의 모습이 보였다.

'세희야, 병원 실습 갈 때는 학교 명예도 있으니 제발 보라색 머리카락도 원상태로 돌리고, 화장도 지우고, 가짜 손톱도 빼고 가야 한다.'라고 수없이 말하고 싶었으나 냉랭한 세희에게 말하지 못했었다. 그런데 내 마음을 아는 듯, 세희는 단정한 모습으로 옅은 미소를 띤 채 소녀처럼 서 있었다.

"세희야!"

"샘, 오셨어요. 검사 환자가 너무 많아서 정신이 없어요."

교실 밖에서 만난 세희는 반갑게 나를 맞이해 주었고, 나 또한 열심히 실습하고 있는 세희가 뿌듯하기도 하고 한편으로는 안쓰러워 세희의 손을 끌어당겼다. 손톱 끝에 삐죽이 나와 있었던 기다란 손톱들이 모두 사라졌다는 것을 느낀 순간 나는 세희를 꼭 안아주었다.

"어쩜 이렇게 예쁘니? 환자들에게도 친절하게 대하고, 우리 세희, 샘이 정말 뿌듯하다!"

"개학 날부터 지금까지 매일 하루도 빼먹지 않고 저에게 똑같은 잔소리를 하셨는데 제가 안 바뀌고 어떻게 버티겠어요. 샘, 저도 눈치 보며 살아요. 그리고 병원 실습 올 때 기본적으로 갖추어야 할 자세 정도는 알고 있다고요."

웃음이 나왔다.

세희의 말처럼 나는 3학년 첫날부터 똑같은 말을 앵무새처럼 반복하고 있었다. 말을 전하지 못하는 날에는 문자로 세희에게 잔소리를 이어갔던 나를 보며 '우리 샘, 참 독하고 끈질기다!'라는 생각을 했다고 했다.

"제가 변할 때까지 샘은 끝까지 잔소리쟁이가 될 것 같아 제가 조금 물러서기로 했어요."

또다시 웃음이 나왔다.

"샘, 웃을 줄도 아세요? 샘 웃으시는 거 처음 봐요."

"샘도 네가 웃는 모습 처음으로 보는데?"

세희가 처음으로 웃는 모습을 보여줬다. 참 예쁜 미소를 가진 아이였다. 그리고 화려하게 포장되지 않은 진짜 세희를 나는 비로소 만났다.

실습을 마치고 학교로 돌아온 세희와 진심을 터놓는 대화를 나누었다. 부모님의 이혼, 이어진 아빠와의 이별, 부산에서 제주도로 이사를 오며 많은 방황을 했다고 한다. 그리고 엄마의 재혼은 자신을 더욱더 방황토록 만들었고, 학생으로 해서는 안 될 일들도 많이 했다고 했다.

졸업과 동시에 독립을 꿈꾸는 세희, 그래서 간호조무사라는 자격증을 반드시 취득하고 싶다는 세희를 위해 우린 뒤늦은 공부를 함께 했다. 기본적인 지식을 갖추고 있지 않은 세희를 위해 요약본을 만들어 주었고, 꼭 풀어야 할 문제들이 수록된 문제집에 구멍이 날 정도로 세희는 열심히 풀고 또 풀었다. 그래서 취득한 간호조무사 자격증, 성인이 된 세희가 사회로 나갈 수 있는 동아줄이 되어주었다.

졸업식이 다가왔다.

졸업식 때마다 밀가루로, 계란으로, 케첩으로 교복 테러를 하는 아이들이 있었기에 사복을 입고 오라는 공지에도 불구하고 마지막 날은 교복을 입어야 한다며 세희는 교복을 입고 왔다.

그렇게 입으라고 야단을 칠 때는 입지 않았던 교복을 입고 노란색 머리카락으로 염색을 하고 짙은 화장에 코걸이, 귀걸이를 주렁주렁 단 채, 열 손가락에는 기다란 검은색 가짜 손톱으로 치장을 하고 나타났다.

못마땅하다는 나의 표정을 읽었는지, 세희는 쌩긋 웃으며 오늘이 제멋대로 사는 마지막 날인 것 같아 맘껏 치장하고 왔다고 했다. 고등학생으로 사는 마지막 날에는 무언가 기억될 수 있는 특별한 이벤트가 있어야 두고두고 기억하지 않겠느냐는 말도 덧붙였다.

그렇게 졸업식을 마치고 학교를 떠났던 세희가 돌아왔다.

끊임없이 조잘대는 세희 뒤로 함께했던 3년이라는 나의 기억이 나풀댔다. 가장 인상적이었던 장면들이 사진이 되어 나타났다가 사라졌다. 사라진 사진 뒤로 '대견하다'라는 생각이 뒤따랐다.

부산이라는 큰 도시 속에서 기죽지 않고 자신의 자리를 지키고 있는 세희, 그런 세희를 바라보며 이어지는 생각 하나, '됐다. 이 아이는 이제 걱정하지 않아도 되겠어!'라는.

다시 또 찾아오겠다는 인사를 하고 떠난 세희가 저녁 늦게 문자를 보내왔다.

샘, 공항에서 집으로 가는 버스 안에서 졸고 있었어요.

그런데 '이번 정류장은 중문고등학교입니다'라는 소리가

잠결에 들렸어요. 저는 본능적으로 일어나 소리쳤어요.

"기사님, 저 여기서 내려요!"

손이 벨을 누르기 전에 입이 먼저 열리더라고요.

그리고 저는 제 가슴이 무엇을 말하는지 알 수 있었어요.

'가자, 빨리 가자. 가슴 속에 담고서 전하지 못했던 그 말을

오늘은 꼭 전하고 오자!'라는 생각이 들더라고요.

오늘 샘을 뵙고 꼭 말씀드리려 했는데, 또 못 하고 왔어요.

저 참 바보 같죠? 그래서 이제 말씀드려요.

"샘, 지금의 저를 만든 것은 선생님과 중문고등학교라는 것을

뒤늦게 알게 되었습니다.

저는 made in jungmun입니다.

선생님, 정말 감사합니다. 그리고 사랑합니다!"

눈물이 흘러 내렸다.

잘 커 준 세희가 너무도 고마워서, 그리고 세희에게 그저 미
안한 마음이 들어서…….

이거 안 돼!
저거 안 돼!
그거 안 돼!
아이들을 향한 지적질 대신

잘했어!
참 잘했어!
너 참 잘했어!라는
응원의 말을 전해볼걸

아이들은
칭찬을 먹고 산다는데
사랑을 먹고 산다는데

얼마나 가슴이 고팠을까?
얼마나 정이 고팠을까?

떠나는 아이들을 바라보며
뒤늦은 후회를 하는
나라는 교사

아직도 아이들에게
배울 게 많은가 보다

아직도 갈 길이 먼 듯하다

엄마의 눈물을
보았습니다

　　　　　　　　세상 모든 엄마는 아이들을 위해 눈
물을 흘린다. 나 또한 그러했고, 내가 만났던 한 아이의 엄마도
그랬다.

　키가 크고 눈이 부리부리하게 컸던 아이는 유독 까칠했다.
중학교 때부터 많은 문제를 일으켰던 아이는 투박한 말투에 인
사하는 법을 잊은 채 학교 규칙을 어기며 많은 문제를 일으켰
다. 그리고 수업 방해로 여러 선생님과 충돌을 일으켰다.

　그럴 때마다 아이의 어머니는 학교를 찾아와 아이를 대신하
며 고개를 조아렸다. 시름에 푹 젖은 얼굴, 삐쩍 마른 몸에 초라
한 차림, 군데군데 헐어버린 신발이 엄마의 어려운 상황을 보여

주고 있었다.

"우리 애가 원래는 저런 아이가 아니었어요. 다정하고 속정이 깊은 아이였죠. 제발 고등학교 졸업장만이라도 따고 나갈 수 있도록 도와주세요."

아이의 어머니는 행여 아이가 퇴학이라도 당하게 될까 봐 근심이 가득했다.

"저는 원래 중국 동포입니다. 결혼하고 한국으로 와서 아이를 낳고 잘 살았어요. 우리 아들이 초등학교 5학년 때 아이 아빠가 암으로 돌아가셨어요. 그때부터 우리 아들이 집 밖으로 돌면서 방황을 하더라고요."

"아이 아빠 병원비 갚느라, 먹고사느라 우리 아들을 제대로 돌보지 못한 제가 죄인입니다. 그러니 제발 우리 아들을 용서해 주세요."

아이가 잘못한 행동을 엄마가 대신해서 연신 죄송하다는 말을 전해 왔다. 잘못한 게 하나도 없는 엄마는 모든 것이 자기 탓이라며 아이를 감쌌다.

어머니의 모습을 보며 나는 중 2이었던 내 아들의 방황이 기억났다.

친구가 입고 있는 와이셔츠 등에 그림을 그리고, 친구의 교복 어깨에 들어간 뽕을 빼 버리는 일로 나는 학교를 찾아가 죄송하다는 말을 하며 고개를 숙었다.

그리고 아이들의 집을 찾아가 무릎을 꿇은 채 사죄를 드린 적도 있었다. 그때는 정말 심적으로 힘들었고 누군가에게 죄송하다고 말을 해야 하는 그 상황들이 교사라는 나의 자존심에 스크래치를 내고 있었다.

심지어 옆 학교 짱이랑 싸움 배틀을 한다며 몇몇 친구들을 데리고 버스를 탔던 우리 아들, 다행히 옆 학교 교사가 정보를 입수하고 경찰서로 연락을 했다. 경찰에 의해 버스는 세워졌고, 연락을 받은 남편과 나는 아들의 모습을 보며 한숨을 지었다. 싸움하러 간다는 놈이 운동화도 아닌 슬리퍼를 신고 있었기 때문이다.

"야. 아들, 싸움하러 가는 놈이 슬리퍼를 신고 가냐?"

"엄마, 우리는 맨발로 싸워요. 얼굴에 상처라도 나면 안 되잖아요."

아들의 말을 듣고서 나는 이 아이가 장난이 아닌, 진짜 싸움을 하러 갔다는 것을 알게 되었고, 엄마로서 내 아이를 너무 모르고 있다는 생각을 하게 되었다.

하지만 아들이 보여준 수많은 방황을 곁에서 경험한 엄마였기에 어쩌면 나는 이 학교에서 기가 세고 문제를 일으키는 남자아이들을 조금은 더 이해할 수 있었는지 모른다.

그래서 아이들의 문제로 학교로 찾아오는 부모님의 심경 또한 누구보다 잘 알고 있었다.

"저희 아들도 엄청 문제를 일으켰답니다. 고 2가 되니 조금 정신을 차리더라고요. 그리고 군대에 갔다 오더니 새사람이 되더라고요. 그러니 조금만 기다려 주세요. 언젠가는 명호도 우리 아들처럼 되돌아올 겁니다."

나는 교사가 아닌 먼저 아들을 키워 본, 아니 심하게 방황했던 아들을 키워본 엄마로서 아낌없는 조언을 전했다.

명호 엄마가 울고 돌아간 그날부터 명호는 나의 관찰 대상이 되었다. 옆 반 학생이었던 명호는 나와의 시간을 불편해했다. 담임도 아닌데 왜 자신을 가만두지 않느냐며 따지기도 했다.

"너희 엄마가 울고 가셨어. 더는 너희 엄마를 울리고 싶지 않아!"

"우리 엄마가 울건 말건 샘이 왜 간섭인데요?"

"나쁜 새끼!"

내 입에서 하지 말아야 할 욕이 튀어 나왔다.

"엄마가 울건 말건 간섭하지 말라고? 네가 아들이 되어서 그렇게 말해야겠어!"

"못된 놈!"

또다시 욕이 터져 나왔다. 이 학교에 근무하면서 아이들에게 배운 한 가지는 욕이다. 아이들이 늘상 뱉어대는 욕을 어느새 나도 똑같이 하고 있었다.

"샘도 엄마니까, 방황하는 아들을 둔 엄마들이 얼마나 가슴이 아픈지 나도 경험해서 알고 있으니까!"

상담실 밖 복도까지 내 목소리가 울려 퍼졌다. 놀란 상담 선생님께서 물을 들고 들어오셨다. 진정하라는 표시였다.

"에이 씨-"

명호가 상담실 밖으로 튀어 나갔다. 그리고 나와의 냉전이 시작되었다.

하지만 들려오는 명호의 이야기는 차츰 달라지고 있었다. 잦은 지각으로 출결이 엉망이었던 명호가 제시간에 등교하고 있다고 했다.

2년 차 담임교사는 대하기 어려웠던 명호가 제자리에 앉아 자신의 이야기를 듣는 것만으로도 만족해했다.

학생부장을 맡은 체육 선생님께서 명호에 대한 사안이 더는 올라오지 않고 있다고 했다. 그리고 슬슬 눈치를 보는 듯하다고도 했다. 학생부의 눈치를 본다는 것, 더는 엇나가지 않겠다는 뜻이기도 해서 조금은 희망적이었다.

교과 선생님들 또한 잠을 잘지언정, 수업을 방해하는 일을 더는 하지 않고 있다고 전해 왔다. 내 수업 시간에도 빠짐없이 참석하고 있었다. 단지 고개를 들어 수업을 듣지 않을 뿐.

어느 점심시간, 맛있게 밥을 먹고 있는 명호 곁으로 식판을 들고 가서 앉았다.

"샘, 왜 여기 앉으세요?"

"내 맘이다."

"……."

"잘 지내고 있지?"

"……."

"요즘 너 너무 보기 좋은 거 알지? 지각도 안 하고, 수업 방해도 안 하고."

"……."

"이젠 수업만 잘 들으면 되겠더라. 이왕 우리 학교에 왔으니까 자격증도 따고, 취업이든 진학이든 준비도 해야지 않겠니?"

"……."

"졸업할 때 네 손에 든 게 하나도 없으면 너무 후회하게 될 거야. 조금만 노력하면 많은 것을 얻어 갈 수 있는데, 다른 아이들처럼 열심히 해 봐. 그래서 졸업할 때 두 손에 이것저것 가득 들고 나가면 얼마나 좋겠니? 그래서 엄마도 웃게 만들어 주고."

대답 없이 내 말을 듣는 둥 마는 둥 했던 명호, 하지만 조금씩 변해 주었다. 고개를 들고 수업을 듣고, 질문도 하기 시작했다.

그렇게 시작된 명호와의 인연, 3학년이 되어서도 지속되었다. 비록 옆 반 아이였지만.

아이들의 눈이 말해준다. '나 지금 괜찮아요.', '나 정말 잘해 볼게요.'라며 그 어떤 화려한 포장도 없이 투명하게 주인의 마음을 대신한다.

3학년이 된 명호의 눈 또한 빛나기 시작했다. 빛나는 눈만큼이나 명호는 최선을 다해 노력하는 모습을 보여줬고, 그 결과 간호조무사 국가고시에 합격하여 자격증을 따고, 부산에 있는 대학교에도 수시로 합격하는 좋은 결과를 보여주었다.

수능이 끝나고 그동안 고생했던 3학년을 위한 미니 체육대회 날, 나는 알까기라는 게임을 명호와 하며 진심 어린 사과를 전했다.

"명호야, 전에 내가 너에게 나쁜 새끼라며 욕했던 거 정말 미안하다. 혹시라도 마음에 담고 있다면 잊어줘라."

"샘, 그런 걸 지금도 기억하고 계세요? 그러니 흰 머리카락이 늘죠. 제발 잊을 건 좀 잊고 사세요."

"그래도……?"

"그날을 어떻게 잊겠어요? 저의 정신이 바로 선 날인데요. 선생님께서 말씀해 주셔서 좋았어요. 그래서 이렇게 무사히 졸업도 하고 대학교도 가게 됐잖아요."

"고맙다."

"에이 샘, 고맙기는요. 그리고 다시는 엄마를 울리는 일은 하지 않을게요. 샘, 감사해요!"

세상 모든 엄마는 아이들을 위해 눈물을 흘린다. 그 눈물이 아이들에게 영양분이 되어 쑥쑥 잘 자라주었으면 좋겠다.

엄마의 눈물 한 방울은
사랑입니다

엄마의 눈물 두 방울은
희생입니다

엄마의 눈물 세 방울에는
인생이 담겨 있습니다

엄마
엄마
우리 엄마

엄마라 적고
나의 선생님이라고
불러봅니다

엄마라는 선생님이 있어
참
좋습니다

2년간의 갈등,
이제 끝내 보자!

아이들의 감정적인 충돌, 우리는 흔히 갈등이라고 말한다. 아이들 사이에서는 많은 갈등이 발생하고 때로는 폭발하기도 한다. 아주 사소한 일로 발생한 갈등 하나가 온 학교를 뒤집어 놓기도 하고, 초등학교 때 혹은 중학교 때 있었던 사건이 불씨가 되어 갈등 연장전을 펼치는 경우도 종종 발생한다. 그중에서도 가장 해결하기 힘든 것은 오랜 기간 여자아이들 사이에서 지속된 갈등 상황을 우연히 발견할 때다.

더욱이 갈등 상황 속 두 여자아이가 같은 반에 있다면 그로 인해 발생하는 문제는 학급 분위기를 어둡게 만들고 반 전체 아이들에게 영향을 미치기도 한다. 아이들의 입장이 각기 다르고 꼬리에 꼬리를 무는 이야기들이 터져 나오며 갈등 속 주인공들이 두 명이 아닌 네 명으로 또는 여섯 명으로 확대되어 예상하지 못한 일들이 벌어지곤 한다.

여자아이들의 집단 갈등, 상상하기도 싫은 끔찍한 일이다. 나는 이 끔찍한 일을 어느 해 이른 봄에 예고도 없이 마주치게 되었다.

평소 교사용 화장실을 사용하던 나는 급한 용무로 여학생용 화장실을 찾았다. 화장실 문을 열고 들어서려는데 두 여자아이가 정말 듣기 싫은 심한 욕설을 하며 입씨름하고 있었다. 예상하지 못한 나의 등장에 당황했을 법도 했건만 두 아이는 나의 등장에도 기죽지 않고 여전히 자신들이 하고 싶은 심한 욕지거리를 서로의 얼굴에 대고 뱉고 있었다. 욕쟁이 대회가 있다면 아마도 1, 2등을 나눠 가질 법한 속사포 욕설들, 난 그날 인간이 할 수 있는 욕설이 얼마나 많은지 알게 되었다.

그만하라는 담임의 말에도 아이들은 여전히 서로를 비난하며 헐뜯었다. 오히려 목에 핏대를 세우고 더 큰 소리로 서로를 향해 악다구니를 썼다. 멈추지 않으면 학생부에 연락하겠다는 나의 고함을 듣고서야 아이들은 어렵게 입을 닫았다.

화장실 용무도 보지 못한 채 두 아이를 데리고 상담실로 향했다. 상담실에 들어선 두 아이는 입을 열지 않고 서로를 노려

보며 분위기를 냉랭하게 만들었다. 팔짱을 낀 채 상대방을 쳐다 보는 날카로운 눈빛의 주인공 선희, 어금니를 꽉 문 채 앞을 노려보는 민지, 절대로 물러서지 않겠다는 오기가 보였다.

"무슨 일이니? 너희들이 입에도 담기 싫은 욕설로 상대방을 비방할 때는 그럴 만한 일이 있을 텐데 대체 무슨 일이야?"

"……."

두 아이는 입을 열지 않았다. 그저 상대방을 째려보며 욕설로 가득 찬 텔레파시를 보내고 있는 듯했다.

상담 선생님께 두 아이를 부탁하며 상담실을 나왔다. 그리고 2시간 후 두 아이가 입을 열었기를 기대하며 상담실 문을 열었다.

"부장님, 둘 다 아무 말도 하지 않네요. 좀 지켜봐야 할 듯합니다."

아이들의 닫힌 마음을 스르르 여는 상담 선생님도 기 센 두 아이의 마음을 열지 못했다.

"좋아. 말하기 싫으면 안 해도 돼. 하지만 지금부터 상대방의 영역 침해하지 마. 그리고 뒷말도 금지야. SNS에 상대방을 비방하는 말이든 욕설이든 그 모든 것들도 금지야. 다시 또 이런 일이 발생한다면 선생님은 담임 의견서에 너희들이 보여준 행동을 그대로 적고 학생부로 넘기려고 해. 서로의 영역 존중하고 그 영역 안으로 함부로 들어서지 마."

독한 놈 두 명이 내 반에 있었다. 그 아이들의 싸움은 쉽게 해결되지 않을 듯했고 나는 잠시 시간을 벌기로 했다. 담임이 알았으니 누군가는 먼저 와서 자신의 입장을 변명할 것이라고 믿었기에 서로의 영역을 침해하지 말라는 말로 경고를 날리고 두 아이를 지켜보기로 마음을 먹었다. 하지만 그 누구도 먼저 와서 변명하지 않았다. 자신이 옳다고 나를 설득하려고 하지 않았다. 팽팽한 기 싸움만이 연일 지속되었다.

그렇게 2주가 지나가고 있던 어느 날, 종합간호실습실에서 모둠별 활동을 하던 두 아이가 다시 붙었다. 같은 모둠에서 인공도뇨 방법에 대해 배우던 두 아이는 순서와 방법을 놓고 서로 다른 의견을 내놓았고 끝내 말싸움을 시작했다. 그리고 수업이 멈추었다. 반장이 뛰어와서 두 아이의 싸움을 알려주었고, 수업을 진행하던 경아샘이 두 아이에게 멈추라고 하는데도 두 아이는 수업 진행 교사의 지도에 불응하며 상대방에게 욕설을 퍼붓고 있었다. 내가 본 두 아이의 2차전을 학급 내 모든 아이가 관중이 되어 지켜보았고, 1차전보다 더 치열해 보였다.

"난 경고했어. 두 번째는 참을 수 없다고. 둘 다 상담실로 따라와!"

아이들이 멈췄다. 내가 무서워서가 아니라 담임이어서, 자신들의 생활기록부를 꽉 부여잡고 있는 담임이어서 어쩔 수 없이 멈추는 듯했다.

상담실에 들어선 두 아이에게 강한 어조로 말했다.

"지난번에 나는 분명히 너희들에게 말했어. 또다시 싸움이 발생하면 담임 의견서를 학생부로 보낸다고. 자, 여기 샘이 쓴 담임 의견서 읽어 보고 사실과 다른 점이 있다면 지금 말해줘."

나는 미리 작성해 둔 담임 의견서를 두 아이 앞에 나란히 놓았다. 미처 예상하지 못했는지 아이들이 당황해하는 듯했다. 그리고 천천히 내가 쓴 담임 의견서를 읽기 시작했다.

"샘, 제가 언제 미친 듯이 민지에게 달려들려고 했나요? 저는 욕만 했을 뿐인데요!"

선희가 말했다.

"샘, 저는 언제 때릴 듯이 선희의 코앞으로 다가갔나요? 저도 욕만 했는데요!"

민지가 말을 이었다.

"너희들이 싸울 때 너희 모습을 제대로 볼 수 있었니? 나는 제대로 봤고 내가 본 그대로를 적었어. 너희들의 모습은 흡사 밀림에서 벌어지는 동물들의 싸움과 다를 바가 없었어. 사람의 모습이라고 말할 수 없었다고!"

화난 목소리로 내가 말했다. 그리고 말을 이었다.

"욕만 했다고? 욕설을 퍼부으면서 너희들의 가슴속은 어땠니? 이미 상대방에게 주먹을 치고 있지 않았니? 상대방의 목을 쥐어 잡고 있지 않았니? 난 내가 본 너희 모습을 그대로 적었을 뿐이야. 그리고 오늘 수업을 방해하고 교사 지도에 불응한 내용과 수업을 중단시켜 친구들의 학습권을 침해한 내용까지 추가될 거야."

"……."

성난 담임의 말에 아이들은 고개를 숙였다.

"샘은 이 종이를 오늘 4시 30분에 학생부로 제출할 예정이야. 혹시 그 전에 서로를 이해할 시간을 갖고 싶다면 이야기해. 그러면 제출은 내일로 연기할 거니까."

한마디 변명도 하지 못하고 담임 의견서를 뚫어지게 쳐다보는 두 아이를 남겨두고 상담실을 빠져나왔다. 그리고 상담 선생님께 잠시 자리를 비워달라는 부탁을 드렸다. 어쩌면 학생부에 가기 싫은 두 아이가 귀를 열고, 가슴을 열어 서로에게 집중할 수도 있겠다는 생각으로…….

두어 시간이 지난 후 교무실 문이 조심스럽게 열렸다. 선희와 민지가 대화할 시간을 달라고 했다. 그리고 자신들과 관련된 네 명의 아이들 이름을 거론하며 함께 이야기하고 싶다고 했다. 그렇게 시작된 아이들의 대화, 하루를 넘기고 또 하루를 넘겼다. 상담실에 모여든 여섯 명의 아이, 끝임없이 대화를 이어갔다.

"선생님, 우리 아이들, 서로 싸우지는 않나요?"

혹시나 하는 걱정스러운 마음에 상담 선생님께 전화를 드렸다.

"부장님, 걱정하지 않으셔도 될 듯합니다. 제법 진지하게 대화를 이어가는 듯합니다. 그리고 조용하게 진행되고 있으니 기다리면 될 듯합니다."

3일째 이어진 대화, 끝을 내고 상담실을 나온 여섯 명의 아이, 웃는 얼굴로 교무실을 찾아왔다. 그리고 오해를 풀고 화해했다며 싱겁게 웃었다. 더 이상 문제가 발생하지 않을 거라며 나를 안심시키려고 했다. 더불어 자신들이 못난 행동을 보여줘서 죄송하다는 말까지 전해왔다. 하지만 여전히 자신들이 싸움을 왜 했는지는 밝힐 수 없다고 했다. 나 또한 싸움의 원인을 밝히지 못하는 이유가 있을 거라는 생각으로 더 이상 묻지 않았고 더는 문제를 일으키는 일이 없도록 주의하라는 말로 사건을 정리하였다. 그리고 내가 쓴 담임 의견서는 서랍 밑 깊숙한 바닥으로 가라앉았다.

다시 평화가 찾아왔다. 그리고 밀림의 싸움꾼들도 조용히 자신의 자리를 지켰고, 더 이상 문제를 일으키지 않았다. 오히려 더 많은 시간을 함께하려고 노력하고 웃고 또 웃으며 3학년의 끝으로 향하고 있었다.

취업하겠다는 선희를 데리고 이력서와 자기소개서를 작성하던 중 나는 아무런 생각 없이 선희에게 물었다.

"선희야, 민지랑은 왜 그렇게 싸웠던 거야?"

"……."

"그냥 궁금해서 그래. 말하기 싫으면 안 해도 돼."

"창피해서 그래요. 민지랑 저랑 초등학교, 중학교 친구였거든요. 가장 친한 친구였는데 1학년 때 사소한 일로 싸웠어요. 참 바보 같죠?"

"1학년 때? 그럼 2년 동안이나 싸우며 살았단 말이야? 그런데 어쩌다가 그렇게 심하게 싸웠니?"

"샘, 그냥 마라탕과 떡볶이 때문이라고 생각해 주세요."

"마라탕과 떡볶이?"

"넵!"

졸업하고 대학에 진학한 민지, 그리고 어느 병원에 취업한 선희, 여전히 둘은 좋은 친구로 잘 지내고 있다고 했다. 방학이면 학교를 찾아오는 민지, 쉬는 날이면 보고 싶었다며 나를 찾아오는 선희, 3년이 지난 지금도 여전히 나는 그 두 아이가 싸운 이유를 듣지 못했다. 그냥 마라탕과 떡볶이가 범인이라는 생각만 할 뿐이다.

언젠가 그 이유를 듣게 되는 날, 선희도 웃고, 민지도 웃고, 나도 웃을 수 있지 않을까? 어쨌든 2년간의 긴 갈등을 끝낸 후 졸업한 두 아이에게 큰 박수를 보낼 뿐이다.

아이들이
이 세상을
잘 살아가기 위해
필요한 것들
돈, 차, 집, 옷……

그중에서도
가장
소중한 것은
진심으로
자신을
이해해주는
단 한 명의 친구

그 친구만 있다면
삶은
외롭지 않고
살아갈 만한
의미 있는 길이 되어주리니

셋,

———

행복한

교사들

월요일, 정신없이 바쁜 하루를 보낸다. 화요일, 쉴 틈이 없는 바쁜 하루를 보낸다. 수요일, 여전히 바쁜 하루를 보낸다. 목요일, 해결하지 못한 일들로 바쁜 하루를 보낸다. 금요일, 끝까지 바쁜 하루를 보낸다.

학교 안에서 나의 일주일은 바쁨의 연속이다. 그러나 내 가슴은 또 다른 일주일을 기다린다. 진정으로 즐겁지 않다면, 행복하지 않다면 내게 다가오는 또 다른 일주일을 웃으며 기다릴 수 있을까?

학교에는 다양한 선생님들이 함께한다. 자신만의 교육 철학을 가지고 아이들을 대하는 선생님들, 때로는 의견이 맞지 않아 충돌하기도 하지만, 우린 아이들의 발전적인 성장을 위해 가슴을 열고, 머리를 모으며 최선의 방법을 찾곤 한다. 그리고 우리의 공동 목표인 아이들이 조금씩 성장할 때마다 서로를 격려하며 웃음을 나누고 보람을 느끼곤 한다.

"한 아이를 키우기 위해 온 마을이 필요하다."라는 어느 나라의 속담처럼 아이들의 성장을 위해 학교에 있는 모든 교사는 많은 고민을 하고 노력한다.

우리를 보고 아이들은 말한다. 중문고의 독종들이라고. 또 어떤 아이들은 말한다. 중문고의 어벤져스라고. 자신들을 포기하지 않고 끝까지 함께해주는 우리에게 보내는 따뜻한 메시지라고 나는 생각한다. 그래서 우린 오늘도 중문고의 독종으로 살아가고 있다.

여기 이곳에서 나와 함께 바쁜 일상을 보내고 있는 여러 선생님들, 힘이 들 때마다 늘 함께하는, 그래서 나의 든든한 '빽'이 되어주는 선생님들, 그들의 수고와 노력이 이곳을 푸르르게 한다.

우린 모두 함께라서 즐겁고 행복하다.

우리 학교
최고의 독설가

경숙샘은 우리 학교 최고의 직설가
다. 잘못된 행동을 하는 아이들을 못 본 척하고 지나가는 법이
없다. 아이들의 행동 하나하나를 들여다보고 학교 규칙을 어기
는 행동은 반드시 지적하는 경숙샘, 그런 경숙샘이 무서워 몇몇
아이들은 경숙샘의 레이더망에 걸리지 않으려고 부단히 노력
한다.

하지만 아이들의 불타는 노력에도 불구하고 경숙샘은 구석
에 숨어 못된 행동을 하는 아이들을 정말 잘 찾아낸다. 교사라
는 일과 학교 경찰이라는 투잡을 뛰는 듯한 선생님이다.

그런 경숙샘에게 '못난이 1'이라는 별명이 붙었다.

잔소리를 가장 많이 하는 순서로 경숙샘에게 못난이 1, 맹실샘에게 못난이 2, 그리고 경빈샘에게 못난이 3이라는 별명을 붙인 아이들은 학교 체육대회 때 등 번호 대신 못난이 1, 2, 3이 크게 쓰인 티셔츠를 우리에게 선물했다. 물론 우린 그날 그 티셔츠를 입고서 못난이가 되어 즐거운 하루를 보냈다. 그리고 나란히 서 있는 우리 세 사람의 뒷모습을 찍은 사진은 아이들의 SNS 프로필이 되어 널리널리 퍼져 나갔다.

"샘, 경숙샘은 왜 저렇게 큰 소리로 야단을 치실까요?"

"너희들이 잘못한 게 있겠지?"

"없는데요! 혹시 갱년기가 와서 그런 건 아닐까요?"

아이들은 요즘 갱년기에 들어선 경숙샘이 야단을 많이 치고 있다고 주장하고 있지만 경숙샘의 큰 소리에는 항상 그만한 이유가 있었다.

"아이들이 시도 때도 없이 엘리베이터를 타요. 샘들, 꼭 필요한 아이들만 사용할 수 있도록 지도해 주세요."

"샘들, 요즘 화장실에서 담배 냄새가 다시 나고 있어요. 조회, 종례 시마다 금연 지도해야겠어요."

"요즘, 수업 시간에 잠을 자는 아이들이 많이 발생하고 있는데, 아이들 상담을 해서 수업 들을 수 있도록 독려해야 할 것 같아요."

경숙샘의 잔소리에는 항상 이유가 있었고, 아이들에 대한 끊임없는 관심에서 시작되었다.

"샘, 빨리 오세요. 책 들어 드릴게요."

유독 경숙샘을 좋아하는 유선이가 경숙샘 수업 시간이 되자 계단까지 내려가서 경숙샘을 반갑게 맞이한다.

새침데기로 소문난 유선이, 유독 경숙샘 앞에서는 무장해제가 되어 다정한 아이로, 애교 많은 아이로 변하곤 한다. 그 이유가 궁금한 나는 어느 날 유선이에게 조심히 물어봤다.

"유선아, 너는 왜 그렇게 경숙샘이 좋니?"

"그냥요."

"그냥?"

"사실은요, 경숙샘은 정말 공평하세요. 어떤 샘들은 우리에게 순서를 매기고 대하세요."

"으응?"

"샘들은 모르시겠지만 우린 느끼거든요. 공부 잘하는 아이, 착한 아이들이 문제를 일으키면 괜찮다고 하는데, 공부를 못하거나 평소에 말썽을 부렸던 아이가 문제를 일으키면 샘들 얼굴이 순식간에 일그러지는 것을 느낄 수 있어요."

"……"

"그런데 경숙샘은 누구에게나 똑같아요. 누가 어떤 행동을 하든지 똑같이 잔소리하시고, 똑같이 벌점을 주세요."

"……"

"그리고 경숙샘은 기가 센 아이들에게도 똑같이 대하세요. 잘하면 잘했다고, 못하면 못했다고 거침없이 말씀하세요. 그래서 아이들이 경숙샘에게 야단을 맞을 때면 구시렁거리기는 하지만 불만을 품진 않아요."

아이들의 눈은 항상 정확하다.

내가 저지르고 있는 오류를 알고 있었고, 오류를 범하지 않는 경숙샘을 마음속으로 존경하고 있었다.

가끔 나는 커다란 오류들을 범한다.

공부하는 아이들을 착한 모범생으로, 공부를 안 하는 아이들을 나쁜 문제아로 분류하고, 공부하는 아이가 지각하면 "늦게까지 공부를 하다가 지각했구나!"라며 위로의 말을 전하고, 공부를 안 하는 아이가 지각하면 "너 또 늦게까지 게임 했지? 그러니 늦잠을 자지!"라며 벌점을 날린다.

그리고 내가 범하고 있는 또 다른 오류는 평소 기가 세고 성질이 사나운 아이가 문제를 일으키면 시끄러워지는 것이 싫어 못 본 척하고 지나갈 때가 있다는 것이다. "괜히 건드려서 창피 보기 싫다."라는 말로 스스로 위로하면서.

그러나 경숙샘은 내가 흔히 하는 오류들을 범하지 않고 있었다. 아이를 보지 않고 상황을 보며 판단하는 경숙샘은 누구에게든 공정한 잣대를 들었다. 그리고 일관성 있게 평가하고 있었다.

경숙샘 앞에서는 성적과 상관없이, 성질과 상관없이 모든 아이는 똑같은 아이일 뿐이었고, 그 아이가 어떤 행동을 하고 있는지가 중요했다.

아이들의 눈에 비친 경숙샘은 공정과 상식을 실천하는 교사의 모습이었다.

그래서 아이들은 경숙샘의 독설을 사랑의 잔소리로 해석하고 있었다.

아이들에게서 얻은 교훈과 경숙샘이 행동으로 보여준 가르침이 오류 속에 빠진 나를 건져올려 주리라고 믿어 본다.

겨울처럼 차가운 듯한 경숙샘에게도 따뜻한 봄날이 늘 존재한다.

몇 해 전에 졸업한 졸업생 몇몇이 경숙샘을 찾아왔다. 커다란 케이크 하나를 사 들고 온 졸업생들이 경숙샘에게 안기며 보고 싶었다고 고백했다. 그런 아이들을 하나둘 꼭 안아주며 눈시울을 붉히는 경숙샘, 한 번도 경숙샘의 눈에 눈물이 고이는 것을 보지 못했던 나는 순간 당황스러웠다.

그리고 이어진 졸업생들과의 대화, 어쩌면 그렇게 졸업생들의 모든 것을 기억하고 있는지, 그런 것까지 기억하고 있느냐며 아직도 자신들의 모든 것을 잊지 않고 기억해 주는 경숙샘을 보며 졸업생들이 말했다.

"경숙샘, 학교 다닐 때는 경숙샘이 하는 잔소리가 정말 싫었어요. 그런데 학교를 떠나고 나니까 그 잔소리가 그립더라고요. 저에게 진심으로 잘되라고 말씀해주신 것 같아서요. 이제야 철이 들었나 봐요."

자신이 가장 말썽을 많이 일으켜서 경숙샘에게 가장 많은 잔소리를 들었다는 졸업생은 따스한 눈으로 경숙샘을 바라보며 감사하다는 말 또한 전했다.

아이들이 사고 온 케이크를 같이 먹자며 조심스럽게 꺼낸 경숙샘은 아이들이 케이크 위에다 쓴 글을 보고는 또다시 울먹거렸다.

"잔소리쟁이 경숙샘, 사랑합니다!"라는 아이들의 진심을 통해 우린 알게 되었다. 아이들을 무지 사랑하지만, 겉으로는 차갑게 대했던 경숙샘, 아이들은 경숙샘의 마음을 알고 있었다는 것을.

어쩌면 경숙샘의 가슴속에 있는 사랑이라는 샘은 그 누구의 것보다 깊고 따뜻할 거라는 것을…….

지금도 2학년 복도에는 경숙샘의 목소리가 울려 퍼진다.

"수업 시작합니다. 모두 교실로 들어가세요!"

오래도록 쩌렁쩌렁한 경숙샘의 목소리가 학교 안 이곳저곳에서 퍼지기를 빌어 본다.

보기만 해도
든든한 선생님

곁에 있기만 해도
힘이 되는 선생님

선생님의 따스함이
내게로 다가와
나를 바로 세운다

우리 아이들을
바라보며
또 다른 시작을 하게 한다

행복의 나라로
나를 이끌어 준다

교사의 또 다른 이름,
사랑 나누미

경빈샘은 생각이 많은 선생님이다.
생각이 많은 만큼 우리가 생각하지 못하는 아이디어를 제공
하고 때로는 예상하지 못했던 이런저런 일에 도전하기도 한다.
그래서 아마도 우리 중에서 가장 많은 자격증을 보유한 선생님
이기도 하다.

경빈샘은 무언가에 꽂히면 끝을 볼 때까지 끊임없이 노력하
는 선생님이기도 하다. 특히 착한 아이들에게는 꼭 도움을 주려
고 한다. 기가 센 아이들 사이에서 기죽어 숨죽이고 있는 착한
아이들을 찾아내어 밝은 빛을 주려고 노력한다.

어느 수업 시간에 미술치료를 실시했던 경빈샘, 아이들이 그

린 그림을 보던 중 깜짝 놀랐다고 한다.

"덩치가 커다란 아이가 그렸다고 하기에는 집이 너무 작았어요. 그리고 집 옆에 서 있는 사람들의 모습도 아주 작았는데, 특히 유독 작았던 한 사람은 거의 알아볼 수 없을 만큼이나 작더라고요."

그래서 그림을 그린 아이에게 물어봤다고 한다. 이 작은 아이는 누구냐고, 그 아이는 자신이라고 답했다고 한다.

그림을 보고 그 아이에게 꽂힌 경빈샘, 착한 아이가 왜 이렇게 자신을 작게 표현했는지, 왜 이렇게 자신을 숨기려고 하는지, 계속해서 그림 속 아이가 신경이 쓰였다고 했다. 그렇게 경빈샘과 그 아이의 인연은 시작되었다.

우빈이라는 아이, 경빈샘이 온 관심을 가지고 도와주려는 아이다. 우빈이와 상담을 한 경빈샘의 두 눈에는 눈물이 고였다.

어릴 적 교통사고로 아빠를 잃은 우빈이, 아빠의 죽음을 쉽게 받아들일 수 없었다고 했다. 아빠에 대한 그리움은 하루도 빠짐없이 이어졌고, 그 어떤 것도 자신을 즐겁게 만들지 못했다고 했다. 아이들이라면 즐기는 게임이 하나쯤은 있을 법도 한데 우빈이 그 흔한 게임조차 하지 않는다고 했다.

아픈 할머니와 엄마 그리고 동생과 함께 살고 있는 우빈이, 돈을 벌기 위해 밤낮으로 일을 하시는 엄마를 대신해서 집안 살림을 도맡아 하고 있었다. 할머니를 돌보는 일도, 동생의 먹거리를 챙기는 일도 모두 우빈이의 몫이었다.

친한 친구 한 명 없이 지내는 우빈이, 그리고 말 한마디도 하지 않은 채 하루하루를 보내는 우빈이가 안타까웠던 경빈샘은 위센터에 우빈이의 심리검사와 상담을 요청했다.

우빈이의 심리검사 결과에서 특이하게 보이는 것은 매우 낮은 자존감이었다. 상담 선생님도 이렇게 낮은 자존감을 가지고 있는 아이를 처음 본다면서 놀라셨고, 상담 치료를 권하였다.

그렇게 시작된 우빈이의 상담, 상담 치료가 지속되는 동안 경빈샘은 늘 우빈이의 옆에서 친구가 되어 주었고, 말 상대가 되어 주었고, 의지할 수 있는 어른이 되어 주었다.

경빈샘의 입을 통해 흘러나오는 우빈이의 이야기는 끝이 없었다.

"정말 착한 아이예요. 얼마나 성실한지, 자신이 맡은 일은 끝까지 하는 아이랍니다."

"도움이 필요할 때면 벌써 옆에 와 있어요. 그리고는 묵묵하게 도와준답니다."

"청소는 얼마나 깨끗하게 하는지, 다른 아이들 몫까지 정말 열심히 해요."

착한 아이, 성실한 아이, 예의 바른 아이 등으로 우빈이를 표현하는 경빈샘의 말에는 우빈이에 대한 사랑이 흠뻑 담겨 있었다.

그렇게 우빈이는 경빈샘의 도움으로 무사히 졸업했다.

졸업 후 취업 준비를 하고 있던 우빈이가 쉽게 취업이 되지 않자 경빈샘은 또다시 우빈이를 학교로 불러들였다. 그리고 여기저기 취업처를 알아보며 우빈이의 취업을 위해 노력하는 모습을 보여주었다.

"저렇게 착하고 성실한 아이를 알아봐 주는 곳이 있다면 정말 좋을 텐데……. 사람들은 왜 우리 착한 우빈이를 몰라볼까요?"

몇몇 사업처에 이력서를 내고 면접을 봤던 우빈이가 매번 떨어지자 속이 상한 경빈샘은 세상을 원망하는 듯했다.

우연히 교육청에서 특수교육실무원을 모집한다는 공문을 본 경빈샘은 어쩌면 착하고 성실한 우빈이에게 가장 알맞은 일이 될 수 있다는 생각에 우빈이에게 의견을 물었다. 우빈이는 자신도 잘할 수 있을 것 같다며 기뻐했다.

1차 서류 심사에 무사히 통과한 우빈이에게 가장 어려운 2차 면접시험이 남아 있었다.

며칠간 계속된 면접 준비, 사람들 앞에서 말하는 것을 가장 두려워하는 우빈이의 마음을 단단히 잡아주고, 심하게 떨고 있는 우빈이의 입을 열게 하는 일은 그리 쉬운 일이 아니었다.

"선생님, 한 번도 사람들 앞에서 큰 소리로 말을 해 본 적이 없어요. 그래서 정말 잘할 수 있을지 걱정이에요."

우빈이의 고백은 거짓이 아닌 현실이었다. 면접관 역할을 하며 질문을 건네는 경빈샘 앞에서 덩치가 큰 아이는 두려움에 떨며 상대방이 들을 수 없는 아주 작은 목소리를 내고 있었다. 두 손은 얼마나 덜덜 떠는지, 그리고 땀은 왜 그리 흘리는지, 얼굴이 땀으로 범벅이 된 우빈이는 긴장감을 견딜 수 없다며 포기하고 싶다는 의견을 전해왔다.

하지만 이번이 어쩌면 우빈이에게 마지막으로 온 기회라는 생각에 경빈샘은 떨어지더라도 포기하지 말고 끝까지 해보자며 우빈이를 설득했고, 다시 또 끝없는 연습을 시작했다.

이른 아침부터 늦은 저녁까지 반복되는 면접 연습을 보며 우리는 서로에게 말했다.

"우리 자식에게 저런 에너지를 쏟아부었던 적이 있나요? 우빈이는 알고 있을까요? 경빈샘의 마음을……"

옆에서 지켜보던 우리는 할 수 있다며 반복적으로 우빈이를 독려하는 경빈샘이 안쓰러워 선생님의 어깨를 토닥여주었다. 그리고 끝까지 잘해 보려고 용을 쓰는 우빈이가 안쓰러워 그저 안아줄 뿐이었다.

드디어 우빈이의 면접일이 다가왔다. 우빈이를 학교로 불러들인 경빈샘은 머리끝에서 발끝까지 세련된 우빈이로 만들어 주었다. 어디서 배웠는지 경빈샘의 코디는 우빈이를 '댄디-남'으로 만들어 주었고, 마지막 면접 연습을 마친 우빈이는 잘하고 돌아오겠다는 말을 남기고 학교를 떠났다.

떠나는 우빈이의 뒷모습을 보며 경빈샘의 눈에는 눈물이 흘러내리고 있었다.

"저렇게 착한 아이가 인정받지 못하는 세상이라면 정말 싫을 것 같아요. 제발 저 아이가 합격해서 그래도 세상은 살 만한 곳이라는 것을 알게 되었으면 좋겠어요."

면접을 끝낸 우빈이가 경빈샘에게 전화를 했다.

"선생님 덕분에 면접을 잘 봤습니다. 물어보는 질문에 모두 대답할 수 있었습니다."

"우빈아, 잘했어. 꼭 합격할 거야. 우리 마음 편하게 기다려 보자."

"샘, 끝까지 저를 포기하지 않고 도와주셔서 정말 감사합니다!"

"샘도 네가 포기하지 않고 끝까지 노력해줘서 정말 고맙다."

과정이 너무 힘들었기에 서로에 대한 고마움은 아마도 그 둘만이 느낄 수 있는 감정일 것이다.

경빈샘의 말처럼 착한 우빈이는 합격했고 어느 초등학교 도움반에서 특수교육실무원으로 근무하고 있다. 그래도 세상은 살 만한 곳이라고 느끼며…….

어느 날, 경빈샘은 또 누군가의 아픔을 듣고서 우리의 가슴을 한곳으로 모이게 하겠지? 그날에도 나는 경빈샘의 이야기를 들으며 함께하련다.

어두워진 학교
늦은 밤까지 남아
불을 밝히고 있는
선생님

아이들 생각에
그리고 걱정에
선생님의 책상 위는
밝기만 하다

창밖으로 새어 나오는
불빛이
오늘도 나의 뒤를
밝혀주고 있다

도움이 필요한 사람,
누구?

경아샘은 만능 엔터테이너이다.

아이들을 다루는 것도 1등, 학교 행사 준비도 1등, 맛있는 간식을 제공하는 것도 1등, 그리고 선생님들의 이야기를 경청해주는 것도 1등, 그래서 우리 학교에는 반드시 경아샘이 있어야 한다.

아이들을 잘 다루기로 소문난 경아샘, 이런저런 힘든 아이들을 많이 경험한 경아샘은 문제가 있는 아이들을 잘 다루기로 유명하다.

학교에서 담배를 피워 퇴학 직전까지 간 준혁이를 위해 매일 아침마다 등교하는 준혁이를 찾아가 가지고 온 담배를 압수했다. 그렇게 압수한 담배가 경아샘의 책상 서랍 안에 가득했고, 매번 경아샘에게 담배를 뺏긴 준혁이는 어느 날부터 담배를 가지고 오지 않으면서 그 어렵다는 금연을 시작했다. 끈질긴 근성으로 똘똘 뭉친 경아샘이 승리한 것이다.

졸업하고 군대에 갔던 준혁이, 어느 날 휴가를 나온 준혁이는 멋지게 군복을 차려입고 경아샘을 찾아왔다. 그리고는 경아샘에게 큰절을 올리며 감사 인사를 전했다. 그리고 금연으로 피부가 좋아졌다며 잡티 하나 없는 매끈한 얼굴을 보여주었다.

우린 흡연하는 아이들에게 금연 교육을 할 때마다 준혁이의 이야기를 자랑스러운 선배의 이야기라며 들려주었고, 그때마다 뿌듯함을 느끼곤 했다.

아침마다 지각하는 수빈이를 위해 경아샘은 매일 아침 모닝콜을 했다. 전화를 받을 때까지 반복되는 경아샘의 모닝콜, 1년 내내 반복된 모닝콜을 받은 수빈이는 경아샘을 독종이라고 표현했다. 물론 '사랑스러운 독종'이라며 절대 잊지 않겠다는 감사 인사도 함께 전했다.

졸업하고 대학에 진학한 수빈이는 경아샘 덕분에 늦잠을 자는 습관을 버리게 되었다며 좋아했다. 어느 스승의 날, 경아샘을 찾아온 수빈이는 자신이 손수 만든 케이크를 경아샘에게 선물하며 자신 같은 제자를 다시는 만나지 말라는 당부를 했다.

하지만 그날도 경아샘은 누군가를 위해 모닝콜을 하고 있었다.

학교에 적응하지 못하고 문제를 일으키는 아이의 어머니를 만난 경아샘, 두 아들을 키우며 자신이 먼저 걸었던 어머니라는 길을 살며시 전하며 쉬운 게 하나 없는 어미라는 자리에 앉은 아이의 어머니를 위로하고, 공감해 주었다.

두 눈을 마주한 채 어머니의 푸념을 끝없이 경청해주는 경아샘, 그리고 '당신의 마음을 충분히 이해합니다.'라며 고개를 끄덕여 주는 경아샘의 공감 능력은 복잡한 마음으로 학교에 들어섰던 어머니들의 마음을 풀어주곤 한다. 그리고 어느새 어머니와 같은 편이 되어 아이들을 도와줄 수 있는 방법을 생각해내고 실천한다.

나 또한 필요한 것이 있을 때마다 경아샘을 찾곤 한다.

"경아샘, 반짇고리 가지고 있어요?"

"네. 가지러 오세요."

"경아샘, 아침 못 먹고 왔는데 혹시……"

"네. 있어요. 가지러 오세요."

학교 내 다이소라고 해도 과언이 아니다. 교사든, 학생이든 급하게 필요한 것이 있을 때면 우린 "경아샘에게 물어봐!"라고 말한다.

선배 같은 후배, '무엇이든 물어보세요!'의 주인공인 경아샘이 늘 옆에 있어서 든든하다.

경아샘의 손에서 만들어지는 모든 것에는 생명력이 있다.

각종 행사 때마다 경아샘이 만들어 놓은 데코레이션은 행사의 질을 높이고 오가는 사람들의 시선을 집중시킨다. 그리고 '나를 보고 가세요!'라며 말을 거는 듯하다.

경아샘이 뚝딱뚝딱 만들어낸 예쁜 촛대 위에 작은 초를 꽂고 불을 붙인 채 양손으로 살며시 잡고 있노라면 이 세상에 마지막으로 남은 소중한 불씨를 지키려는 사람이 된 듯하다.

여러 가지 조화들을 이리저리 펼쳐 놓은 꽃길 사이에 앉아 있노라면 그 옛날 장미 정원에 앉아 있는 공주가 된 듯하다. 물론 나만의 착각일 수도 있겠지만.

경아샘은 학교라는 공간을 꿈을 꾸는 뜰로 만들어내는 마법의 손을 가지고 있다. 어느 예식장이 부럽지 않을 만큼 예쁘고 품위 있는 공간에서 아이들은 '와!'라는 감탄을 쏟아내며 아름다운 그 공간에서 자신만의 꿈을 꾼다.

아이들에게 예쁘고 멋진 것을 보여주기 위해 애쓰는 경아샘, 경아샘이 만들어 놓은 꿈꾸는 뜰 안에서 모든 아이가 행복했으면 좋겠다.

학교에 있는 모든 사람이 행복했으면 좋겠다.

아이는 선생님에게
의지하고

선생님은 아이에게
의지하고

서로 의지하며
살아가는 곳

학교라는 세상
우리들만의 세상

무지개를 띄우고
행복이라는 마법 가루를 뿌려
행복한 세상을 만들어 보자

너의 꿈을
항상 응원할게!

눈물이 많은 지영샘은 마음이 참 예쁜 선생님이다.

유독 마음이 아픈 아이가 많은 우리 학교, 그리고 좋지 않은 상황에 처한 아이가 많은 탓에 지영샘은 아이들과 상담을 끝낼 때마다 눈시울을 붉히며 교무실로 들어온다. 그리곤 싱크대 앞으로 가서 물을 틀어 놓고는 잠시 자신만의 시간을 갖는다. 멀리 보이는 한라산을 보며 아이들의 행복을 빌어보는 지영샘, 참 마음이 예쁜 선생님이다.

지영샘은 어느 날 동휘가 학교에 오지 않자 동휘의 아버지께 전화를 드렸다.

"그 아이 제 자식 아닙니다. 혼자 독립해서 살겠다며 집 나간 지 꽤 되었습니다."

돌아온 답은 지영샘을 혼란스럽게 만들었다. 혼자 독립해서 살고 있다니 동휘에 대해 아는 것이 없다고 생각한 지영샘은 담임이라는 자신의 역할을 제대로 하지 못하는 것 같다며 자책했다. 그리고 동휘가 등교하기만을 기다렸다.

그리고 이어진 동휘와의 상담, 부모님의 이혼과 이어진 아버지의 재혼, 새엄마와의 어색함, 아버지와의 갈등으로 동휘는 많이 방황했다고 한다. 고등학교 3학년이 되자 독립을 선언했고, 방을 얻고 집을 나와 살고 있다고 했다.

아버지의 도움을 전혀 받지 않고 시작한 독립생활, 방세와 공과금, 그리고 생활비를 벌기 위해 동휘는 방과 후에 횟집에서 아르바이트하고 있다고 했다. 동휘의 갈라진 손등과 입가에 번진 물집이 지영샘의 가슴을 아프게 했다.

처음으로 해보는 식당 아르바이트, 아직은 일이 손에 익지 않아 야단을 많이 맞는다고 했다. 저녁은 언제 먹느냐는 지영샘의 질문에 동휘는 아르바이트를 끝내고 집에 가서 먹는다고 했다. "배가 고파서 어떡하니?"라며 한숨을 짓는 지영샘, 나를 보며 말한다.

"부장님, 사람들이 왜 그럴까요? 아르바이트 간 아이들, 배부터 채우고 일을 시키든지 해야 하지 않나요? 무슨 사람들이 그렇게 양심 없이 아이들을 부려 먹을까요?"

아마도 지영샘은 그날 밤 잠을 못 잤을 게 분명하다. 동휘가 걱정되어서 까만 밤을 하얗게 불태웠을 게 분명하다.

동휘의 사정을 알게 된 지영샘, 학교를 마치고 아르바이트 가려는 동휘를 붙잡고 교무실 안으로 데려왔다. 무엇이라도 먹일 요량으로 밥을 데우고 김을 꺼내고 집에서 가지고 온 듯한 장조림과 김치를 펼쳤다. 그리고는 동휘에게 어서 먹고 가라고 다독거렸다.

뜻밖의 선물에 놀란 동휘는 눈물을 뚝뚝 흘리며 밥을 먹었다. 지영샘의 정성을 아는지 밥 한 톨도 남기지 않고 모두 먹은 동휘, 최근 들어 밥다운 밥을 먹은 것 같다며 지영샘에게 감사 인사를 했다.

그리고 이어진 동휘의 말, 자퇴하고 싶다고 했다. 학교에 다니면서 아르바이트를 하다 보니, 공부도 안 되고 돈도 제대로 벌 수 없다고 했다. 방세와 공과금, 생활비를 벌려면 평일에는 11시까지, 그리고 주말에도 쉬지 않고 일해야 하는데, 너무 힘들다고 했다.

지영샘은 자퇴는 절대 안 된다며 도움을 줄 수 있는 방법을 알아보겠다고 했다. 위센터에서 월 10만 원이라는 학생 복지비가 제공됐고, 소액의 장학금도 주어졌다. 그리고 선생님 몇몇이 뜻을 모아 동휘에게 줄 장학금을 만들어 전했다.

동휘를 무사히 졸업시키려는 지영샘의 노력은 끊임없이 이어졌고, 어느 날 나는 코로나19에 감염되어 학교에 오지 못하고 있는 동휘를 걱정하는 지영샘을 보게 되었다.

"지영샘, 많이 걱정돼요? 괜찮을 거예요."

"밥은 잘 먹고 있는지, 약은 잘 먹고 있는지, 이런저런 걱정이 앞서네요."

동휘가 완치되어 학교에 올 때까지 지영샘은 동휘의 건강 상태를 확인하기 위해 수없이 통화했고, 매번 전화를 끊을 때마다 "사랑한다!"라는 말을 전하고 있었다.

7일간의 격리를 마치고 학교로 돌아온 동휘, 교무실 문을 열더니 지영샘을 찾았다. 마치 외출해서 돌아온 아들이 엄마를 찾는 듯. 동휘의 손을 붙잡고 동휘의 안녕을 확인한 후 안심하는 지영샘, 또다시 눈시울이 붉어졌다.

후에 나는 동휘의 입을 통해 알게 되었다. 동휘가 격리되는 있는 동안 지영샘이 배달 앱을 통해 음식을 보내주었다는 것을, 그리고 코로나19에 감염되어 일자리를 잃은 동휘에게 방세를 보내주었다는 것을. 지영샘은 말없이 조용히 좋은 일을 많이 하고 있었다.

지영샘의 사랑으로 동휘는 무사히 졸업할 수 있었다. 졸업식 날, 지영샘에게 드리는 장미 한 송이를 들고 온 동휘는 언젠가는 지영샘에게 받은 은혜를 꼭 갚으러 오겠다는 약속을 했다.

"그래, 10년이든, 20년이든, 기다리고 있을 테니 꼭 와줘. 예쁜 마누라랑 토끼 같은 아이들 손을 잡고 꼭 와서 잘살고 있는 너의 모습을 보여줘. 기다리고 있을게."

지영샘은 아마도 동휘를 기다릴 게 분명하다. 그리고 매일 기도할 것이다. '우리 동휘 건강하게 잘 살 수 있도록 도와주세요.'라고.

그 어떤 찬사가 없어도 좋다

우린
그저
우리에게 맡겨진
아이들을 위해
최선을 다할 뿐

우리가 있는 이곳이
꿈꿀 수 있는 뜰이라면 좋겠다

넓고 푸른 바다 같은 뜰
높고 청명한 하늘 같은 뜰
끝이 보이지 않는 평야가 펼쳐진 뜰

그 뜰 안으로
사랑이 모이고 행복이 모이고
아이들이 모여
많은 꿈을 꿀 수 있는
그들만의 뜰이
되어주기를

학교라는
뜰 안에서
세상에서 가장 아름다운
아이들이 새롭게 탄생하기를
빌어본다

여러분, 우리
책을 펴볼까요?

　　　　　　어느 이른 봄날, 나는 오후의 느긋함
을 느끼고 있었다. 만족스러운 점심 식사 후 내 위는 포만감으
로 행복해했고, 창밖에서 쏟아지는 뜨거운 햇살이 내 책상 위로
몰려와 나의 눈을 무겁게 만들고 있었다.

　두 눈에 몰려든 중력을 없애기 위해 무언가를 해야겠다는 생
각으로 주변을 살폈다. 내 눈에 들어온 이동식 책장 안에 가득
찬 책들, 이런저런 제목들이 나를 유혹했다. 문학 수업을 맡은
혜주샘이 학생들에게 읽히고 싶은 책들이 많은 듯했다. 책장을
가득 메운 책들이 이런저런 모습으로 어린 청춘들을 기다리고
있었다.

아무런 생각 없이 책장에서 한 권의 책을 꺼내 들었다. '긴긴 밤', 예슬이가 재미있게 읽었다고 했었던 책이다. 수많은 긴긴 밤을 함께했으니 '우리'라고 불리는 것은 당연했다는 책 표지의 글이 나의 가슴 안으로 스며들었다. 그리고 불현듯 살아나는 생각 하나, 수많은 햇살을 함께했으니 학교란 공간에 있는 '아이들과 나 또한 우리구나!'라는.

되돌아보니 '너희들은' 혹은 '학생이라면'이라는 표현을 많이 했던 것 같다. 무언가를 지적하려고 내뱉은 말 말 말, 그 많은 말 속에 '우리'라는 단어는 없었다. '우리', 닫힌 마음이 열리는 마법이 담긴 단어를 많이 사용하지 못했던 지나간 시간이 조금은 아쉬웠다.

"부장님, 그 책 재미있죠?"

혜주샘이 물었다.

"그렇네. 재미있네."

"아이들이 재미있게 많이 읽어요. 저도 재미있게 읽었고요."

맑은 눈동자를 가지고 있는 혜주샘, 이제 막 3년 차 교직 생활에 접어든 새내기 교사이다.

우리 학교로 첫 발령을 받고 아이들과 꿈같은 시간을 기대하며 교문 안으로 들어섰을 혜주샘, 3학년 동 학년을 함께하게 되었을 때, 너무 어리다는 느낌이 들어 걱정되었던 선생님이기도

하다. 아이들과 함께 있으면 누가 교사인지, 누가 학생인지 구별이 되지 않을 정도로 앳된 모습을 하고 있었다. 나이 어린 선생님들을 이런저런 방법으로 간을 보며 대하는 몇몇 요상한 아이들이 있기에 '행여 상처라도 받게 되지 않을까?'라는 염려가 들기도 했다. 하지만 나의 걱정과 염려와 달리 혜주샘은 새내기의 풋풋함과 신선함으로 덩치 큰 아이들의 '짱'이 되었다.

지난해, 나와 함께한 혜주샘의 봄, 여름, 가을, 그리고 겨울은 늘 푸르고 새로웠다.

3월, 봄이라고 하기에는 바람이 차가웠다. 겨울 동안 차가웠던 바람결은 아직 따뜻함을 품지 못했다. 찬 공기로 가득 채워진 교실의 분위기도, 그 교실 안에 앉아 있는 아이들도, 새로운 친구들과 낯설고 어색한 분위기를 깨지 못하고 냉랭했다.

그리고 새롭게 시작하는 3학년 교무실, 처음으로 학년 교무실에 앉아 있는 혜주샘에게서도 긴장감이 엿보였다.

"혜주샘, 긴장돼요?"

"네. 부장님, 고3 아이들의 담임으로 첫날이라서 설렘도 크지만 그만큼 긴장도 되네요."

나의 첫날도 긴장으로 시작해서 후회로 끝났었기에 나는 웃으며 긴장하지 말고 편하게 아이들과 첫인사를 하라며 햇병아리 같은 혜주샘을 다독거렸다.

유독 덩치가 큰 아이들이 모여 있는 5반, 그리고 말 많은 남자아이들의 피난처 같은 5반, 험난한 그곳에서 혜주샘의 담임 일기는 시작됐다.

지각을 반복적으로 하는 백호 때문에 혜주샘의 시작은 순조롭지 않았다. 전화도 받지 않고 문자에도 답을 주지 않는 백호, 혜주샘의 첫 걱정이었다. 늦은 오후에야 등교한 백호를 데리고 교무실로 온 혜주샘, 걱정과 달리 단호한 목소리로 출결의 중요성을 설명하며 백호를 설득해 갔다. 햇병아리의 모습을 벗고 기-승-전-결로 설득해 가는 혜주샘, 다시는 지각하지 않겠다고 약속하는 백호에게 "너를 믿는다."라며 토닥이는 혜주샘, 백호는 말 한마디 못 하고 고개를 숙였다. 나는 혜주샘에게 첫 번째 판정승을 마음속으로 주었다.

그리고 친구의 신체에 대해 함부로 말하는 성민이에 대해서 '어떻게 상담을 해야 하지?'라고 고민하던 혜주샘은 성민이를 데리고 와서 또다시 상담을 시작했다. 성민이의 말과 행동으로 상처를 받은 친구들의 입장을 대변하는 혜주샘, 그리고 사람이라면 하지 말아야 할 말과 행동에 대해 신세대 선생님의 '팩트 폭격'이 시작되었고, 성민이는 자신이 한 말과 행동에 대해 부끄러움을 느껴야만 했다. 나는 또 혜주샘에게 두 번째 판정승을 주었다. 그리고 모든 걱정을 내려놓았다. 옳고 그름을 아이들에게 정확하게 짚어주는 혜주샘은 당차고 똑 부러진 교사로서의 시작을 우리에게 보여주었다. 참으로 당찬 시작이었다.

지난해 봄은 즐거운 하루와 힘든 하루가 혜주샘에게 반복되었다. 매일 아침 떠오르는 태양의 모습이 다르듯, 카멜레온처럼 얼굴색이 수시로 변하는 아이들과 함께하며 봄이 끝날 무렵 혜주샘은 교사로서의 한 걸음을 내딛는 자신을 발견했을 것이다. 그리고 '혜주아, 너 참 잘하고 있어. 파이팅!'이라고 다독였을 게 분명하다.

여름, 교실 문이 열렸다. 열린 문으로 더운 열기들이 흘러나왔다. 그리고 혜주샘의 목소리가 파동을 내며 3학년 복도 끝까지 울렸다. 문학 수업을 진행하고 있는 혜주샘의 목소리가 뉴스를 진행하는 어느 아나운서의 목소리처럼 또랑또랑하게 들려왔다. 아이들에게 꼬박꼬박 존댓말로 수업을 진행하는 혜주샘, 책 읽기를 강조하고 있었다.

"샘, 저는 책 읽는 게 정말 싫어요."

모든 일에 '불만'이라는 자신만의 색을 입히는 세명이, 책을 읽자는 혜주샘 말에 어김없이 불만을 얹고서 툴툴거렸다.

"샘도 어렸을 적에는 책 읽는 게 그리 즐겁지 않더라고요. 책 읽으라는 엄마에게 짜증을 많이 내기도 했어요. 고등학생이 되고 국어 선생님께서 친구들과 함께 책을 읽게 하고, 책에 등장한 인물이나 사건에 대해 서로의 의견을 나누게 하더라고요. 친구들과 이야기를 나누고 서로의 생각을 이해하며 저는 정말 많이 성장할 수 있었답니다. 저는 여러분이 책을 통해 성장하기를 바랍니다. 혼자서는 힘들 수 있어요. 그러니 우리 모두 함께 책을 읽어 봅시다."

혜주샘은 아이들에게 함께하면 우린 할 수 있다고 강조하고 있었다.

"자, 우리 모두 책을 펴 볼까요?"

혜주샘의 말에 교무실에 앉아 있는 나 또한 무심결에 책을 펴게 되었다.

한여름, 나무가 성장하듯 아이들이 성장했다. 혜주샘과 함께 책을 읽고 있는 아이들, 강렬한 여름의 열기를 잊고 책 속 세상으로 들어가 상상의 나래를 펼쳤다. 그리고 자신의 미래를 꿈꾸었다.

태양의 열정만큼이나 뜨거운 가슴으로 우리 신규 교사 혜주샘은 아이들과 책을 연결하는 고리가 되어, 혹은 아이들과 책을 연결하는 단단한 다리가 되어 아이들을 책 나라로 인도하고 있었다. 참 열정적이었다.

가을이 시작되면 3학년 교무실에서는 전쟁이 시작된다. 가을이 주는 감수성, 그리고 여백, 우수 등을 그냥 스쳐 지나가는 감정이라고 생각하며 흘려보내고 우린 전쟁터에서 펜을 들어야만 한다. 대학수학능력시험 원서를 접수하고 대입을 위한 수시 원서를 쓰기 시작한다. 그리고 그 무엇보다도 아이들과 끊이지 않는 상담은 화장실에 가는 일도 잊게 만들고 자녀 입시로 인한 학부모님들과의 상담은 늦은 밤까지 이어진다. 용량을 초과한 업무로 힘이 들어 가끔은 도망치고 싶다는 생각이 뇌리에 맴돈다. 그런데 가을의 혜주샘은 여름철의 푸르름을 이어가고 있었다.

"혜주샘, 힘들지 않아?"

"아직은 할 만합니다."

웃으며 대답하는 혜주샘이 말을 이었다.

"대입 원서 쓸 때가 기억이 나요. 진짜 제가 하고 싶은 일이 무엇인지 고민을 많이 했었거든요. 그리고 혹시 제가 선택한 진로가 저와 맞지 않을까 봐, 그래서 후회하게 될까 봐 걱정도 됐었고요."

"······."

"지금 이 시기가 아이들의 인생이 결정되는 가장 큰 전환점인데 혹시 저로 인해 아이들의 진로가 변경되고 그로 인해 후회하는 아이들이 생길까 봐 걱정되기도 합니다."

"······."

"지금 아이들의 마음이 어떨지, 무슨 걱정을 하고 있을지 이해가 되니 섣부르게 이렇게 하자, 저렇게 하자라고 말하지 못하겠어요. 조금 더 진지하게 자신의 진로를 탐색하고 선택할 수 있도록 기다려줘야 할 것 같아요."

이제 막 교직에 들어선 혜주샘은 어느새 아이들의 최고의 상담가가 되어 아이들의 말을 경청하고 아이들과 공감하고 있었다. 아이들을 기다리는 일, 답답하고 숨이 가쁜 일을 새내기 혜주샘은 묵묵히 하고 있었다.

가을, 농부가 마지막 가을걷이를 하듯 끊임없이 노력한 아이들이 좋은 결과를 얻을 수 있도록 옆에서 지켜보며 독려하고 있었다. 벌써 어른이 되어버린 혜주샘, 참 진지한 모습이었다.

겨울, 한 해의 끝자락, 아이들에게 공식적인 이별을 통보하는 졸업식 준비를 한창 하고 있었다. 학생 이름이 적힌 종이가방에 졸업앨범, 상장, 그리고 교사들이 준비한 작은 선물까지 차곡차곡 담으며 아이들의 이름을 하나둘 작은 소리로 불러보는데, 이름을 부를 때면 나도 모르게 그 아이들이 연상되었다. 요 녀석은 참 멋진 놈이었는데, 요놈 때문에 머리가 많이 아팠는데, 그리고 요 녀석 때문에 내가 많이 웃고 살았는데……

아이들을 떠나보내려고 하니 섭섭한 마음이 커졌다. 내 마음인 양 두 눈에 눈물이 채워졌다.

"부장님, 이거 한번 읽어 보실래요?"

나의 마음을 아는지 혜주샘이 아이들이 쓴 글을 보여주었다. 문학 수업 시간마다 아이들에게 자신의 이야기를 글로 쓰게 했고, 아이들이 써낸 글을 혜주샘은 보물이라도 되는 양 모두 모아 두었다가 졸업식 날 아이들에게 선물로 돌려주려고 준비하고 있었다.

1년 내내 우리 반 아이들과 수없이 상담했다고 자부했건만 혜주샘이 보여준 아이들의 글 속에서 나는 낯선 이야기, 처음 접하는 이야기들을 보게 되었다. 그 글들은 아이들이 나에게 남겨 준 편지와도 같았다.

청각장애를 앓고 있는 할머니에게서 사랑을 받고 자란 은지는 사랑 앞에서는 할머니의 장애가 아무런 문제가 되지 않는다며 이제부터는 자신이 받은 사랑을 할머니에게 돌려드리겠다고 아름다운 이야기를 남겨 주었다.

사소한 오해로 1학년 때 혜진이라는 친구에게 등을 돌린 미현이는 지난 3년을 후회하며 혜진이에게 사과하는 글을 남겼다. 말로는 전하지 못하겠다는 사과의 글 끝에는 '미안하다. 그리고 또 미안하다!'라는 마음을 담고 있었다.

암으로 투병 생활을 하고 있는 아버지와 함께 생활하고 있는 상준이는 학교가 끝나고 집으로 돌아가 큰 소리로 "아빠!"라고 불렀을 때 "응, 우리 아들 왔어!"라는 대답을 오래오래 듣고 싶다는 바람을 전하고 있었다. 항상 밝고 웃음이 많았던 상준이에게 이런 어려움이 있었다는 것을 그제야 나는 알게 되었다.

그리고 대학을 포기하고 병원에 취업하는 미민이는 가정 형편이 어려워서 대학에 가지 못하는 아쉬운 마음을 담았고, 조금 늦은 자신의 대학 생활에 대한 희망의 글을 남겼다. 2년 동안 열심히 돈을 모아 친구들처럼 꼭 대학생이 되어 넓고 넓은 대학 캠퍼스를 날아다니고 싶다는 작은 소망 또한 풀어 놓았다.

혜주샘의 노력이 아니었다면 모르고 지나쳤을 우리 아이들의 이야기들, 선물 보따리 안으로 하나둘 넣으면서 내 안의 기억 창고에 보태어 보았다. 그래서인지 졸업식 날에 마주한 아이들이 한 뼘은 더 커 보였다.

지난해 봄, 여름, 가을 그리고 겨울, 어린 나의 후배 선생님이 보여준 사랑으로 미소를 지었다. 그리고 저물어가는 나의 교직 생활을 되돌아보게 되었다. 조금은 흐트러진 나를 늘 푸르른 혜주샘이 어느새 똑바로 세워주고 있었다.

교직이라는 긴 인생길에 들어선 혜주샘, 비록 그 길이 험난하여도 기나긴 그 길 끝에서 모든 아이에게 존중받는 그리고 사랑받는 참 스승의 모습이기를 빌어본다. 그리고 지금 이 순간, 혜주샘이 함께여서 참 좋다!

새내기
신규 교사의
봄, 여름, 가을, 그리고 겨울은
늘 푸르른
짙은 초록이었다
우리들의 가슴에 초록이 물들었다

최고의 생각쟁이
선생님

"누구일까요? 고향은 대구입니다. 그리고 동갑내기 부인이 있습니다. 선생님의 이름을 맞춰주세요!"

"저요, 저요!"

한 해를 보내며 교육 활동 평가회에 참석한 선생님들이 진행자가 제시한 퀴즈에 답을 하려고 기를 쓰고 있었다. 심지어 일어서서 손을 번쩍 든 채 소리를 빽빽 지르는 기현샘의 모습은 마치 교실에 앉아 있는 우리 아이를 보는 듯했다.

"정답입니다!"

정답을 맞힌 기현샘에게 상품으로 책 한 권이 주어졌다. 주변에 있던 모든 선생님이 부러운 듯 기현샘을 쳐다보았다. 기회를 놓친 선생님들의 얼굴에서 아쉬움이 보였다. 나 또한 소중한 무언가를 놓친 듯 마음이 허전했다.

어느 날부터 교사 연수나 교직원 회의가 있을 때마다 우리를 살짝 홀리는 작은 이벤트가 있었고, 매번 이벤트의 상품으로 최근에 발간된 책이 제공되었다. 이 신선한 진행은 어느 선생님이 우리 학교로 전입을 오시면서 시작되었다.

해마다 2월이면 교원 인사가 발표되고 우리 학교로 전입을 오시는 선생님들에 대한 이야기들이 하나둘 학교 안으로 몰려온다. 좋은 샘이네, 고집이 세네, 주장이 강하네, 일을 열심히 하네 안 하네 등등 교사를 평가하는 단어들이 전입을 오는 선생님의 이름표 꼬리에 달려 함께 움직인다. 학교 안이 시끌벅적해진다.

참 이상한 일이다. 지성인들이 몰려 있는 학교가 화성에라도 있는 듯 요상하게 움직인다. 아직 얼굴도 보지 못한 선생님을 떠도는 말로 먼저 만나려 애를 쓰는 듯하다. 심지어 고상하고 세련된 말과 행동으로 우리 모두에게 존경받는 혜자샘까지도 새로 오시는 선생님들의 이야기에 귀를 기울이고 말을 보탠다. 어쩌면 우리도 누군가의 뒷이야기를 궁금해하는 그냥 평범한 옆집 아줌마, 앞집 아저씨인 듯하다.

2년 전, 선생님이 우리 학교로 오실 때만 해도 선생님의 이름표 꼬리에 달린 단어들은 무성했다. 운동권, 고집쟁이, 파이팅, 앞으로 직진 등등. 태풍처럼 강력한 바람을 품고 다니는 선생님이 드디어 우리 학교로 오신다는 생각에 선생님에 대한 궁금증은 커져만 갔다.

소문이 무성한 선생님을 2월 교사 연수 시간에 처음으로 만났다. '기가 세고 목소리가 크고 눈이 매서운 선생님이겠지?'라는 나의 예상과는 달리 선생님은 낮은 말소리에 따뜻한 눈빛, 그리고 조용히 상대방의 의견을 듣는 그저 평범한 선생님의 모습이었다.

"안녕하십니까? 진영옥입니다."

살짝 웃으며 자신을 소개하는 모습은 조금은 부끄럼을 타는 소녀 같다는 생각이 들었다. 그래서 나는 여름철 우리를 불안하게 만드는 강력한 태풍 하나가 학교 근처로 다가오고 있다는 소문은 크나큰 오류였다는 생각이 들었다.

그렇게 영옥쌤과 함께 새학기를 맞이했다.

3월이 지나고 4월 어느 날, 그동안 조용히 침묵을 지키고 있었던 영옥쌤이 드디어 전체 교직원 회의에서 입을 열었다.

"우리 학교 선생님들은 정말 부지런하세요. 그런데 각자 자신의 일만 열심히 하다 보니 전체적인 흐름을 파악하지 못하는 것 같아요. 특히, 새로 전입을 오신 선생님들에게는 보건간호과와 의료관광과의 교육과정에 대한 이해의 시간이 필요한 듯합니다. 혹시 저희들이 각 과를 이해할 수 있도록 설명의 시간을 준비해주실 수 있나요?"

영옥샘의 첫 번째 제안, 필요한 내용이었다.

바쁘다는 이유로 그냥 넘겨버린 학과에 대한 이해 시간, 새로 전입을 온 선생님들이 특성화고등학교의 교육과정을 제대로 이해하고 아이들을 교육하려면 꼭 필요한 과정이었다. 뒤늦게 각 학과 교육과정에 대한 설명을 듣는 영옥샘의 눈에 진지함이 가득했다. 보건간호과, 의료관광과라는 아주 생소한 전공과의 교육과정을 들으며 각 과에서 수업을 진행하고 있는 교사들을 이해하고, 그 수업에 참여하는 학생들을 이해하려고 노력하는 듯했다.

"우리 학교에는 참 착한 아이들이 많은 것 같아요. 그런데 착한 아이들이 수업에 너무 참여하지 않는 것 같아 마음이 아프네요. 수업에 참여하지 않는 아이들을 위해 무언가를 해야 하지 않을까요?"

어느 월요일, 전체 교직원 회의 시간에 영옥샘이 두 번째 제안을 했다. 회의실에 모인 모든 선생님의 시선이 영옥샘에게 쏠렸다.

"영어 수업을 진행하는데 수업에 참여하지 않는 아이들이 많아 수업 진행이 무척이나 힘드네요. 그리고 그 아이 중에는 수업 방해까지 하는 아이들이 있어 대책이 필요한 듯합니다."

나 또한 수업 시간에 엎드려 있거나 수업을 방해하는 학생들이 있었지만 벌점을 주거나 수업 방해로 징계를 보내겠다는 협박 외에는 딱히 다른 방안을 생각해 본 적이 없었기에 '뭘 어떻게 하자는 거지?'라는 생각에 미간이 좁혀졌다.

"선생님 중에는 힘들지만 표현하지 않고 인내하고 계신 분들이 있으리라는 생각이 듭니다. 수업 방해하는 학생들을 그냥 무시하고 참아 주는 것은 교육적이지 않다고 생각합니다. 서로 모여서 눈을 마주하고 수업 방해를 하는 아이들에 대한 의견을 나누며, 그 아이들이 수업에 참여할 수 있는 방안을 함께 모색해야 한다고 생각합니다."

아무런 생각 없이 우리 학교에 입학한 아이들, 배움의 터전인 학교를 놀이터인 양 왔다 가는 아이들이 있었고, 그로 인해 수업 진행에 어려움을 느꼈던 선생님들도 있었기에 영옥샘의 두 번째 제안에 모든 선생님이 고개를 끄덕였다. 그래서 학년별로 수업 나눔 공동체 모임이 결성되었고, 각 교과 시간마다 수업을 방해하는 학생들에 대한 사안을 공유하고, 그 학생들에 대한 일관성 있는 대책을 논의하기 시작했다. 그리고 주기적인 회의와 토론으로 아이들이 수업에 참여할 수 있는 다양한 방안들을 만들어내고 실천하기 시작했다.

영옥샘은 수업에 참여하지 않고 이탈하려는 학교 부적응 학생들을 수업에 참여시키기 위해 더 깊은 고민에 빠지기도 했다. 어떻게든지 수업 시간에 자신의 책상 앞에 아이들을 앉히기 위해 다양한 방법을 제시했다. 그리고 어느 계절에는 작은 오븐을 구입하고 빵을 함께 구우며 아이들의 흥미를 유발하고, 빵이라는 소재를 가지고 영어 수업을 진행하며 아이들을 교실 안으로 들어오게 하고 수업에 참여시키려고 부단히 노력했다. 참으로 신선한 발상이었다.

교사들의 노력에도 여전히 수업 중에 고개를 숙이고 있는 아이들이 있다. 하지만 그들을 포기하지 않으려는 선생님들의 마음이 모아졌기에 우린 끝까지 포기하지 않고 교실 안 모든 아이의 두 눈을 마주하며 수업을 진행하는 그날을 기다리고 있다. 영옥샘을 통해 "그 어떤 아이도 포기해서는 안 된다."라는 무언의 약속이 학교 안, 이곳저곳에 번지고 있기 때문이다.

그리고 어느 날 영옥샘의 세 번째 제안이 이어졌다. 입학생들을 위해 사전 설명회를 개최하자는 것이었다. 특성화고등학교에 진학하는 아이들이 자신이 선택한 전공과에 대해 이해하는 시간을 입학 전에 갖게 하자는 것이었다. 더불어 할 수 있다는 자신감과 목표 의식이 발휘될 수 있도록 입학 전부터 설명회를 통해 신입생들을 관리하자는 것이었다.

몇몇 선생님들의 반대 의견이 있었지만 많은 선생님의 동의로 입학 전 설명회를 실시하였다. 그리고 설명회를 실시하며 우린, 우리에게 다가오는 아이들의 다양한 면모를 보게 되었다. 청송배움터에 모인 120여 명의 아이들, 집중하지 못하고 어수선한 아이들의 다양한 모습들……. 신입생들을 위한 자리였지만 나는 교사들을 위한 자리였다는 생각이 들었다. 신입생 아이들을 보며 우리 모두는 마음을 단단히 먹을 수 있었기에, 그리고 또다시 시작해보자는 결의를 할 수 있었기에 새로운 아이들을 맞이하기 전 스스로를 점검해보는 우리 자신들을 위한 시간이었다고 자부한다. 아마도 영옥샘은 다양한 아이들을 맞이하는 우리들의 마음의 여백을 단단히 만들어 주려고 노력한 것이 아니었을까?

그 후로도 영옥샘은 아이들을 위한 다양한 변화를 제안하고 학교가 그리고 교사들이 함께 마음을 모아 아이들을 위한 교육 활동을 진행할 수 있도록 끊임없이 노력하였다.

어느 선배 교사의 날갯짓이 우리를 한 걸음 또 한 걸음 앞서 나가게 하고 있었다.

어느 날, 영옥샘이 책 나눔을 한다고 연락을 주셨다. 좋은 책

을 얻을 수 있다는 기대감으로 영어 수업실을 찾았다. 몇 권의
책을 주시면서 책에 대해, 그리고 작가에 대해 이런저런 조언을
해주시는 선생님, 책을 읽고 더 성숙해지라는 메시지였다.

차 한잔 마시고 가라는 영옥샘, 조심스럽게 차를 따르며 말
을 이었다.

"저는 부장님의 열정이 참 부러워요."

"제가요?"

"어느 곳에 있든지 아이들의 눈을 바라보려고, 아이들을 위
해 최선을 다하려고 노력하고 있다는 것을 느낄 수 있어요."

"……."

"그래서 아이들도 부장님을 제일 좋아하는 거겠죠?"

선생님이 건네오는 칭찬의 말은 정말 달콤했다. 항상 옳은
것, 바른 것, 그리고 정의로운 것을 추구했던 선생님이었기에
그리고 절대 빈말을 하는 선생님이 아니었기에 영옥샘의 모든
말을 처음부터 끝까지 모두 가슴에 품었다. 선배 교사의 진심
어린 칭찬의 말들이 어쩌면 남은 교직 생활에 영양분이 되어줄
것 같아서…….

집으로 돌아와 선생님이 주신 책을 읽으며 뒤늦은 후회를 했
다. 드리고 싶은 말이 많았는데 차마 표현하지 못한 내가 미련
하다는 생각이 들었다. 어쩌면 다시 둘만의 시간을 갖게 될 때

는 용기를 내어 이 말을 꼭 전하고 싶다.

선생님,

우리 학교 최고의 '생각쟁이'는 선생님이세요. 이런저런 생각으로 많은 밤을 보내고 있으시죠? 항상 아이들을 바라보며 아이들을 위한 생각으로 하루하루를 보내시고 있다는 거, 저는 늘 느끼고 있답니다.

가끔은 제가 생각하지 못한 것들을 생각해내고 아이들을 위해 실천하려고 애쓰시는 모습에 감동을 받기도 합니다. 그중에서도 가장 중요한 것은 서로의 눈을 마주하고, 생각을 나누고 마음을 나누며 학생이라는 같은 목표를 가진 교사들이 함께해야 한다는 것이라는 선생님의 말씀을 가슴에 담았습니다.

선생님은 자신의 삶 속에 교육이라는 커다란 샘을 만들고 늘 함께 실천하자고 저희에게 전하고 있습니다. 그래서 저의 가슴속에도 작은 샘이 만들어졌답니다. 솟아나는 샘물이 아이들에게 흘러 들어가 용기가 되고 도전이 되어 포기하지 않는 아이들로 성장할 수 있게 만들어 주리라고 믿습니다.

선생님과 함께 우리 아이들을 푸르게 성장시킬 수 있음에 감사드립니다.

어느
선배 선생님의
말과 행동은
불꽃처럼
뜨겁고
강렬하지 않지만
늘 나의 시선을 멈추게 한다

생각쟁이가 되어
아이들의 눈을 마주하고
마음을 전하게 한다
진심을 전하게 한다

그리고
사랑으로
아이들을 품게 한다

누구든지
환영합니다!

　　　　　　　　　　　며칠째 쏟아지는 비 때문인지 아이
들이 송곳처럼 날카로웠다.

　평소 조용하기로 소문난 성근이가 수업을 잘 들으라고 잔소
리하는 교과 선생님께 짜증을 내고서는 반성문을 쓰네, 안 쓰네
하며 정신을 혼란스럽게 하고, 비가 와서 학교 건물 밖으로 나
가지 못한 중독이들이 1층부터 4층까지 화장실을 돌고 돌더니
끝내 일을 냈는지, 남자아이 몇몇이 남자 화장실에서 담배를 피
웠다며 학생부장 선생님께서 화난 목소리로 연락을 주셨다. 며
칠째 지각을 이어가는 다영이는 오락가락하는 비를 탓하며 말
도 안 되는 변명을 쏟아내고, 평소 잘 지내던 친구와 틈이 벌어

진 혜정이는 친구가 '꼽'을 줬다며 어린아이처럼 훌쩍인다.

습기로 가득 찬 교무실에는 습기만큼이나 눅눅한 문제들을 가진 아이들이 몰려와 이런저런 요구사항들을 풀어 놓는다.

장마철, 꿉꿉한 냄새만큼이나 우리를 괴롭히는 것은 아이들의 일탈이다. 그중에서도 가장 두려운 것은 마음이 아픈 아이들의 이상전선이다. 교무실에 찾아오는 수많은 아이보다 조용히 자신의 자리를 지키고 있으나 언제 어디서 터질지 모르는 마음이 아픈 아이들, 그 아이들의 상태를 알아보기 위해 난 늘 이곳으로 향한다. 우리 학교 최고의 안식처, 그리고 에너지 재충전을 위해 많은 아이들이 찾아가는 곳, 우리 학교의 중심인 위 센터!

위 센터 앞에서 나는 조심스럽게 문을 연다. 상담 선생님이 늘 아이들과 상담을 진행하고 있어 행여 방해될까 봐, 잘 진행되는 상담을 끊어 놓게 될까 봐 매번 조심스러워진다.

"어서 오세요!"

들어서는 나를 보며 선생님이 반갑게 인사를 한다.

"샘, 요즘 우리 3학년 애들 어때요? 흐린 날씨에 비가 계속 내리고 있어서 신경이 쓰이네요."

"그렇지 않아도 한 명씩 데려다가 상담을 진행하고 있습니다. 아직까지는 괜찮아요. 그리고 진미도 선영이도 약을 꾸준히 잘 먹고 있더라고요. 그리고 병원에서 상담도 잘 받고 있고요."

나의 걱정을 알고 있는지 선생님은 벌써 아이들을 파악하고 있었다.

"혜성이는 좀 어때요?"

분노 조절에 문제를 가지고 있고 감정 조절에 어려움을 겪고 있는 혜성이, 3학년 아이들 중에서 가장 신경이 쓰이는 아이였다. 열아홉 살이라고 하기에는 미성숙한 대인관계로 3학년 아이들과 잦은 불협화음을 일으키는 아이다.

어제부터 혜성이는 짙어진 습기로 가득 찬 학교 안에서 많은 시간을 버티려니 힘이 들어 보였다. 복도에서 은근슬쩍 욕을 하고 있는 혜성이가 내 눈에 포착되었고, 아이들의 말 한마디 한마디에 참견하며 예민하게 반응하고 있었다. 혜성이 담임선생님의 말씀에 따르면 혜성이는 친구들이 주고받는 말을 모두 자신을 놀리는 말로 오해하고 목소리를 높이며 따지고 있다고 했다. 혜성이가 감정 조절이 안 되고 폭발했던 몇몇 순간들을 목격했던 나는 또다시 교실 안에서 위협적인 행동을 하게 될까 봐 걱정이 앞섰다. 나이 차가 많은 형의 폭력 아래에서 어린 시절을 우울하게 보냈던 혜성이, 형의 폭력성을 학습한 것인지 화가 나면 심한 욕을 하고, 교실 안에 있는 물건들을 던지며 친구를 위협하기도 했다.

"그렇지 않아도 어제 조금 걱정되어서, 오늘 아침에 혜성이 데려다 상담하고, 게임도 하고, 간식도 먹이며 이야기 나누었어요. 화가 나면 무조건 위 센터로 오라고 했으니까 아마도 별일 없을 거예요."

"감사합니다!"

문을 닫고 돌아오는 길, '정말 다행이다!'라며 마음속으로 위안을 삼는다.

3학년 교무실 바로 옆에 위 센터가 있다는 것이 얼마나 다행인지, 그리고 위 센터에 언제든지 우리를 도와주실 든든한 선생님이 있다는 것이 얼마나 다행인지, 그 선생님이 한결같은 마음으로 아이들을 바라보며 그 자리를 지켜주고 있다는 것이 얼마나 다행인지, 잦은 눈 맞춤으로 마음 아픈 아이들과의 신뢰감을 형성하여 아이들이 가장 믿고 의지하는 선생님이 학교 안, 그곳에 있다는 것이 얼마나 다행인지…….

우리 학교 위 센터 주인, 그리고 늘 나를 안심시켜 주시는 상담 선생님은 범석샘이다. 키가 크고 덩치가 큰 선생님, 처음에는 '아이들이 어려워하지 않을까?'라는 의문을 품기도 했다. 하지만 점심시간이나 쉬는 시간이면 선생님을 찾아오는 아이들이 위 센터 앞에 줄을 서고, 선생님이 출장이라도 가서 위 센터를 비울 때면 아이들의 얼굴에서 보이는 실망감들이 얼마나 범석샘을 좋아하고 있는지를 보여주고 있었다. 우리 반 혜지의 얼굴만 봐도 상담실에서 범석샘과 이야기 나누기 전과 후를 비교하면 우울에서 긍정으로 화색을 바꾸곤 한다. 그리고 흔들리는 불안감을 위 센터에 던져놓고 왔다며 범석샘에게 무한한 신뢰를 보이곤 한다.

나 또한 학급 내에서 일어나는 크고 작은 일을 범석샘과 의논하며 해결하곤 한다. 특히 진단을 받진 않았지만 마음이 아픈 아이의 안정적인 학교 생활을 위해 범석샘에게 상담을 의뢰하면 범석샘은 아이의 심리검사와 상담을 실시한 후 아이의 상태를 일목요연하게 설명해주고 아이를 위해 지금 가장 중요시해야 하는 것들을 말해준다. 당장 병원 진료가 필요한지, 학부모에게 어떻게 안내해야 하는지, 그리고 교실 내 친구들과 좋은 관계 형성을 위해서 어떻게 해야 하는지 등을 세세하게 알려준다. 그런 범석샘이 우리 반 부담임이 되었을 때 얼마나 좋았는지, 같은 편이 될 수 있는 든든한 동지 한 명이 생긴 것 같았다.

학교로 전입을 온 후 전교생의 마음 상태를 파악하기 위해 하루도 쉬지 않고 상담을 실시한 범석샘, 어떤 날은 점심도 먹지 못한 채, 퇴근도 미룬 채 아이들의 상담 활동에 매진하고 있었다.

그리고 교사들의 상담 역량을 키워주기 위해서 수시로 선생님들께 연수를 진행하거나 개인별 조언을 통해 상담 스킬을 키워주려고 부단히 노력하시는 범석샘을 통해서 우리는 조금 더 현명하게 아이들을 향해 다가설 수 있게 되었다.

"선생님들, 도움이 필요하면 언제든지 위 센터에 오세요."

범석샘은 가끔은 아이들 때문에 힘이 든 우리에게 심리검사를 권유하기도 한다. 교사들이 행복해야 아이들도 행복하지 않겠느냐며 교사들의 평온을 도모하려고 애를 쓴다. 행여 나의 마음속에 평범하지 않은 이상한 구멍이 있을까 봐 아직은 용기를 내지 못하고 있지만 언젠가 나의 마음속 주파수가 높아지는 날 범석샘에게로 가서 심리검사를 받고 나의 마음속 구멍들을 꿰매보려고 한다.

"부장님, 3일째 세미가 학교에 오지 않고 있어요. 전화도 받지 않고요. 세미 아버님 말로는 세미가 학교에 가고 싶지 않다고 하면서 집에 있다고는 하는데, 어떻게 하죠?"

선희샘이 걱정스럽게 물어왔다. 아이의 보호자 말만 듣고서는 아이의 안전을 확신할 수 없었기에 학생부로 일단 연락을 하게 한 후 범석샘에게 의논을 했다.

"부장님, 위급 상황일 수도 있어요. 제가 담임선생님과 함께 가정방문을 갔다 오겠습니다."

일이 바쁜 듯하여 가정방문 얘기를 꺼내지 못하고 입 안에서

만 맴돌고 있었는데, 나의 마음을 알고 있는 듯 범석샘이 먼저 가정방문을 갔다 오겠다며 자처해 주었다. 얼마나 고맙고 미안하던지…….

세미네 집으로 가정방문을 간 범석샘은 세미를 만나고 무사한지 확인한 후 상담까지 진행하였다. 교실에 들어가고 친구들을 만나는 것이 무척이나 힘들다는 세미에게 교실에 들어갈 수 있는 용기가 생길 때까지 위 센터로 등교하도록 지도하고서는 세미의 아버님을 만나 세미가 학교 생활을 포기하지 않도록 독려하고 지지해 달라는 도움을 청하고 돌아왔다.

며칠째 학교에 등교하지 않던 세미가 돌아왔다. 위 센터에서 마주한 세미는 무엇이 그리도 힘들었는지 얼굴이 반쪽이 되어 있었다. 필요한 것이 있으면 무엇이든지 말하라는 나의 말에 고개를 저었다.

"세미야, 우리 모두는 네 편이야. 뭐든지 도움이 필요하면 말해줘. 최선을 다해서 도와줄게."

고개를 숙이고 있는 세미, 아직은 말할 준비가 되지 않은 듯했다. 세미의 등을 토닥이며 힘내자는 위로를 전하고 위 센터를 나왔다. 세미에 대한 염려와 걱정보다는 다행이라는 생각이 앞섰다. 세미 곁에 범석샘이 있는 것만으로도 안심이 되었다.

우리는 알고 있다.

아픈 아이들의 마음을 어루만져주는 범석샘이 세미의 친구가 되어 기다려 주리라는 것을, 그리고 세미가 염려하고 걱정하는 모든 것들을 천천히 알아내고서는 염려를 치우고 걱정을 날려 보낸 후 세미의 가슴에 교실로 되돌아갈 수 있는 용기를 심어주리라는 것을, 그래서 세미의 입가에 미소가 돌아오는 날이 머지않아 다가오리라는 것을…….

휴, 정말 다행이다. 범석샘이 함께여서!

참
이상하다
말 한마디 않던 아이가
스르르 입을 열었다
열려라 참깨라고
외친 걸까?
수리수리 마수리라고
외친 걸까?
선생님의 마법이 정말 궁금하다

가장 재수 없는 날의
행복

3학년 아이들의 병원 실습이 시작되었다. 개인 병원에서의 2주간 실습, 60여 명의 아이들이 40곳이 넘는 개인 병원에서 실습한다. 매번 아이들의 실습이 시작될 때면 나는 또다시 마음을 다잡는다. 전혀 예상하지 못한 일들이 여기저기에서 벌어지기에…….

아이들의 실습 지도를 위해 병원 문을 열고 들어갈 때마다 가슴이 두근거리는 건 병원마다 각기 다른 모습으로 나를 맞이해주기 때문이다. 환하게 웃으며 맞이해 주시는 병원 직원을 만날 때면 안심이 되고, 인사를 받지 않고 대답도 해주시지 않는 병원 직원을 만날 때면 '우리 아이들이 또 큰 실수를 했구나!'

라는 생각에 나도 모르게 "죄송합니다!"라는 말을 반복하게
된다. 아이들을 위해 나는 가장 겸손한 태도로 이 병원 저 병원
을 돌며 아이들이 무사히 실습을 마칠 수 있도록 머리를 조아리
고 또 조아린다. 90도 폴더 인사를 무한 반복한다.

하루에 여러 병원을 방문하며 아이들을 지도하는 일에는 긴
장감이 늘 함께한다. 그리고 처음으로 방문하는 병원에서 받는
느낌은 그날 실습 지도의 전반적인 분위기를 예고하기에 첫 실
습 병원에서 처음 만나는 병원 직원과의 관계는 매우 중요하
다. 별 무리 없이 웃으며 병원을 나올 수만 있게 된다면 그날의
실습 지도는 해피엔딩으로 끝낼 수 있다는 나만의 징크스로 나
는 항상 첫 번째 병원의 문을 조심스럽게 열고 들어간다.

지난해 5월 어느 날, 나는 실습을 나간 아이들을 지도하기 위
해 학교를 나섰다. 아이들의 보호자로서 조금은 당당하고 세련
된 모습을 보여주려고 나는 최선을 다해 머리에 힘을 주고 정장
원피스를 갖추어 입고서 평소에는 잘 착용하지 않는 목걸이와
반지를 끼고 조금은 고급진 가방을 들었다. 그리고 항상 차 안
에 보관하며 병원에 들어갈 때만 신는 하이힐을 신고서 첫 병원
입구에 도착했다. 그리고 나의 징크스를 깨기 위해 제발 웃으며
맞이해 달라는 짧은 기도를 하고서 문을 열었다.

"안녕하십니까? 중문고에서 왔습니다."

"······?"

접수대에 앉아 있는 선생님은 대답이 없었다.

"안녕하십니까? 중문고에서 왔습니다."

목소리를 조금 높이고 인사하며 선생님을 바라봤다.

"아, 네."

대답이 낮았다. 그리고 곧 고개를 돌렸다. 실습하는 아이들에 대한 이런저런 질문에 '예', '아니오'라고 짧게 대답하는 선생님, 아~ 나의 징크스, 첫 실습처에서 건성으로 대답하는 선생님의 태도에서 그날 실습 지도는 쉽지 않겠다는 생각만이 온통 나를 감싸고 있었다. 절대 틀리지 않는 나의 예상은 다음 병원에서도 이어졌다. 그리고 마지막 실습 병원의 문을 열고 들어갔다.

"학생 실습을 받아주셔서 감사합니다. 저희 학생은 실습에 잘 참여하고 있는지요?"

"선생님, 조금만 앉아 계세요. 제가 드릴 말이 있습니다."

건조한 말투, 냉담함, 차가운 눈빛, 그리고 반갑지 않다는 듯한 시선······.

의자에 앉아 선생님의 일이 끝날 때까지 기다리며 별별 생각이 돌고 돌았다. 예전에 어느 실습 병원에서 실습 학생을 데리고 가라는 말까지 들어봤기에, 그리고 아이들의 실수를 내가 한 실수인 양 어이없는 표정으로 나를 바라보는 시선을 느끼며 마음 한구석이 무너졌던 시간들이 있었기에 두 손 안으로 찾아 든 축축함이 나의 긴장감을 대신하고 있었다.

일을 마친 선생님이 다가왔다.

"학생이 지각을 합니다. 그리고 들어올 때 인사도 안 해요. 끝나고 집으로 갈 때도 인사를 안 하고요. 그리고 복장도 깔끔하지 않아요. 실습복이 구겨져서 다리미로 깨끗하게 다리고 입으라고 3일째 얘기해도 변함이 없어요."

"죄송합니다."

"말을 하면 고치려고 노력해야 하는데, 이번 학생은 제 말을 들을 생각이 없는지 들은 척도 안 합니다. 그래서 다음부터는 실습 학생을 받지 않으려고 합니다."

"정말 죄송합니다. 제가 사전교육을 한다고 했는데, 잘 듣지 않았나 봅니다. 우리 아이가 실수를 많이 했네요. 불편을 드려서 정말 죄송합니다."

우리 아이로 인한 불편한 마음이 거친 말투로 되돌아왔다. 죄송하다는 나의 말이 선생님 곁으로 가보지도 못하고 허공에서 흩어져버렸다.

실습하고 있는 정미를 불러내 바라보니 나 또한 한숨이 나왔다. 잦은 지각으로 걱정이 되었던 정미, 실습할 동안이라도 시간 엄수를 하라고 했건만 정미는 자신의 습관을 버리지 못하고 지각하고 있었다. 그리고 하얀색 신발은 왜 그렇게 시커먼 신발로 변했는지, 구겨진 실습복은 벗겨버리고 싶을 만큼이나 더러워 보였다. 모든 것이 엉망이었다. 정미의 모습을 보니 선생님의 날 선 말이 이해되었다. 실습 시간이 끝나면 전화 통화하자는 말만 전하고 병원을 빠져나왔다. 속상한 마음에 심한 말이 튀어나오게 될 것 같아 잠시 잔소리를 미루기로 했다.

한숨을 쉬고 병원 밖으로 나오려는데 비가 세차게 내리고 있었다. 한껏 멋을 부리며 당당하게 보이려고 그렇게 애를 썼는데 나의 수고는 그날 그 시간, 그 장소에서는 어디에도 쓸모가 없었다. 우산을 차 안에 두고 내린 1시간 전의 나를 자책하며 바보 같다며 스스로를 나무랐다. 그리고 하늘을 보며 이제 그만 비를 멈추어 달라고 빌었다. 하지만 하늘은 그날 내 편이 아니었다. 끝없이 끝없이 비를 내려보냈다.

재수 없는 날, 어쩌면 그날 나는 재수 없는 날의 주인공이었다. 되는 게 하나도 없는 나쁜 일진을 탓하며 그치지 않는 빗속을 우산도 없이 뛰었다. 갓 드라이를 마치고 산뜻하게 입었던 원피스는 비에 젖어 속옷까지 물들이고 있었고, 고이고이 모셨던 하이힐은 웅덩이에 빠져 물바다가 되었고, 오랜만에 들고 온 고급진 가방 속으로 비가 새고 있었다.

차에 타고서 비를 털어내며 문득 이런 생각이 들었다. '내가 왜 이 일을 하고 있지? 내가 왜 이런 대접을 받아야 하지? 정말 그만두고 싶다.'라는. 나이가 들면서 누군가에게 존중받지 못한다는 느낌을 받을 때마다 가슴이 철렁하고 내려앉는 것은 제대로 살지 못했다는 평가인 것 같아 가슴 한쪽이 무너지곤 했다.

아침부터 시작된 속상함은 우울함으로 변했고, 끝없이 내리는 비는 나의 우울함에 한숨을 더하고 있었다.

"선생님!"

물에 빠진 생쥐 모습으로 교무실에 들어서려는데 누군가 나를 불렀다.

은주, 예진, 재윤이, 간호학과에 진학한 졸업생들이었다. 비에 홀딱 젖은 내 꼴을 보고서 어디서 찾았는지 수건이랑 휴지를 들고 와서 내 옷에서 비를 훔쳐 갔다.

"어떻게 왔어? 수업은 없니?"

"샘, 스승의 날이잖아요."

"스승의 날?"

그랬다. 나에게 '재수 없는 날'이었던 그날은 바로 스승의 날이었다. 오후 수업이 없어 나를 보려고 왔다는 아이들, 항상 웃는 얼굴이었던 스승의 얼굴에서 우울을 발견했는지 나를 위로하기 시작했다.

"실습지도 나가서서 힘드셨죠?"

"우리 실습할 때도 선생님이 병원 직원분들께 90도 인사하는 거 보고 깜짝 놀랐어요. 그리고 많이 힘들겠다는 생각했었어요."

"비가 와서 더 힘드셨죠. 그죠?"

아이들이 걱정을 담아 물어왔다.

"이제는 정말 그만두고 싶어. 너무 힘이 드네."

누군가에게 한 번도 보여준 적이 없었던 속내를 나도 모르게 아이들에게 해버렸다. 나의 최선이 항상 빛을 발휘하는 것 같지 않다며 그리고 내가 최선이라고 생각하고 지도하는 것들이 어떤 아이들에게는 '일방통행'이 되는 듯하여 힘이 빠진다며 하소연하였다. 누군가에게 이 재수 없는 날에 대해 쏟아내고 싶었는데 때마침 찾아온 나의 어린 제자들이 그 주인공이 되어 주었다. 나의 속내를 들으며 고개를 끄덕이고 있었다. 심지어 나의 두 손을 꼭 잡은 채.

"내가 제대로 잘하고 있는 거니?"

"저희, 샘 아니었으면 지금 이 자리에 있을 수 없었어요. 1학년 때부터 샘이 공부하게 스터디그룹 만들어 주셨고, 이런저런 자격증 따게 하면서 우리에게 성취감을 느끼게 해주셨어요."

재윤이가 말했다.

"맞아요. 저 중학교 때까지 따돌림을 당하면서 학교 그만두려고 했는데, 샘이 저에게 그렇게 말씀하셨어요. 이곳은 새로운 세상이다. 신세계라고 생각해라. 이곳에서는 절대로 따돌림을 당하는 아이들이 없게 할 거다. 그래서 저 정말 용기 내고 열심히 했어요."

은주가 지난날의 기억을 꺼내 들었다.

"저는 이 학교에 입학하기 전까지 잘한다는 말을 들은 적이 없었어요. 그런데 샘이 잘한다, 잘한다, 정말 잘한다며 말해주고 힘을 내게 해주셔서 정말 잘할 수 있었거든요."

혜진이가 말을 이었다.

아이들이 주는 존경의 눈빛, 신뢰의 눈빛에 싸여 아팠던 내 마음이 녹고 있었다.

"샘이 있는 이곳은 저에게 집 같은 곳이에요. 그리고 제 삶의 터닝 포인트 같은 곳이기도 해요. 샘이 할 수 있다며 매번 다독여주시는 것도 좋았고, 우리 행복하자는 말도 좋았고, 사랑한다는 말도 정말 좋았어요."

은주의 위로가 나의 가슴속으로 들어왔다.

"샘, 저희들이 지금도 잘 지낼 수 있는 건 샘과 함께한 성공 경험 때문이었어요. 잘하는 것이 하나도 없는 줄 알았는데 샘이 잘했다고 말해주면 그것 자체가 저에게는 큰 성공 경험이 되었고 안심이 되었어요. 지금도 저를 버티게 하고 새로운 것에 도전할 용기를 내게 하는 건 그때 샘하고 함께했던 시간 덕분입니다."

혜진이가 또다시 나를 위로해 주었다.

"그러니 끝까지 버텨주세요. 우리가 힘이 들 때면 언제든지 돌아올 수 있는 안식처로 남아 주세요. 이곳에 샘이 있다는 것만으로도 너무 힘이 나요. 그래서 더 살 만하고 더 열심히 하려는 생각이 들어요."

어느새 어른이 된 듯한 재윤이의 말이 나를 일으켜 주었다.

언젠가 내가 했던 말들을 아이들이 나에게 되돌려줬다. 무너지려는 나를 다시 일으켜 주었다. 그리고 흐트러진 나의 눈빛이 환하게 다시 빛을 낼 수 있게 응원해주었다.

"고마워. 너희들의 말을 들으니 힘이 난다. 정말 고마워."

고맙다는 나에게 아이들이 준비해온 꽃다발을 안겨 주었다. 그리고 작은 케이크 위에 촛불 하나를 밝히고 소원을 빌라고 했다.

"우리 아이들, 실습 무사히 마치고 건강하게 돌아오게 해주세요!"

나의 소원에 아이들이 웃는다. 자나 깨나 아이들 걱정만 하면서 이곳을 어떻게 떠날 수 있겠느냐며 장난의 말을 건네온다. 그리고 불러주는 스승의 날이라는 노래, 아이들의 노랫소리를 들으며 '난 참 행복한 교사다.'라는 생각이 들었다.

가장 재수 없던 날에 나는 가장 행복한 교사가 되었다.

모든 순간이
즐겁지는 않지만
찰나의 행복이 있기에
아이들을 위한
푸르른 나무가 되련다

나의 그늘 아래에서
잠시 쉬며
숨 고르기를 한 후
다시 힘을 내는 아이들을
만나보련다

다시 마음을
가다듬고서……

특성화고등학교에서의 8년, 긴장의 시간이었다.

하루가 멀다 하게 터지는 학생들의 사건 사고들, 그리고 이어지는 교사들의 뒤처리, 오랫동안 날 선 아이들과 힘겨루기를 하며 특성화고등학교 교사로 살아왔다. 부족한 부분을 채우고 또 채우며 언젠가는 특성화고등학교에서 만족한 삶을 살 수 있을 거라고 스스로 위로하며 지내왔다.

어느 순간부터 나는 불안해졌다. 내 삶을 온전히 사는 것이 아니라 아이들 삶의 일부분으로 살아가는 것 같아서…….

그래서 내 삶이 작아지고 작아져 타인의 삶 뒤로 숨어버리는 듯하여 나는 조급해지고 있었다. 그리고 해가 갈수록 조금씩 더 힘이 들고 대하기 어려운 아이들이 입학하고 있어 나의 에너지는 소진되고 있었다.

이 학교를 처음 찾아왔을 때의 열정은 모두 사라진 듯했고, 뜨거웠던 가슴은 차가워진 지 오래였다.

'할 만큼 했어. 이 정도면 난 최선을 다했다고!'라는 생각이 머릿속에서 맴돌며 나를 또 유혹하고 있었다.

오래전에 보건실에서 비겁하게 도망친 것처럼 나는 또다시 이곳을 하루빨리 떠나고 싶다는 생각에 젖어 있었고 내 마음속에서는 이미 한 걸음을 학교 밖으로 떼어놓고 있었다.

8년의 끝자락, 내신을 쓰고 집 근처 작은 학교 보건실에서 다시 보건교사로 일해보자는 결심을 하였고, 교장 선생님을 찾아뵙고 학교를 떠나고 싶다는 생각을 전했다.

정년을 몇 년 앞두시고 지난 9월에 새로운 교장 선생님이 부임하셨다. 우리 학교로 부임하시기 전부터 교장 선생님을 따라다니는 많은 말들이 이런저런 경로를 통해 나에게 먼저 전해졌다.

"명실샘, 새로 가시는 교장 선생님, 정말 부지런한 분이어서 아마도 따라가기 힘이 들 거예요. 고생 좀 하게 될걸요?"

"그 교장 선생님, 아이들을 위해서는 최선을 다하려는 분이셔서 명실샘에게 이것저것 요구하는 것이 많을 거예요. 기대해 보세요!"

"아주 꼼꼼하신 분이세요. 그리고 자신이 해야겠다고 생각한 일은 꼭 해내고 마는 근성이 있는 분이세요. 대충 일을 했다가는 호되게 혼날 거예요!"

내가 들은 말은 거짓이 아니었다. 학교를 떠나고 싶다는 말을 들은 교장 선생님께서는 아니나 다를까 학교를 떠나고 싶은 이유를 꼬치꼬치 묻기 시작하셨다.

고개를 끄떡이면서 내가 떠나고 싶은 이유를 진지하게 들으신 교장 선생님께서 따뜻한 차 한잔을 내주시면서 말씀하셨다. 그리고 차를 다 마실 동안만 당신의 이야기를 들어달라고 부탁하시면서 오래전 이야기들을 조심스럽게 꺼내셨다.

"오래전에 저는 이 학교로 발령을 받았답니다. 제가 교직을 시작한 곳이 바로 이곳입니다. 대학을 갓 졸업한 저는 제가 만날 아이들에 대해 아무것도 모른 채 낯선 이곳으로 왔답니다. 아무런 준비 없이 50명이 넘는 아이들을 맡아 가르치는 담임이 되었죠."

차 한 모금을 마시려다 찻잔을 내려놓았다. 뜨거운 차를 가득히 보듬은 찻잔이 아직은 마실 때가 아니라고 전해왔다.

"다시 이곳으로 발령을 받고 차를 타고 천천히 내가 오고 갔던 길을 기억해 내며 중문이라는 곳에 다다랐을 때, 오래전에 만났던 첫 제자 아이들의 이름들이 기억이 나더군요. 잊은 줄 알고 있었는데 그 아이들의 이름을 나는 고이고이 기억하고 있더라고요. 저도 놀랐어요. 제 무의식 속에 그 아이들이 오랫동안 있었던 것을 저도 그제야 비로소 알게 되었답니다."

살며시 올라오는 향긋한 녹차 향이 내 코끝에 와 앉았다. 깊게 숨을 쉴 때마다 코끝에 앉았던 녹차 향이 목줄기를 타고 넘어왔다. 향긋했다.

"학교가 가까워질수록 오래전 기억들이 되살아나면서 가슴이 뜨거워지더라고요. 뜨거워진 가슴만큼이나 가슴 아린 기억도 생각났답니다."

나는 조용히 그분의 두 눈을 마주 보며 아련한 그분의 기억을 따라 들어가고 있었다.

"누구나 처음은 힘들고 서툴잖아요. 저도 엄청 서툴고 실수투성이 교사였답니다. 잘하려는 욕심이 앞서다 보니 아이들 하나하나를 제대로 봐주지 못했던 것 같아요. 아이들의 입장을 배려하지 못한 채 내 입장만 생각하며 아이들을 몰아세웠던 것 같아요. 그래서 아이들이 더 많이 발전하지 못한 것 같아 아이들에게 미안하기도 하고 교사로서 역할을 제대로 못 한 것 같아 뒤늦은 후회를 많이 했답니다."

손끝에 닿는 찻잔의 따스함과 목줄을 타고 넘어온 향긋한 녹

차 향이 나의 가슴을 조금씩 열어주고 있었다.

"첫 제자들의 집이 생각이 나고 찾아가 보고 싶기도 했어요. 하지만 행여 나를 반기지 않을까 봐, 그리고 나를 원망이라도 할까 봐 감히 찾아가지 못했어요."

차 한 모금을 입 안에 담았다. 입 안 곳곳에 번지는 향과 따스함이 고단했던 마음을 조금씩 내려놓게 만들어 주었다. 나는 차를 조심스럽게 내 안으로 넘기며 교사라는 험난한 길을 먼저 걸어가신 선배 선생님의 이야기를 가슴에 쓸어 담고 있었다.

"지난주 일요일에 이 학교 총동문회 운동회가 있었답니다. 많은 졸업생이 참석했더군요. 운동장 여기저기를 가득 메운 졸업생들에게 인사말을 하기 위해 저는 구령대로 올라가 마이크를 잡았죠. 그리고 큰 소리로 말했답니다. '안녕하십니까? 새로 부임한 교장 강명화입니다.'라고. 저의 이름이 밝혀지는 순간, 조용했던 운동장 구석에서 졸업생 몇몇이 '와!' 하고 함성을 지르더군요."

"……"

"처음에는 그냥 졸업생들이 예의상 호의를 베푼 것이라고 생각했답니다. 그런데 인사말을 끝내고 구령대를 내려왔더니 졸업생 몇몇이 제 앞으로 뛰어오더군요. '강명화 선생님'이라고 크게 부르면서요."

조금씩 열리는 나의 가슴속에서 교장 선생님의 진솔한 말씀은 작은 새싹을 만들어내더니 이내 줄기를 만들고 푸르른 잎을 만들어 주었다. 작은 새싹은 금세 커다란 생각 나무로 자라 버렸고 생각 나무는 궁금해졌다. 그래서 처음으로 입을 열고 교장 선생님께 질문했다.

"누군데요?"

두 눈에 눈물을 가득 담은 채 교장 선생님께서 대답해 주셨다.

"저의 첫 번째 제자들이었답니다. 저를 잊지 않고 기억하고 있더라고요. 아무런 거리낌 없이 저를 안아주면서 반겨주는데 너무나도 감사한 마음이 들더군요."

생각 나무는 줄기 하나를 길게 뻗어내더니 그 끝에 감동이라는 커다란 열매를 맺게 하였다.

"첫 제자들과 이런저런 이야기를 나누다가 처음으로 미안하다는 말을 전했답니다. 서툴렀던 나의 가르침을 용서해달라고도 했어요. 그랬더니 이제는 오십이 넘은 한 제자가 말을 하더군요. 선생님은 최선을 다해주셨다고. 자신들은 선생님이 할 수 있었던 최선을 보았고 느꼈다고. 저도 울고 제자들도 함께 울었죠."

34년 만의 귀교, 교장 선생님은 처음 교직을 시작했던 이곳으로 34년이라는 긴 세월을 돌고 돌아 되돌아오셨다. 당신의 마지막 교직 생활을 마무리하기 위해서……

어느 선생님의 인생 다큐멘터리 한 편을 보는 듯했다. 아름다운 교장 선생님의 이야기는 내 가슴속 생각 나무에 사랑이라는 열매를 또 하나 맺히게 했고 주인의 허락도 받지 않고 흘러나오는 눈물을 감추려 나는 고개를 숙였다.

고스란히 남아 있는 차를 품은 찻잔 속으로 나의 눈물들이 '톡 톡 톡' 떨어져 들어가고 있었다.

"나는 첫 제자들에게 약속했답니다. 그때 못다 한 나의 열정과 노력을 지금 이 학교에 있는 후배들에게 모두 쏟아붓겠다고. 그래서 조금은 더 나은 학교를 만들고, 조금은 더 발전할 수 있는 아이들을 키워보겠다고."

열정이라는 열매도 맺히기 시작했다. 하나, 둘, 셋……. 생각 나무는 풍성해진 열매로 다시 빛나기 시작했다.

"제자들이 말하더군요. 기대하고 있겠다고, 내년 총동문회 체육대회에서 내가 이룬 새로운 역사를 들려달라고 하더군요. 그래서 부장님, 저는 이 학교에서 최선을 다하려고 합니다. 내게 남아 있는 에너지를 모두 쏟아붓고 교직 생활을 마무리하려고 합니다."

차를 더는 마실 수 없었다. 교장 선생님의 말씀 한 편, 두 편이 시가 되어 노래가 되어 내 안을 꽉 채우고 있었다. 빈틈이 사라진 내 가슴속에는 더는 그 무엇도 들어갈 공간이 없었다.

"언젠가 부장님도 저처럼 잘 자란 제자들을 만나고 지난날을 되돌아보며 웃고 울 날이 있을 거예요. 물론 보람도 느끼게 될 거고요. 그러니 떠나지 마세요. 이곳에서 저와 함께 우리 아이들의 밝은 미래를 만들어 가는 건 어떨까요?"

이미 식어버린 찻잔을 바라보며 선뜻 대답하지 못하는 나에게 말을 이었다.

"나만의 제자가 있다는 건, 되돌아볼 수 있는 추억이 있다는 거랍니다. 그 추억들은 나를 외롭게 만들지 않을 거라고 생각해요. 훗날 선생님도 이 아이들을 기억하고 추억을 되새기며 '나 참, 잘 살았다!'라는 생각을 하게 될 거예요. 그러니 우리 그날을 위해 함께 노력하지 않을래요?"

교장 선생님의 두 눈이 말하는 듯했다. '우린 할 수 있어요!'라고.

나는 전염병에 걸린 사람처럼 뜨거운 열기를 느끼고 있었다. 교장 선생님으로부터 전염된 감동, 사랑, 열정이라는 불씨가 얼어버린 내 가슴을 다시 뜨겁게 만들고 있었다.

이미 내 가슴속에서는 '어쩌면 난 이곳을 떠나지 못할 것 같다.'라는 생각이 짙게 깔리고 있었다.

그렇게 함께한 차 한잔의 향기가 기억 너머로 사라질 즈음, 나의 책상 위에는 교장 선생님께서 두고 간 기나긴 편지 한 통이 놓여 있었다.

부장님,

학교를 떠나려는 부장님을 잡는 것이 나만의 욕심인 것 같아 미안함이 앞섭니다. 그래도 꼭 전하고 싶은 이야기가 있어 늦은 밤, 펜을 들었습니다.

며칠 전, 총동문회 체육대회에서 만났던 첫 제자가 전화를 해왔습니다. 오십을 훌쩍 넘긴 제자는 34년 전, 열일곱 살 아이처럼 들뜬 목소리로 저녁 식사를 대접하고 싶다며 저를 조르더군요. 그리고 저를 보고 싶어 하는 몇몇 친구도 함께할 예정이라며 저의 허락을 구하더군요.

나는 첫 제자들을 다시 만난다는 설렘으로 오랫동안 올라가지 않았던 다락방을 찾았답니다. 그리고 34년 전, 처음으로 사용했던 교무 수첩을 찾아보았답니다. 30년이 넘는 긴 시간 동안 다락방 한구석에서 조용히 잠자고 있었던 교무 수첩은 비록 색이 바래고 귀퉁이마다 상처로 가득했지만, 첫 장을 넘기는 순간 저는 알게 되었습니다. 나의 가슴은 마법처럼 첫 제자들의 이야기를 모두 기억하고 있다는 것을……

낡은 교무 수첩을 들고서 제자들과 약속한 식당으로 갔답니다. 식당 입구에 설치된 작은 조명들이 빛을 내며 제가 들어가는 길을 밝혀 주더군요. 커다란 꽃다발을 들고 선 한 아이가 눈물을 글썽이며 저의 이름을 부르더군요.

"강명화 선생님!"

"너 혹시, 희철이니?"

저도 모르게 아이의 이름이 튀어나왔습니다. 제 가슴에 오랫동안 담아 두어 조금은 희미해진 열일곱 살 적 얼굴이 고스란히 남아 있는 아이는 저를 품에 안고 울더군요.

저는 희철이와 아홉 명의 아이들에게 포위되어 오랫동안 눈시울을 적셨답니다. 아이라고 말하기에는 오십을 훌쩍 넘긴 나의 첫 제자들, 누군가는 대머리 아저씨가 되어 있었고, 누군가는 멋진 신사가 되어 있었답니다. 또 누군가는 내 친구라고 해도 믿을 만큼 백발 머리를 하고 있더군요.

우린 모두 함께 타임머신을 타고 34년 전으로 돌아갔답니다. 그리고 그 옛날 순수했던 우리들의 기억들로 이야기꽃을 피웠답니다. 물론, 함께하지 못했던 지난 30여 년의 긴 공백도 서로의 이야기를 풀어 놓으며 하나둘 채워 나갔답니다.

"선생님, 글 쓰는 습관이 매우 중요하다면서 하루도 빠지지 않고 일기 검사를 하신 거 아세요? 그리고 편지 쓰기 검사도 하셨어요."

"나도 기억하고 있어."

"매일 공부하는 습관도 중요하다면서 학습지 검사도 하셨어요."

"내가 조금 심했었니?"

"넵! 끈질기고 지독한 선생님이셨어요. 크크크-"

조심스럽게 아이들의 이야기가 빼곡하게 적힌 교무 수첩을 꺼냈답니다. 34년 만에 다시 만난 교무 수첩을 바라보며 값비싼 보물이라도 본 듯 '와!'라는 탄성을 지르더군요. 소중한 자신들의 이야기를 오랫동안 품고 있어 준 저를 애잔하게 바라보며 말하더군요.

"선생님, 정말 대단하세요. 이걸 지금까지 가지고 계셨군요."

자신의 이름과 색 바랜 흑백 사진을 찾아보고는 잊고 있었던 시간 너머의 기억을 되찾은 듯 먹먹해하더군요. 그리고 빼곡하게 적힌 글을 한 줄 두 줄 읽으며 우린 웃고 울었답니다.

"내성적이나 예의가 바르고 운동을 좋아하는 학생임."이라고 적힌 영수는 말 많고 목소리가 큰 배불뚝이 아저씨가 되어 있었고, "매사에 성실하고 꾸준히 노력하는 학생임."이라고 적힌 정호는 강남에 위치한 커다란 은행의 은행장이 되어 있더군요.

그리고 그 옛날, 공부보다는 학교 밖 세상 이야기에 관심이 많았던 아이를 만났답니다. 바다 바람이 좋아, 바다 색깔이 좋아, 바다 내음이 좋아 바닷가를 자주 찾았던 아이, 새로운 것에 호기심이 많았던 그 아이는 정말 멋지게 성장했더군요.

"선생님, 저는 윈드서핑을 하는 사람이 되고 싶습니다. 그런데 부모님은 공부나 하지 무슨 윈드서핑을 한다며 설쳐대냐고 야단을 치세요. 제가 너무 허무맹랑한가요? 제가 너무 이상한 꿈을 꾸고 있나요?"

34년 전 그 아이가 제게 물었답니다. 사람들에게는 아직 알려지지 않은 윈드서핑을 배워서 자신이 가장 좋아하는 짙은 바다 향을 맡으며 살고 싶다는 아이에게 제가 말했죠.

"참 좋은 생각이다. 아마도 네가 중문에서는 윈드서핑 선구자가 될 수 있겠다. 난 네가 하고 싶은 일이 생겼다는 것이 너무 좋다. 열심히 해 봐. 선생님은 네가 잘할 수 있을 거라고 믿어! 선생님이 항상 응원할게."

그 아이는 제가 한 말을 기억하고 있더군요. 저의 응원이 많은 도움이 되었다고, 그리고 힘들 때면 제가 했던 말을 기억하며 다시 용기를 낼 수 있었다고 하더군요.

낮에는 해변에서 윈드서핑 강사로, 밤에는 북적이는 손님들로 발 디딜 틈이 없는 식당을 운영하는 사장님으로 변신했더군요. 제가 찾은 식당의 주인이기도 했고요.

친구들은 창의적인 생각으로 평범한 것을 싫어했던 그 아이를 회장님이라고 부르며 짓궂은 장난을 치더군요. CEO가 되어 동네에서 가장 잘나가는 그 아이가 바로 희철이랍니다. 어릴 적, 공부에는 영 관심이 없었지만, 자신의 진로를 개척하고 미래를 내다볼 수 있는 신비의 눈을 가지고 있어 인생에서는 가장 성공한 아이가 되었죠.

희철이의 넓은 등을 두드려주며 마음속으로 기도를 했답니다. 우리 아이들 모두가 이렇게만 잘 자랄 수 있기를……

아이들과 다음을 기약하며 돌아서려는데 희철이가 말하더군요.

"선생님, 저를 응원해주셨던 것처럼 저의 후배들도 많이 응원해주시기 바랍니다."

집으로 돌아오는 길 위에서 내내 생각했답니다. '자신만의 꿈을 꾸고 있는 우리 아이들, 우리 아이들에게 가장 필요한 것은 자신의 꿈을 향해 나아갈 수 있는 진정 어린 응원과 박수가 아닐까?'라는.

그래서 희철이처럼 멋진 인생을 살 수만 있다면 저는 교문을 나서는 마지막 그 순간까지 우리 아이들에게 '으라차차' 멋진 응원과 박수를 보내보려고 합니다.

부장님, 저와 함께하지 않으실래요?

편지를 읽으며 나는 한 아이가 되어 응원의 함성을 듣는 듯했다. 오랫동안 기억될 뜨거운 함성을……

자신의 이야기를
고백하듯 읊조리는
선생님

톡 톡 톡 톡
꽁꽁 닫혔던 나의 가슴이 열려
새싹이 돋고 줄기를 뻗더니
생각 나무가 자라

열정이라는 열매가 하나, 둘
사랑이라는 열매가 셋, 넷
존경이라는 열매가 다섯, 여섯
맺히고 맺혔다

톡 톡 톡 톡
어깨를 토닥여주며
손을 내밀어 주셨다
다시 시작해보자고

다시 일어서는
내 손 안으로
선생님의 온기가 전해왔다

나에게도 또 한 명의 선생님이 생겼다

마
치
며

마치며

나를 교사라는 자리에 서 있게 해주는 것은 우리 아이들이다. 아이들이 존경의 눈빛을 보내며 '명실샘'이라고 불러주기에 나는 이 자리에 머물 수 있다.

특성화고등학교에서 근무하는 나를 보며 누군가는 '왜 그렇게 힘든 곳에 있으려고 하느냐?'라며 답답하게 여길 수도 있겠지만, 나는 우직하고 꿋꿋하게 이 자리를 지키고 싶다.

내가 가장 잘할 수 있는 일, 그리고 내가 가장 즐겁게 할 수 있는 일을 나는 여기서 하고 있기 때문이다.

나는 이곳에서 내가 만나는 아이들과 우리만의 역사를 쓰고 있다. 역사의 줄거리가 초라할지언정 우린 우리가 할 수 있는 최선을 다해 한 줄 또 한 줄 써 내려가고 있다.

어느 날 자신들이 지나간 이 길을 되돌아보며 그래도 잘 살았다며 웃을 수 있는 내 아이들의 앞날을 기대하며…….

이 삶이 어디로 흘러갈지, 그리고 어디에서 멈출지 모르지만 나는 흘러가는 내 삶에 올라타서 끝까지 가보려 한다. 알 수 없는 그 끝을 떳떳하게 마주해보련다.

교문을 나서는 마지막 그 순간
우리들의 가슴속에는
무엇이 남아 있을까?

문득, 궁금해진다

임명실

1967년 제주 성산포에서 태어나 초등학교 친구와 결혼하고
지금까지도 성산포에서 살고 있는 성산포 토박이입니다.
건양대학교 교육대학원을 마쳤고, 28년째 교직에 몸담고 있으며,
현재 중문고등학교에서 3학년 담임을 맡고 있습니다.
소박한 제 글이 누군가의 아픈 마음을 조금이라도 달래 주었으면
좋겠다는 마음으로 글을 쓰고 있습니다.

교실의 철학자들
– 보건의료 특성화고의 행복한 성장 이야기

2023년 10월 16일 초판 1쇄 발행

지은이 임명실 **펴낸이** 김영훈 **편집인** 김지희 **디자인** 김영훈 **편집부** 이은아, 부건영, 강은미
펴낸곳 한그루 **출판등록** 제6510000251002008000003호
주소 제주특별자치도 제주시 복지로1길 21 **전화** 064 723 7580 **전송** 064 753 7580
전자우편 onetreebook@daum.net **누리방** onetreebook.com

ISBN 979-11-6867-115-7 (03810)

저작권법에 따라 보호를 받는 저작물입니다.
어떤 형태로든 저자 허락과 출판사 동의 없이 무단 전재와 복제를 금합니다.
잘못된 책은 구입하신 곳에서 교환해 드립니다.
이 책은 '2023 제주특별자치도교육청 우리 선생님 책 출판 지원사업 선정작'입니다.

값 17,000원